# LOVE lesson 1

Collection New Romance® créée par Hugues de Saint Vincent,
dirigée par Arthur de Saint Vincent
Ouvrage dirigé par Sophie Le Flour

Pour la traduction française : Robyn Stella Bligh
Photo de couverture : © Shutterstock


34-36, rue La Pérouse
75116 Paris
www.hugoetcie.fr

ISBN : 9782755682793
Dépôt légal : septembre 2020
Imprimé en France par Corlet
N° d'impression : 20040092

NEW ROMANCE®

# LOVE lesson 1

Traduit de l'anglais (États-Unis)
par Robyn Stella Bligh

Hugo Roman

# CHAPITRE 1

## Garrett

Chaque ville a des histoires qui lui sont propres. Des légendes urbaines, des événements et des héros qui la distinguent des autres communautés qui l'entourent. Dans le New Jersey, la ville de Lakeside et ses 8 437 habitants a de véritables pépites.

Vous voyez la maison abandonnée sur Miller Street ? Elle a trois cents ans et elle est hantée. Si on se plante devant à minuit, un vendredi 13, on peut apercevoir à la fenêtre du grenier les deux petits garçons morts au XVIIIe siècle. Je vous jure.

Ensuite, il y a la Grande Invasion des Oies de 1922. Dans le New Jersey, dès qu'on trouve un point d'eau, on y trouve aussi des oies. Et qui dit oies, dit abondance de fientes. Or ces fientes sont indestructibles. Si une guerre nucléaire éclatait un jour, il ne resterait plus que des cafards et de la merde d'oie. Bref, en 1922, par accident ou parce que quelqu'un a eu la pire idée de blague au monde, des fientes se sont retrouvées dans le circuit d'eau potable de la ville, tuant la moitié de la population.

Les anciens ne l'ont pas oublié, et il n'est pas rare de voir une petite vieille dame s'arrêter en chemin pour faire un doigt d'honneur à une nuée d'oies qui passe dans le ciel.

En 1997, Lakeside a eu l'honneur d'être désignée la ville avec le plus de bars par habitant dans tout le pays. Nous en étions tous très fiers.

Par ailleurs, on ne s'en sort pas trop mal en matière de célébrités. La ville a donné naissance à cinq héros de guerre, deux stars de baseball, un coach de la NBA, un artiste de renommée mondiale, un guitariste intronisé au panthéon du rock and roll, et un joueur de curling médaillé d'or aux Jeux olympiques.

On évite de parler du dernier, toutefois, parce que... c'est du curling.

Le type vers qui je me dirige durant mon jogging est aussi une célébrité locale, mais d'un genre différent.

– Salut Ollie, ça gaze ? je crie.

Il ne me regarde pas dans les yeux mais il sourit et lève le bras pour que je lui tape dans la main, comme je le fais tous les dimanches matin durant mon footing.

Oliver Munson. Chaque matin, il se poste dans son jardin, sur Main Street, installé sur sa chaise pliante, et il salue les passants et les voitures jusqu'à la fin de la journée.

La légende dit que lorsqu'il était petit, Ollie est tombé à vélo et s'est tapé la tête sur le trottoir. Il est resté un moment dans le coma, et lorsqu'il en est sorti, il ne pouvait plus parler. Les médecins avaient alors annoncé qu'il ne serait plus tout à fait le même.

Il n'est pas impossible que cette histoire ait été fabriquée de toutes pièces par des mamans qui voulaient forcer leurs enfants à mettre leur casque, mais je ne crois pas.

Les médecins avaient recommandé qu'il soit interné, parce que la société était plutôt affreuse à l'époque, mais madame Munson n'a rien voulu savoir. Elle a ramené son fils à la maison, elle lui a appris à se débrouiller un minimum et elle lui a imposé la routine qu'il suit depuis. Grâce à elle, Ollie mène une vie indépendante, digne et, de ce qu'on peut voir, épanouie.

Madame Munson est décédée désormais, mais les voisins d'Ollie gardent un œil sur lui et une assistante sociale passe le voir une fois par mois pour s'assurer que tout va bien. Lorsqu'il a besoin de quelque chose, il ne manque pas de volontaires. Il est un membre de la famille de chacun et a autant sa place ici que le lac qui a donné son nom à la ville.

Derrière moi, trois garçons passent devant Ollie, en file indienne sur leur vélo.

– Salut Ollie !

– Quoi d'neuf, Olls ?

– Ollimundus !

Vous voyez ? C'est comme le dit Bon Jovi dans sa chanson : il n'y a que dans sa ville natale qu'on a sa place.

Et Ollie Munson aura à jamais la sienne ici.

◆◆◆

Mes baskets frappent le sol alors que je continue mon footing, accélérant jusqu'à ce que mon t-shirt soit trempé de sueur et que mes cheveux bruns me collent au front. Je crois plus que quiconque aux pouvoirs bénéfiques de la transpiration : elle est bonne pour le corps et pour l'esprit. Il n'y a rien de mieux pour se sentir en forme que de prendre une bonne suée une fois par jour – peu importe que ce soit en courant, en faisant le ménage, ou en baisant. Cela dit, la dernière activité est ma favorite.

Je suis un homme d'habitudes, comme la plupart des mecs.

Et je suis superstitieux, comme tous les athlètes. Cela explique les nombreuses barbes hirsutes chez les sportifs professionnels et pourquoi, lorsqu'on demande à un bon joueur à quand remonte la dernière fois qu'il a lavé son boxer, il vaut mieux qu'il vous mente.

Une série de victoires prendra toujours le pas sur l'hygiène intime.

Ça fait quinze ans que j'enchaîne les victoires et j'ai toujours la même routine – mais ne vous en faites pas, je change de boxer tous les jours. Je conduis donc la même Jeep Wrangler, je porte les mêmes t-shirts que je refuse de jeter et je cours le même parcours tous les jours.

Lakeside était une ville ouvrière, et ses maisons de briques se sont construites autour des différentes usines et entreprises locales. La Californie avait de l'or, le New Jersey avait de l'argile rouge. La population n'a pas vraiment changé. La plupart des gens d'ici travaillent avec leurs mains – ce sont des cols bleus fiers de l'être, des ouvriers syndiqués, et des petits gérants.

Grandir ici était génial à mon époque et ça l'est encore aujourd'hui. On y est suffisamment en sécurité pour faire des choses stupides quand on est ado, la ville est assez grande pour qu'on ne s'y ennuie pas, mais assez petite pour que chaque rue vous appartienne.

Je finis mes huit kilomètres de course à l'angle de Baker Street, comme toujours. Je termine en marchant pour m'étirer, essuyant la sueur de mon front avec le bas de mon t-shirt. J'entre ensuite dans *The Bagel Shop*, qui n'est jamais vide, car en plus de vendre les meilleurs bagels de la ville, c'est ici que les vieux radotent toute la journée et que les hommes plus jeunes se cachent de leur femme.

Je saisis une bouteille d'eau dans le frigo qui est situé à côté d'une table d'habitués.

– Daniels !

– Salut, Coach D !

– Bonjour, Coach.

Sans me prendre pour Chris Hemsworth... je suis plutôt connu, par ici. Je crois qu'à ma retraite, je me ferai élire maire et érigerai une statue à mon effigie devant l'Hôtel de Ville, histoire de remplacer celle de l'ancien maire Schnozzel. Il était sacrément moche, le bougre.

Bref, pour faire court, je suis professeur d'histoire au lycée de la ville, mais surtout, je suis l'entraîneur de la meilleure équipe de football américain du New Jersey. Et je sais que c'est la meilleure, parce que c'est grâce à moi que mes joueurs sont des champions. Je suis le plus jeune sélectionneur à jamais avoir été embauché et j'ai un meilleur score que tous mes prédécesseurs.

Ceux qui ont les capacités de jouer le font ; ceux qui ne les ont pas, enseignent. Et celui qui est un Dieu du football mais a un genou pourri... est coach.

– Comment ça va les gars ?

– À toi de nous le dire, répond monsieur Zinke.

Il possède la boutique de bijoux *Zinke Jewelers*, ce qui lui donne des infos inédites sur tous les couples de la ville. Il sait qui s'est fiancé, qui fêtera bientôt son anniversaire de mariage, qui a besoin d'un bijou pour se faire pardonner… Toutefois, cet homme est une tombe – ce qui se passe chez *Zinke* reste chez *Zinke*.

– Comment se présente l'équipe, cette année ?

J'avale une grande gorgée d'eau avant de répondre.

– Avec Lipinski comme quarterback titulaire, on ira au championnat interrégional, ça ne fait aucun doute.

Brandon Lipinski est mon chef-d'œuvre. Je l'entraîne depuis qu'il est tout gamin et, de la même façon que Dieu a créé Adam à son image, j'ai créé Lipinski à la mienne.

– Justin a travaillé tout l'été, dit Phil Perez. Il court tous les matins et fait cinquante passes par jour.

Je suis de près l'arrivée des prochains talents. Justin Perez est en cinquième, il a un bras solide et de bonnes jambes.

– Tout est question de constance et de répétition, je réponds. Il faut établir le souvenir musculaire.

Madame Perkins m'appelle depuis le comptoir, tenant un sac en papier à la main.

– Ta commande est prête, Garrett.

Ça fait des générations que la famille Perkins gère *The Bagel Shop* et c'est maintenant madame Perkins et ses deux frères qui sont aux commandes. Sa fille aînée, Samantha, était sublime et c'était un de mes plus gros fantasmes quand j'étais en troisième[1]. Mais elle était en terminale, et c'est avec mon pote Dean qu'elle a été au bal de promo. Ils se sont saoulés dans la limousine et ont raté la moitié de la soirée parce qu'ils baisaient dans les toilettes, ce qui a ancré pour toujours la réputation de don Juan de Dean.

1. Aux États-Unis, le lycée se fait en quatre ans, de 14 à 18 ans, de la troisième à la terminale.

– Bonne journée, messieurs, je déclare en tapant sur la table avant d'aller payer ma note.

Madame Perkins me donne le sac et prend ma monnaie.

– Ta mère va au Club, cet après-midi ?

Ah, le Knight of Columbus Ladies Club est une sorte de club du troisième âge où les femmes se retrouvent pour organiser des ventes de gâteaux et boire du punch en se plaignant de leur mari.

– Elle ne raterait ça pour rien au monde, je réponds en souriant. Bonne journée, Madame P !

– Salut, Garrett.

◆◆◆

Armé de mon sac de bagels, je descends Fulton Road et coupe à travers Baygrove Park jusqu'à Chestnut Street, la rue de mes parents. Leur maison est celle de style colonial, bleue avec des volets blancs... et avec une pelouse quasi fluo.

Mon père a mal vécu son départ à la retraite.

En hiver, il passe ses journées dans le garage, où il construit et peint des petites voitures miniatures. Cependant, dès que la dernière gelée est passée, il ne pense plus qu'à son gazon, le taillant au ciseau, l'arrosant, lui apportant de l'engrais... il va même jusqu'à lui parler.

Il passe plus de temps avec sa pelouse qu'il n'en a jamais passé avec mes frères et moi – et on était quatre.

Je passe la porte d'entrée qui n'est jamais fermée à clé, découvrant un brouhaha presque assourdissant, parce que tout le monde est là.

La télé est branchée sur l'émission *Sunday Morning* avec un volume ahurissant, car mon père refuse de mettre son appareil auditif. Jasmine, la chatte abandonnée que ma mère a adoptée – et qui est toujours aussi sauvage – siffle et crache lorsque je referme la porte derrière moi, mettant fin à sa énième tentative d'évasion. Mon père est installé dans son fauteuil relax, vêtu de sa tenue estivale habituelle : un short à carreaux, des chaussettes blanches remontées jusqu'aux genoux, des sandales, et un t-shirt sur lequel est écrit *Si je suis perdu, ramenez-moi à Irene*. Ma mère est aux fourneaux avec la hotte poussée à fond, vêtue du t-shirt *Je suis Irene*.

Je n'en dis pas plus.

Je donne les bagels à ma mère et l'embrasse sur la joue, parce que de nous quatre, je suis son fils préféré. Bien sûr, elle vous répondra qu'elle aime tous ses garçons autant les uns que les autres... mais je connais la vérité.

Mon neveu le plus jeune, Spencer – le fils de Connor, l'aîné de la famille – me fait une grimace.

– Tu pues, tonton.

Les chiots apprennent à devenir chiens en se bagarrant avec plus gros qu'eux – les garçons fonctionnent de la même façon.

– Tu veux dire que je sens la victoire, plutôt ! je rétorque avant de le soulever pour frotter mes cheveux trempés sur ses joues. Tiens, sens-moi de plus près.

Il pousse un hurlement et se débat en riant.

Ses deux frères aînés sont assis à côté de lui – Aaron, treize ans, dont les cheveux blond foncé sont bien trop longs, et le cadet, Daniel.

Oui, ils l'ont appelé Daniel Daniels – je ne sais pas ce qui est passé par la tête de mon frère. Ils auraient mieux fait de tatouer une cible sur son front. Son deuxième prénom est Brayden, donc c'est comme ça qu'on l'appelle.

À l'autre bout de la table sont assises mes nièces, les filles de Ryan – les jolies petites filles parfaites que ma mère avait toujours rêvé d'avoir. Josephina a treize ans, et la petite aux cheveux bouclés s'appelle Francesca. On les appelle Joey et Frankie.

Je me sers un café pendant que ma mère coupe les bagels et les tartine de beurre avant de les donner aux enfants.

Ma belle-sœur entre alors dans la cuisine en tapant dans ses mains.

– Allez les enfants, dépêchez-vous de manger ! On doit acheter les fournitures scolaires et il faut qu'on fasse vite.

C'est la femme de Ryan : Angelina Betina Constance Maria. Son nom de jeune fille est Caravusio. Oui, elle est Italienne.

Angela vient de Brooklyn. Sa famille a emménagé ici lorsqu'elle était en première. C'est là qu'elle et mon frère sont sortis ensemble, et ils ne se sont plus jamais quittés.

– Je veux pas y aller ! râle Brayden. Je veux rester chez papi et mamie et jouer à la Xbox.

– Mamie va au Club aujourd'hui, répond Angela en secouant la tête. Votre père va vous récupérer à la maison après son rendez-vous.

De son côté, Connor a rendez-vous avec son avocat, pour parler de son divorce. Il est médecin urgentiste à l'hôpital de Lakeside, et ça fait quelques mois qu'il vit chez mes parents, depuis que sa femme, Stacey, lui a dit qu'elle ne voulait plus être avec lui. *Aïe.* Quinze ans de mariage, partis en fumée. Comme ça. C'est elle qui a gardé la maison ; une villa de cinq chambres dans le quartier chic de la ville. Et lui, il a les enfants le week-end.

Mon petit frère, Timmy, entre par la porte vitrée qui donne sur le jardin.

– Eh, papa, ricane-t-il, t'as du chiendent autour de l'arbre ! Tu devrais t'en occuper.

*Ça*, bien sûr, mon père l'entend.

Il se lève d'un bond et fonce dans le garage pour s'armer de son désherbant.

Il y a deux ans d'écart entre mon frère le plus âgé, Connor, et Ryan, et j'ai à mon tour deux ans d'écart avec Ryan. Le troisième essai était clairement le plus réussi de mes parents, et ils auraient dû s'arrêter avec moi.

Toutefois, sept ans plus tard, ma mère a voulu essayer d'avoir une fille. C'est comme ça qu'ils ont eu Timmy.

Et Timmy est un enfoiré.

Qu'on soit d'accord, c'est mon frère, et je l'aime. Mais il est immature, égoïste et surtout, c'est un con.

– T'es vraiment pas drôle, mec, je lui dis, sachant parfaitement qu'il n'y a pas la moindre mauvaise herbe sur la pelouse de mon père.

– Ça lui apprendra. C'est à cause de lui que maman n'a pas eu le droit de m'acheter une dînette quand j'avais dix ans, répond-il en riant.

Comme beaucoup d'hommes de sa génération, mon père est convaincu que les jouets pour garçons et pour filles n'ont pas à être intervertis.

Ma nièce Frankie n'est absolument pas du même avis.

– Je veux jouer au football, tonton Garrett.

Elle ne m'apprend rien. Elle dit ça depuis qu'elle a appris à parler. C'est elle qui regarde les matchs avec mon frère et moi le dimanche, vêtue de son maillot rose des Giants[2].

– Ah ouais ? Tu t'es entraînée à tirer ?

2. Équipe de football américain de New York.

Elle hoche la tête d'un air enthousiaste et se lève de table pour me montrer. Elle n'est pas mauvaise, en plus : le talent est dans nos gènes.

– Tu pourras commencer les entraînements dès que t'auras neuf ans, je réponds en l'applaudissant.

Frankie sourit jusqu'aux oreilles, jusqu'à ce qu'Angela gâche ses espoirs.

– Arrête ça, Garrett. Tu ne joueras pas au football, Francesca. Il est hors de question que je dépense trois mille dollars pour un appareil dentaire, tout ça pour que tu te fasses casser toutes les dents.

Waouh.

– Tu crois que je laisserais ma nièce se faire casser les dents ?

– On en reparlera quand t'auras une fille, rétorque ma belle-sœur.

Timmy regarde l'heure sur son téléphone.

– Eh, maman, faut que j'y aille. Tu peux aller chercher mon linge ?

Oui, ma mère continue de faire les lessives de mon petit frère toutes les semaines. Je vous l'ai dit, c'est un naze.

Je suis sur le point de lui dire d'aller le chercher lui-même, mais Angela me devance.

– T'es sérieux ? Va le chercher toi-même !

– Elle aime le faire ! rétorque Timmy. Elle aime se sentir utile.

Angela ricane.

– Personne n'aime faire la lessive, Tim. Et ça ne se fait pas de demander à une dame de soixante-cinq ans de remonter ton linge depuis le sous-sol. T'es quel genre de pompier, bon sang ?

Timmy est pompier à Hammitsburg, à une vingtaine de kilomètres d'ici.

– Maman ! Dis à Angela que t'aimes faire ma lessive !

Angela avance vers lui d'un air menaçant.

– Tu mérites une gifle, dit-elle à Tim, qui recule car il sait qu'elle en est capable. Si tu ne vas pas tout de suite chercher ton linge, je te mets une raclée devant tes nièces et tes neveux.

Mon frère lève les mains en signe de défaite, et il descend les marches pour aller à la cave.

Voilà ma famille. C'est tout le temps comme ça. Si ça semble dingue... C'est parce qu'on l'est.

Ma mère aide Angela avec les enfants et leurs chaussures. Alors que Frankie me passe devant, je m'accroupis pour lui parler à l'oreille.

– Eh, ma puce. Continue à t'entraîner, OK ? Quand tu seras plus grande, tonton Garrett te fera jouer.

Elle me fait un grand sourire, puis elle m'embrasse sur la joue avant de passer la porte.

◆◆◆

De toute ma vie, mon achat le plus cool est ma maison, située sur la rive nord du lac. C'est une bâtisse ancienne, en briques, sur deux niveaux, avec une cuisine entièrement refaite à neuf. Le grand jardin à l'arrière donne sur le lac, et j'ai installé un brasero à côté du chemin qui mène à mon ponton privé. J'ai même une petite barque sur laquelle j'aime sortir deux fois par semaine. Mes voisins Alfred et Selma vivent d'un côté, et le vétéran Paul Cahill vit de l'autre, mais mon jardin est bordé de sapinettes et je ne les vois que si j'en ai envie.

Je jette mes clés sur la console lorsque j'entre, et je file dans le salon pour retrouver mon meilleur ami, qui dort sur le canapé. Il est doux, blanc comme neige et il pèse onze kilos. Il écoute toutes mes histoires, il s'agace contre la télé lorsque l'arbitre prend une décision injuste et son passe-temps favori est de se lécher les couilles.

Je l'ai trouvé sur le parking du supermarché lorsqu'il était bébé, quand j'étais en terminale. Ou peut-être que c'est lui qui m'a trouvé.

– Snoopy, je chuchote en l'embrassant.

Il ouvre les yeux et lève brusquement la tête, comme un vieux qui se surprend à s'endormir dans son fauteuil.

– Comment ça va, mon pote ? je demande en le grattant derrière l'oreille.

Snoopy s'étire et s'appuie sur l'accoudoir pour me laver le visage avec sa langue en remuant joyeusement la queue.

Il a dix-sept ans, donc il n'a pas l'énergie qu'il avait quand je l'ai trouvé. Il est partiellement aveugle et diabétique – je dois lui faire des piqûres d'insuline deux fois par jour.

Snoopy est mon compagnon et il n'y a rien que je ne ferai pas pour lui.

Lorsque je me suis douché, j'allume la télé pour regarder le match des Steelers[3], et je suis en train de commander un plat chinois lorsque la porte d'entrée s'ouvre et que Tara Benedict entre dans le salon.

– C'est la pire journée de ma vie, râle-t-elle. Si je dois encore écouter une femme me dire que la pointure de ses nouvelles Gucci est fausse, je vais m'arracher

3. Équipe de football américain de Pittsburgh.

les cheveux. La pointure est nickel, meuf ; c'est juste que tes gros panards sont loin de faire du trente-huit !

Tara travaille pour le service après-vente en ligne de Nordstrom. On était au lycée ensemble, mais elle a deux ans de moins que moi. On a commencé à se voir il y a quelques mois, quand elle est revenue vivre à Lakeside après son divorce.

– Ça a l'air merdique, je réponds en haussant les sourcils.

Snoopy descend du canapé et se dirige vers Tara pour se faire caresser.

– Je suis désolée, je t'ai pas écrit avant de venir. T'es occupé ?

Tara était jolie à l'époque, mais à trente-trois ans, elle est vraiment canon – elle a un physique sportif puisqu'elle fait du tennis plusieurs fois par semaine, et elle a de longs cheveux bruns bouclés.

– Non, j'allais juste commander à dîner. T'as faim ?

Elle ouvre la fermeture de sa jupe crayon noire et la laisse tomber à terre, se retrouvant en bas noirs et en escarpins vernis.

– Ça peut attendre. D'abord, j'ai besoin de me défouler.

Tara est une chouette fille.

Je lâche le menu comme s'il venait de prendre feu.

– T'es venue au bon endroit.

Elle continue de se déshabiller en se dirigeant vers ma chambre, laissant ses fringues derrière elle, comme dans une version porno du *Petit Poucet*. Je commence à la suivre, mais je m'arrête dans l'entrée, car si Snoopy est génial, c'est aussi un petit voyeur.

Il me regarde avec de gros yeux tandis que je lui parle.

– Reste là, mec. Et je t'interdis d'écouter. Je t'ai déjà dit que c'était chelou.

◆◆◆

Deux heures plus tard, Tara est assise à côté de moi au bar de la cuisine tandis qu'on savoure notre dîner.

– La foire va bientôt arriver, dit-elle en s'essuyant la bouche.

La foire de Lakeside : des bières, un barbecue géant, des concerts et des attractions à y perdre la vie.

– Joshua est super excité ; à chaque fois qu'on passe devant une affiche, il me demande combien il reste de jours avant de pouvoir y aller, dit-elle en donnant un bout de poulet à Snoopy. Du coup... je me demandais si ça te dirait qu'on y aille ensemble ? Tous les trois ?

Je fronce les sourcils, confus.

– C'est...

– Je sais que ce n'est pas ce qu'on s'est dit lorsqu'on a commencé à se voir... On avait dit « rien de sérieux ». Mais... je t'aime bien, Garrett. Je pense qu'on serait bien, tous les deux, dit-elle en haussant les épaules. Je suis le genre de nana qui aime être en couple. Et même si mon mariage a été un échec, je suis prête à recommencer. À essayer de nouveau.

J'aime bien Tara, et même si ce n'était pas le cas, je ne lui mentirais pas. On arrive à un stade, dans la vie, où on se rend compte que la sincérité est plus simple – même si elle n'est pas toujours agréable.

– Je t'aime bien aussi, mais j'aime ma vie telle qu'elle est. Vraiment, j'insiste en désignant la pièce à vivre. J'ai acheté une table de ping-pong pour la salle à manger, la semaine dernière. J'apprécie avoir pu l'acheter sans avoir à en parler à personne. J'aime ne pas avoir à prendre en considération les sentiments de quelqu'un d'autre. J'aime le fait que mon seul souci soit de trouver un moyen de contourner la défense de North Essex High School, cette saison.

– Tu devrais avoir des enfants, Garrett, insiste Tara. Tu serais un père génial. C'est un péché que tu n'en aies pas, en fait.

– *J'ai* des enfants. J'en ai trente, six fois par jour. Et quarante autres après les cours, durant la saison.

La clé pour gérer les ados est de leur prêter attention. Il faut qu'ils sentent que vous en avez quelque chose à faire – que vous êtes impliqué. On ne peut pas faire semblant, car ils le sentent tout de suite.

Je ne sais pas si je serais aussi bon prof si j'avais mes propres enfants. Je ne crois pas que j'aurais la même patience ni la même motivation. Ce n'est pas la seule raison pour laquelle je ne suis pas un homme marié, qui a des enfants, mais c'en est une.

Tara recule son tabouret et se lève.

– Bon, dans ce cas, je crois qu'il va falloir que je m'inscrive sur Meetic. Et je suppose que le prochain mec ne sera pas ravi que je me tape un coach canon de façon régulière.

Je replace une mèche de cheveux derrière son oreille.

– Je suppose que non, en effet.

– C'était chouette, Garrett, dit-elle en m'embrassant sur la joue. Prends soin de toi.

– Ouais, toi aussi, Tara. À un de ces quatre.

Elle m'offre un dernier sourire puis elle prend son sac, caresse Snoopy, et sort de la maison.

Snoopy la regarde partir, puis il se tourne vers moi et attend.

Je hoche la tête en direction de la porte-fenêtre qui donne sur le coucher du soleil, derrière le lac.

– Tu veux aller aboyer après les oies ?

Ses oreilles se dressent et il court aussi vite que ses vieilles jambes le lui permettent.

# CHAPITRE 2

## *Callie*

A posteriori, j'aurais dû me douter que c'était trop beau pour être vrai, comme la plupart des choses dans la vie : le rouge à lèvres longue tenue, Disneyland, les vibros double action.

– OK, laisse-moi voir, dit Cheryl en se baissant pour se mettre à ma hauteur.

Avec mon mètre soixante-treize, je ne suis pas petite – mais Cheryl est une warrior de plus d'un mètre quatre-vingts, avec des cheveux flamboyants et une large bouche qui est généralement en train de sourire, ou de parler bien trop fort.

Cheryl travaille ici, dans les bureaux de la Fountain Theater Company. On est tombées l'une sur l'autre – littéralement – sur le campus, lorsqu'on étudiait toutes les deux à l'Université de San Diego, et toutes les pages de nos cours se sont envolées dans le vent. Il nous a fallu vingt minutes pour toutes les récupérer, et c'est ainsi qu'on est devenues amies.

J'ouvre les yeux aussi grand que possible.

– J'ai pas de pâtés de mascara au coin des yeux ?

– Non, c'est bon, confirme Cheryl.

Je lui montre ensuite mes dents.

– Rien entre les dents ?

– Non, elles sont propres comme les fesses d'un bébé.

– Rien dans le nez ? je demande en regardant au plafond.

Les vraies amies s'assurent mutuellement de ce genre de choses.

– La voie est libre.

– OK, je déclare en secouant les mains et en vidant tout l'air de mes poumons. Je suis prête.

Je ferme les yeux et chuchote les paroles qui m'ont toujours aidée à rester calme, au fil des années. Des paroles qui ne sont pas à moi.

– Visualise la victoire. Imagine-la, puis concrétise-la. Tu gères.

– Ça sort d'où, ça ? demande Bruce.

J'ouvre les yeux sur mon collègue. Il est blond, vêtu d'une veste en tweed grise, d'un pantalon à pinces sable bien repassé, et d'un foulard en soie rouge.

– C'est un truc que disait mon copain, au lycée, je réponds en haussant les épaules. Il jouait au football.

Bruce est comédien à la Fountain Theater Company, tout comme je l'étais il y a quelques années, avant de passer de l'autre côté du rideau en devenant manager.

– Je ne sais pas pourquoi t'es si nerveuse, Callie. Dorsey est un con, mais même lui est obligé de voir que tu mérites d'être directrice générale.

Les gens qui travaillent dans le milieu du théâtre sont une espèce rare. Pour les plus passionnés d'entre nous, il ne s'agit ni d'argent ni de gloire, ni de voir sa photo en une des magazines. Seul le spectacle compte. Seuls comptent Ophélie et Éponine, Hamlet et Roméo, ou même « fille de chœur #12 ». Il s'agit de créer ce lien magique avec le public, de savoir apprécier le mélange de parfums des loges, la chaleur des projecteurs, le bruissement du rideau de velours, les bruits des pas qui traversent la scène. On vit pour l'excitation des soirées de premières et pour la tristesse qui nous anime lors des dernières. Qu'il s'agisse de ce qu'il se passe devant ou derrière le rideau, des comédiens ou des techniciens, côté jardin ou côté cour ; il n'y a rien que je n'aime pas au théâtre.

Toutefois, ce n'était pas le cas de madame Lauralei, l'ancienne directrice générale désormais partie à la retraite. Elle se souciait davantage des productions télévisuelles qu'elle faisait en dehors du théâtre, et de prêter régulièrement sa voix à des publicités pour anti-inflammatoires gastriques. Faire grandir la compagnie, accorder du temps et de l'énergie pour faire croître notre public, et choisir des projets innovants ne l'intéressaient pas vraiment. Elle se fichait qu'on puisse devenir un lieu culturel incontournable du centre historique de San Diego.

Or je sais que je pourrais y remédier. En tant que directrice générale, je serais au même niveau que le directeur artistique, et mon seul patron serait le fondateur de la compagnie, Miller Dorsey, qui aime le prestige de son titre, mais qui ne veut pas s'occuper de la gestion quotidienne. J'aurais mon mot à dire lors du vote du budget, en matière de planning, de marketing, et de publicité. Je me battrais pour le théâtre, parce qu'il fait partie de moi, et que c'est le seul endroit où j'ai travaillé depuis que j'ai quitté la fac. Je serais hargneuse comme une vraie nana du New Jersey, ne reculant devant rien pour réussir, allant jusqu'à me battre, menacer ou payer quelqu'un s'il le fallait. J'ai l'expérience, les capacités et la détermination pour faire de cette compagnie la star qu'elle a déjà les moyens d'être.

Je veux ce poste – vraiment. Et c'est pour ça que je suis aussi nerveuse. Plus on désire quelque chose, plus on souffre de ne pas l'avoir.

Madame Adelstein, la secrétaire de Miller Dorsey, vient me chercher dans le couloir.

– Mademoiselle Carpenter ? Il est prêt à vous recevoir.

Cheryl me regarde en levant les pouces et Bruce sourit. Je respire un grand coup, puis je suis Adelstein dans le bureau de mon patron alors qu'une voix résonne dans ma tête.

« *Tu gères, Callie.* »

◆◆◆

– Wouuuhouuu ! je m'exclame en vidant mon quatrième shot de tequila citron. J'arrive pas à croire que je l'ai eu !

– Bien sûr que t'as eu le poste, meuf ! crie Cheryl alors qu'on est l'une à côté de l'autre.

On a commencé les festivités dans un bar à vin branché de la ville, car c'est ainsi que les trentenaires sont censés faire la fête, mais on finit la soirée dans un bar poisseux d'un quartier malfamé de San Diego, parce que c'est le seul moyen de vraiment s'amuser.

Le barman baraqué aux gros bras entièrement tatoués sourit à Cheryl derrière sa grosse barbe blonde, et il nous sert une autre tournée. Cheryl ne rate pas son sourire, et elle cligne rapidement des yeux.

Sauf que ses cils s'accrochent et qu'on dirait qu'elle subit une crise de tétanie.

Bruce est dans le coin de la salle, parlant à une jeune femme blonde très souriante, qui porte un petit débardeur et un pantalon en cuir. Bruce est charmant avec les dames... mais il est maudit par le sort du « mec bien ». C'est affreux, et très stéréotypé, mais c'est vrai. Bruce est trop poli. Il n'a rien de rugueux, rien d'excitant. Je sais de quoi je parle, puisqu'on est sortis ensemble quand on s'est rencontrés, il y a quelques années. Mais j'ai vite compris qu'on ne serait jamais rien de plus que des amis.

Avec son œil ouvert, Cheryl se tourne vers moi en levant son verre.

– Je viens de penser à un truc ! Ça veut dire que tu vas enfin pouvoir quitter ton immeuble pourri, qui grouille d'étudiants sans un sou, pour emménager dans l'appart' devant lequel tu baves depuis tout ce temps ; celui avec les phoques !

Je vis toujours dans le même appart' qu'à la fac. Mais j'économise, année après année, pour me constituer un apport et acheter un superbe trois-pièces avec vue sur l'océan, à La Jolla.

Un des appartements de l'immeuble a même un balcon qui domine les rochers en contrebas, sur lesquels les phoques bronzent tous les après-midis. C'est paisible et magique – c'est l'appartement de mes rêves.

Je suis super excitée d'y penser et je me sens comme Kate Hudson dans *Presque Célèbre*.

– Tous mes rêves se réalisent ! je m'exclame en levant mon verre, en renversant une bonne partie parce que je sautille sur place.

Le barman-bûcheron lève aussi son verre pour porter un toast.

– Aux phoques. J'adore ces petits trucs poilus.

◆◆◆

La soirée se poursuit et Cheryl, Bruce et moi-même sommes ivres morts – le genre d'ivresse dont ils font des montages dans les films. La vie n'est plus qu'une série de photos clichées : Bruce faisant tournoyer son foulard au-dessus de sa tête comme un hélicoptère, Cheryl dansant sur une chaise avant d'en tomber, la chenille qu'on forme tous les trois pour faire le tour du bar...

On finit par rentrer dans mon minuscule appartement. J'enlève mes chaussures que j'abandonne dans un coin pendant que Cheryl se laisse tomber sur le canapé.

Bruce enlève sa veste et l'étend sur la moquette beige, puis il s'allonge dessus en chantant.

– Eh, au fait ! crie Cheryl en plongeant sa main dans son soutien-gorge pour en sortir une petite serviette en papier. Regardez ce que j'ai ! Le numéro du bûcheron !

– Le bûcheron ? demande Bruce.

– Le barman, grommelle-t-elle. Parce que je suis sûre qu'il a une énorme bûche. Il peut me tronçonner quand il veut...

Sa voix s'éteint tandis qu'elle s'endort. Mais Bruce saisit aussitôt l'oreiller sous sa tête.

– Eh, mec ! J'ai besoin de ce coussin !

– T'as le canapé, Cheryl. Si t'as le canap', j'ai droit au coussin, râle Bruce.

– Je peux pas être à plat après avoir bu. J'ai des remontées acides.

C'est comme ça qu'on sait qu'on vieillit.

– Ouais, t'as des brûlures d'estomac quand ça t'arrange, rétorque Bruce. T'en parles seulement quand tu veux quelque chose.

– Va te faire voir, Bruce.

Cheryl et Bruce sont comme un chien et un chat qui ont grandi dans la même maison.

– Calmez-vous, les enfants. J'ai des oreillers et des couvertures supplémentaires dans le placard.

Quand tout va bien, on oublie facilement la loi de Murphy: *tout ce qui est susceptible d'aller mal, ira mal.* Or c'est dans ces moments-là qu'il faut le garder à l'esprit. Car la loi de Murphy est comme un serpent qui glisse silencieusement dans l'herbe autour d'un pique-nique. C'est quand on a le dos tourné et qu'on ne s'y attend pas qu'il se jette sur vous pour planter ses crocs dans votre dos.

J'ouvre le placard du couloir lorsque mon téléphone se met à sonner. Je le cherche dans mon sac, mais cet enfoiré se cache, et je finis par vider tout le contenu sur la table, frappant Bruce avec des Tic Tac qui lui tombent sur le front.

Je regarde l'écran et vois le visage souriant de ma grande sœur, entourée de mes adorables nièces qui tirent la langue. J'ai pris la photo à Thanksgiving, l'an dernier, lorsqu'on s'est retrouvés au lac Tahoe avec mes parents.

Il ne me vient même pas à l'esprit qu'elle m'appelle à deux heures du matin, et je réponds comme si c'était normal.

– Salut Colleen ! Comment tu...

Elle parle vite et j'ai du mal à comprendre. Je crois qu'elle pleure. C'est bizarre, car Colleen ne pleure jamais.

C'est une dure à cuire, elle est solide. Elle a accouché de trois enfants sans péridurale – rien ne l'atteint.

Mais là... là... ça ne va pas.

– Colleen, ralentis, je comprends pas ce que tu dis...

Entre mon taux d'alcoolémie et ses sanglots, je peine à comprendre.

– Maman... Papa... Voiture... Accident.

*Oh mon Dieu. OH MON DIEU !*

Je me tourne vers Bruce et Cher, aussitôt sobre, oubliant complètement ma promotion et tout le reste. Je n'ai qu'une idée en tête ; un seul objectif.

– Je dois rentrer à la maison.

# CHAPITRE 3

## Callie

Il s'avère que Colleen ne pleurait pas.

Elle était morte de rire.

Et, douze heures plus tard, alors que je suis dans le couloir immaculé et illuminé par le soleil, devant la chambre d'hôpital de mes parents... elle glousse encore.

– Les jambes ? je demande en espérant avoir mal compris le médecin. Ils ont les jambes cassées ?

– Tout à fait, acquiesce le docteur Zheng en remontant ses lunettes. Une jambe chacun.

Ma sœur glousse derrière moi comme une oie.

– Je veux qu'ils restent sous observation encore un jour ou deux, mais, étant donné leur âge avancé, vos parents sont en très bonne santé.

Ouais. Ce sont leurs vices qui font perdurer leur jeunesse.

Mes parents nous ont envoyées, ma sœur et moi, à l'école catholique, mais ce n'est pas pour ça que nous étions sages. Si nous l'étions, c'est parce que rien de ce que font les parents ne peut être cool. C'est pourquoi certains comportements sautent une génération. Si vos parents ont des tatouages, les tatouages ne sont pas cool. S'ils ont les cheveux longs, vous préférerez avoir une coupe courte. Si votre mère met des t-shirts trop courts et des jeans moulants, vous vous habillerez comme une nonne.

Les plus belles années de mes parents étaient les années soixante-dix – les boules à facettes et les pattes d'eph, Woodstock et les drogues hallucinogènes. Ils gobaient ces trucs comme des Tic Tac. Et dans leur tête, ils sont restés bloqués dans ces années-là. Le cancer du poumon ? C'est une conspiration inventée par l'industrie pharmaceutique ; vas-y, crame-t'en une. La cirrhose ? Ça ne touche que les plus faibles, sers-moi un autre whisky. La monogamie ? C'est contre nature ; où se déroule la prochaine soirée libertine ? Eh oui, avant de devenir parents, ils étaient échangistes.

Bon sang, pour l'amour de Dieu, faites que ce dernier point appartienne bien au passé.

Je laisse mes pensées de côté et me concentre sur ce que dit le docteur Zheng.

– Vu leur âge, leurs os vont mettre plus de temps à se réparer. Ils vont avoir besoin d'une rééducation intensive pendant plusieurs mois. J'ai déjà donné tous les formulaires à votre sœur.

J'acquiesce, encore sous le choc.

– D'accord, merci docteur.

Je me tourne vers Colleen, bouche bée, et lui fais les gros yeux.

– Comment c'est arrivé ? je demande.

– Comment c'est arrivé ? Voilà une sacrée histoire !

– Est-ce que j'ai envie de l'entendre ? je demande en grimaçant.

– Non, dit-elle en souriant d'un air diabolique. Mais j'y ai été obligée, donc toi aussi. Ah, Ryan, t'es revenu. T'arrives pile à temps.

Je me tourne, et voyez-vous ça : Ryan Daniels est flic. Je ne le savais pas. C'est le grand frère de mon petit ami du lycée – j'ai pratiquement vécu chez lui pendant quatre ans. La dernière fois que je l'ai vu, il était rentré plus tôt de la fac et il m'avait surprise avec son frère sur le canapé de ses parents. *Super.*

– Salut Callie, ça fait plaisir de te voir, dit-il en me souriant chaleureusement.

– Salut, Ryan.

Il doit avoir trente-six ou trente-sept ans, maintenant, mais il est comme dans mes souvenirs. Les seuls changements sont quelques petites rides au coin des yeux et quelques cheveux gris. En dehors de ça, il est toujours beau et musclé, comme tous les fils Daniels.

– Donc... J'ai relu le rapport d'accident, et je suis désolé, mais je vais devoir mettre une contravention à ton père. Je ne peux pas faire autrement. Sa conduite était une mise en danger pour autrui.

Colleen hoche la tête en retenant un fou rire.

– Y a pas de problème, dit-elle.

– Si, y a un problème ! crie mon père depuis sa chambre. Je n'ai jamais eu d'amende de ma vie, et je refuse que ça commence maintenant !

Il se met alors à chanter *Fuck Tha Police* de NWA.

– Papa ! je hurle. Arrête ! Je suis désolée, Ryan.

– Il est défoncé aux antidouleurs, explique Colleen.

– Pas de souci, répond Ryan en riant.

– Fuck, fuck, fuck the police...

– Mais comment il connaît cette chanson ? je m'exclame, mortifiée.

– Sa nouvelle Buick est équipée d'une radio satellite qui lui permet d'écouter *Urban Yesterday*, et ils passent tous les classiques : NWA, Run DMC, Vanilla Ice…

Mon père arrête de chanter et se remet à crier.

– Je ne t'ai pas oublié, Ryan Daniels ! Je me souviens que t'as vomi dans nos rosiers à cause de cet alcool merdique que t'as ramené à l'anniversaire de Colleen, pour ses seize ans ! Il est hors de question que tu me files une contravention !

– Waouh, ton père a une bonne mémoire, dit Ryan en rougissant. Désolé pour vos rosiers, madame Carpenter ! dit-il en direction de la chambre.

– Y a pas de souci, mon chéri, répond ma mère de sa voix rauque. Tu peux vomir dans mes rosiers quand tu veux !

Je me couvre les yeux, priant pour que le sol s'effondre sous mes pieds et que je puisse disparaître.

– Mais… mise en danger pour autrui ? je demande à Ryan. Mon père est un conducteur prudent, normalement. Que s'est-il passé ?

– Il n'était pas concentré sur la route, ça c'est clair, répond Colleen.

Ryan rougit de plus belle.

– Tes parents se montraient… affectueux… au moment de l'accident.

– Affectueux ? je répète, ne comprenant pas.

– Maman taillait une pipe à papa, déclare ma sœur avant d'éclater de rire.

Je pousse un cri horrifié. Personne ne devrait jamais avoir à entendre cette phrase.

– On a gagné aux machines à sous, crie ma mère. On fêtait ça ! Je sais encore m'y prendre, poursuit-elle d'un ton affreusement fier. Mais je pense que j'ai bien fait d'enlever mon dentier.

Je suis sous le choc. J'ai peur de dire quoi que ce soit qui pourrait empirer la situation. Avec mes parents, ça peut toujours être pire.

– Tes parents sont bien plus drôles que les miens, déclare Ryan en riant à son tour.

– Ah ouais ? Tu veux qu'on échange ?

◆◆◆

Rentrer à Lakeside est toujours un peu étrange – tout semble plus petit, mais rien n'a changé. Ça fait longtemps, cette fois, que je ne suis pas revenue. Des années, en fait. Je regarde par la vitre alors que ma sœur nous ramène chez mes parents, observant les rues que je connais si bien, et les doux fantômes qui vivent à chaque coin. Colleen me donne les dernières nouvelles de la ville : qui attend un enfant, qui divorce... Il y a eu un incendie à la pharmacie des Brewster il y a quelques mois, mais ils l'ont reconstruite, et peinte en orange.

Je n'ai pas vraiment décidé de rentrer moins souvent, c'est juste arrivé comme ça. Mes parents n'avaient pas beaucoup d'argent durant mes premières années à la fac, puisqu'ils payaient aussi la scolarité de ma sœur, et un billet pour rentrer de Californie n'était pas donné. J'étais serveuse dans un *diner* en dehors des cours, donc j'ai bossé à chaque Thanksgiving et durant toutes les vacances, pour ne rentrer à Lakeside qu'au moment de Noël.

Ce n'était pas très grave car San Diego me plaisait. Maman et papa avaient fait le tour du pays en stop, durant leur jeunesse, et ils nous encourageaient, ma sœur et moi, à voyager et à prendre notre envol.

J'ai commencé à jouer dans des pièces durant l'été, donc je ne revenais plus chez mes parents lorsque le semestre se terminait en mai. En troisième année, les choses ont changé. Colleen avait fini ses études, et j'ai pu louer un appartement en dehors du campus. Mes parents sont venus me rendre visite et ils ont rencontré Snapper, mon voisin atteint d'un glaucome et fumeur de cannabis. Ils ont déclaré qu'il était leur âme sœur, et je vous jure que s'il n'avait pas eu quarante-sept ans, ils l'auraient adopté.

Il vit désormais en Oregon, et mes parents continuent de lui envoyer une carte à chaque Noël.

L'année où j'ai eu mon diplôme, je suis rentrée pour être témoin au mariage de ma sœur. Mais après ça, je suis un peu devenue le prétexte pour ma famille de partir en vacances chaque année. Après m'avoir rendu plusieurs fois visite en Californie, ils ont commencé à choisir un endroit différent à chaque fois. Parfois c'était le lac Tahoe, parfois Myrtle Beach... c'était rarement Lakeside.

Sur Main Street, ma sœur klaxonne lorsqu'on passe devant Ollie Munson, qui répond par un signe de la main. Je souris et le salue à mon tour.

– Alors Ollie est encore là ?

Colleen me regarde comme si ma question était idiote.

– Bien sûr, je te l'aurais dit s'il lui était arrivé quelque chose.

Quelques minutes plus tard, on s'arrête dans l'allée de mes parents, devant leur maison marron qui n'a pas changé, avec son jardin entretenu à l'avant, les chaises longues sur le porche, et les attrape-rêves et autres carillons de ma mère de chaque côté de la porte.

– Bon, dit ma sœur en coupant le moteur. Il faut qu'on parle du planning ; de comment on va gérer le rétablissement de maman et papa.

C'est le « on » qui me frappe. Entre les yeux. Comme un grand drapeau rouge agité sous mon nez, qui me signale que ma vie est sur le point de changer.

– Je n'y avais pas pensé, je t'avoue.

Tout s'est passé tellement vite, depuis qu'elle m'a appelée – j'ai balancé des affaires dans un sac, j'ai embarqué dans le premier vol que j'ai trouvé pour le New Jersey, et j'ai pris un taxi jusqu'à l'hôpital.

Colleen penche la tête sur le côté et me regarde d'un air déçu.

– Callie, je sais que t'as une super vie pleine de paillettes en Californie ; mais tu croyais vraiment que j'allais pouvoir m'occuper d'eux toute seule ?

Je me sens profondément honteuse, parce que c'est justement ce que je pensais. Peut-être est-ce le syndrome de la petite sœur, mais Colleen a toujours tout géré à merveille. Pour moi c'est Wonder Woman et je n'ai jamais envisagé que ça change.

– On peut embaucher une infirmière ?

– Ah non, la sécurité sociale ne paiera pas. Gary s'en sort pas mal à la compagnie d'assurance ; du moins, assez bien pour que je reste à la maison avec les enfants, mais on n'a pas les moyens de payer une infirmière à domicile. Pas sur une telle durée.

Mon beau-frère, Gary, est un chouette type, plutôt lambda; moyen dans tous les domaines. Il est de taille moyenne, de carrure moyenne, ses cheveux sont moyennement foncés, et même sa voix est moyenne – ni trop grave, ni trop aiguë, et il parle toujours d'un ton égal. Comme Colleen l'a dit, s'il ne gagne pas une fortune, il a suffisamment d'argent pour subvenir aux besoins de sa famille, et permettre à ma sœur d'être la mère au foyer parent d'élève et pâtissière qu'elle a toujours rêvé d'être. Et rien que pour ça, j'aime Gary plus que la moyenne.

– Je peux m'occuper d'eux pendant la journée, après avoir mis les filles dans le bus de l'école, dit ma sœur. Et je peux les amener à leurs rendez-vous chez le médecin et le kiné. Mais la nuit, il va falloir que tu sois là, au cas où ils auraient besoin de quelque chose. Il faudra leur préparer à manger et s'assurer qu'ils ne font pas de bêtises. Tu connais papa; il est capable de prendre maman dans ses bras et d'essayer de faire une virée dans sa Buick dès le premier jour, plâtre ou pas.

J'éclate de rire, parce que c'est vrai.

Je me frotte alors les yeux, épuisée, comme si cet éclat de rire m'avait vidée du peu d'énergie qu'il me restait.

Je décide d'annoncer à ma sœur la grande nouvelle, avec beaucoup moins d'excitation que ce que je ressentais hier.

– J'ai été promue. Je suis la nouvelle directrice générale de la compagnie.

Elle me serre fort dans ses bras, comme seule Colleen sait le faire.

– C'est génial! Félicitations, je suis super contente pour toi! s'exclame-t-elle alors que son sourire s'évanouit vite. Ça va tout gâcher, si tu prends un congé?

– Je... je ne crois pas, je réponds en me massant la nuque. Il faut que je me renseigne, mais je pense qu'ils pourront m'accorder un congé pour urgence familiale et me garder le poste. En revanche, ils ne vont me payer qu'un minuscule pourcentage de mon salaire. Je ne pourrai même plus payer mon loyer.

Et si je commence à piocher dans mes économies, je peux dire au revoir à mes phoques.

Ma sœur promène ses mains sur le volant tandis qu'elle réfléchit.

– Julie Shriver, la prof de théâtre du lycée, est enceinte et elle vient d'être mise au repos complet.

– Julie Shriver attend un bébé ? je demande.

Julie Shriver était toujours un peu bizarre. Ses passe-temps étaient l'apiculture et les échanges épistolaires avec les détenus de la prison de Rahway.

– Ouais ! Un des prisonniers auquel elle écrivait a été libéré il y a deux ans et il s'est révélé être un chouette type. Ils se sont mariés il y a quelques mois. Il joue au foot avec Gary, et c'est le nouveau diacre de Saint-Bart. Il s'appelle Adam ou Andy, un truc comme ça. Bref. Madame McCarthy cherche désespérément une remplaçante pour l'année. Je suis sûre qu'elle t'embaucherait tout de suite.

Madame McCarthy était l'horrible proviseure du lycée, à mon époque. J'ai du mal à imaginer qu'elle soit plus sympa, dix-sept ans plus tard.

– Être prof ? Je ne sais pas... Ce serait bizarre.

– T'as une licence en arts dramatiques, et t'es la nouvelle directrice de la Fountain Theater Company ! Ça devrait être du gâteau, pour toi, d'enseigner au lycée !

Note de la Callie du passé à la Callie du futur : l'importance du conditionnel dans « devrait ».

– Est-ce que... Garrett est toujours prof au lycée ?

– Carrément, et il est toujours coach, aussi.

– Ça rendrait les choses encore plus bizarres...

– Oh, allez, Callie ! râle ma sœur. C'était il y a mille ans, et c'est pas comme si vous vous étiez quittés en mauvais termes. Est-ce que ce serait si affreux de le revoir ?

Mon estomac se noue un peu, parce que revoir mon ex ne serait pas affreux. Juste... étrange.

Je vide tout l'air de mes poumons et reviens à la réalité.

– Bon. OK. Ça peut marcher. Ça va peut-être tourner au désastre... mais ça peut aussi marcher. J'appellerai le théâtre à la première heure, demain matin.

Ma sœur me tapote gentiment le bras.

– Allez, viens, tu dois être crevée. Je suis déjà passée au supermarché pour faire des provisions.

J'adore l'odeur de la maison de mes parents. Aucun autre endroit sur terre ne sent pareil. Il me suffit de sentir la lessive de ma mère dans la buanderie ; j'ai de nouveau onze ans et je me glisse dans mes draps tout propres. L'odeur de cigare et d'eau de Cologne de mon père dans le salon ; j'ai dix-sept ans, et je prends mon père dans mes bras tandis qu'il me donne les clés de sa Buick chérie parce que je viens d'avoir mon permis et que je me sens pousser des ailes. Je hume un fumet de dinde rôtie dans la cuisine, et des centaines de dîners de famille ressurgissent dans ma tête.

C'est comme une machine à remonter le temps.

Ma sœur me passe devant pour entrer dans la cuisine et pose le sac en papier sur le plan de travail. Elle sort une bouteille de vin et la glisse dans le rack sous le comptoir. Puis elle en sort une autre.

Et encore une.

– Qu'est-ce que tu fais ? Je croyais que t'avais fait des courses ?

Colleen ricane.

– J'ai dit que j'avais fait des *provisions*, répond-elle en me montrant une bouteille de pinot noir. Et on sait toutes les deux que pour survivre au *loooong* rétablissement de nos parents, il va nous falloir bien plus de vin que ça.

Ma sœur a toujours été brillante.

# CHAPITRE 4

## *Garrett*

– T'es un bon gamin, Garrett.

Michelle McCarthy – c'était un sacré numéro quand j'étais lycéen à Lakeside, et maintenant c'est ma patronne. Je suis assis en face d'elle dans son bureau et je dois être sur le terrain dans trente minutes, pour commencer la dernière semaine d'entraînements avant la rentrée.

– Tu l'as toujours été. Je t'ai toujours apprécié.

Elle ment. Je n'étais pas un bon gamin, et elle ne m'aime pas. McCarthy n'aime personne. Elle est comme... Dark Vador, si Dark Vador était proviseur dans un lycée. Elle tire sa force de sa haine.

– Merci, madame McCarthy.

J'ai beau être adulte, je n'arrive pas à l'appeler par son prénom. C'est comme ça pour tous les adultes avec lesquels j'ai grandi. Ce serait comme appeler ma mère *Irene*.

Michelle... non – trop bizarre.

Le fait qu'elle n'a quasiment pas changé depuis que je l'ai rencontrée aggrave encore la situation. Elle a un de ces visages sans âge – des joues fermes et rebondies, des yeux noisette, et des cheveux auburn coupés au carré. C'est le genre de femme qui est plus jolie avec quelques kilos en trop.

Michelle McCarthy sort un flacon de Gaviscon de son tiroir, penche la tête en arrière, et en avale plusieurs comprimés.

– T'es un meneur, dans cette école, me dit-elle en croquant les cachets. Les autres profs te respectent.

Tous les profs ne sont pas aussi sereins que moi. En fait, la majorité ne sait pas où donner de la tête et ils arrivent tout juste à *paraître* stables pendant sept heures sans laisser entrevoir des débuts de fissures. Or ces fissures, ces craquages, sont justement celles dont on entend parler dans la presse – le prof qui pète un câble avec un gamin insolent ou qui jette une chaise par la fenêtre, parce qu'un élève de trop est arrivé en cours sans stylo.

C'est comme ça que notre ancien proviseur adjoint, Todd Melons, est parti l'an dernier.

Et c'est pour ça que je sais ce que McCarthy va dire, à présent.

– C'est pour ça que je veux t'offrir le poste de proviseur adjoint.

Elle se penche en avant et me regarde dans les yeux, comme un cowboy lors d'un duel – elle attend que je dégaine mon flingue pour me tirer dessus et me désarmer.

Mais je n'ai pas de flingue ; ou d'excuse, en l'occurrence. C'est trop compliqué. J'aime la franchise.

– Je ne veux pas être proviseur adjoint, madame McCarthy.

– T'es ambitieux, Daniels. Compétitif. Avec ce poste, tu ne serais qu'à un pas de devenir chef. Tu pourrais mettre en place de vrais changements.

Mouais. On accorde trop d'importance au changement. Si la chose n'est pas cassée, n'essayez pas de la réparer. Et de mon point de vue, rien n'a besoin de changer au lycée de Lakeside.

J'aime tenir les rênes et donner des ordres, mais je ne suis pas idiot pour autant.

Être proviseur adjoint est un poste merdique. Il y a trop de prises de tête et pas assez de bonus. Et les gamins vous détestent, parce que c'est vous qui êtes en charge de la discipline, des heures de colle, des exclusions et de faire respecter le code vestimentaire. Par définition, le poste de proviseur adjoint est le moins cool du lycée, et, même si les lycéens sont égoïstes et peuvent être de véritables ordures... parfois, ils savent être drôles.

L'an dernier, un élève de seconde a ramené un coq le premier jour de cours. Il l'a lâché dans les couloirs et il a déféqué et chanté comme un dingue. Les gars de l'intendance étaient morts de trouille. C'était hilarant.

Cependant, Todd Melons n'a pas trouvé ça hilarant ; il ne pouvait pas. Il n'a pas eu d'autre choix que d'imposer des sanctions sévères au gamin et de faire de lui un exemple, surveillant personnellement ses heures de colle pendant six semaines. Sans ça, le lycée se serait transformé en ferme tous les jours de l'année.

Or les profs qui n'ont pas de rôle administratif peuvent s'amuser. Et certains jours, ce genre de bêtise est la seule chose qui nous fait tenir.

McCarthy lève les mains pour désigner les murs beiges et délavés qui nous entourent.

– Et un jour, tout ça pourrait être à toi, déclare-t-elle.

Elle ne prendra jamais sa retraite. Elle est célibataire, elle n'a pas d'enfants, et elle ne voyage pas. Elle va mourir à ce bureau, tenant son Gaviscon dans la main, sans doute d'une énorme crise cardiaque due au stress que lui auront imposé mes collègues et la sénilité de sa secrétaire, l'adorable petite madame Cockaburrow.

*Non merci!*

– Je ne veux pas être proviseur, madame McCarthy, je réponds en secouant la tête. Jamais.

McCarthy fronce les sourcils, montrant enfin la mine renfrognée que je lui ai toujours connue. J'ai l'impression d'avoir de nouveau dix-sept ans et d'avoir été surpris en train de bécoter une nana dans le placard à balais.

– Les élèves te respectent. Ils t'apprécient.

– Mes *joueurs* me respectent, je la corrige, parce qu'ils savent que je peux les obliger à courir jusqu'à ce que leurs poumons soient en feu. Les élèves pensent que je suis jeune et cool; or ce ne sera pas le cas si je deviens proviseur adjoint. Si j'acceptais ce poste, ils me prendraient pour un tocard. Et je ne veux pas être un tocard.

Elle me fusille du regard en fronçant les sourcils.

– Alors c'est non?

– C'est non.

Et... vooing, voilà le sabre laser.

– T'es qu'un petit con arrogant, Daniels. Tu l'as toujours été. Je ne t'ai jamais aimé. Un de ces quatre, tu vas me demander quelque chose, et je vais te rire au nez.

Je ne suis pas vexé.

– Je suis prêt à prendre ce risque.

Elle recule sa chaise de son bureau.

– Cockaburrow! Amenez-moi ces fichus CV.

Madame Cockaburrow se dépêche d'entrer dans le bureau, comme Igor dans *Frankenstein*.

– Sors de mon bureau, gronde-t-elle en désignant la porte. Va préparer cette équipe à gagner des matchs.

– Ah, *ça*, c'est dans mes cordes, madame McCarthy, je rétorque en me dirigeant vers la porte. *Ça*, je peux le faire.

◆◆◆

– Bien joué, Martinez ! Dubrowski, j'ai dit à gauche ! Va à gauche ! Bon sang, t'étais absent le jour où ils ont appris la différence entre la droite et la gauche, à la maternelle ?!

Les temps ont changé depuis que je m'entraînais sur ce terrain. Les coachs ne peuvent plus dire la même chose. Par exemple, mon coach, Leo Saber, aimait nous dire qu'il allait nous briser les jambes si on merdait. Et si on merdait vraiment, il nous hurlait dessus jusqu'à ce qu'on chiale.

Aujourd'hui, ce serait mal vu. Toute critique doit être centrée sur le *comportement*. On ne peut pas les traiter d'imbéciles, mais on peut leur dire qu'ils se *comportent* comme des imbéciles. La différence est ténue, mais mes coachs assistants et moi-même nous devons nous y tenir. Certains changements ont été positifs, voire vitaux. À mon époque, les entraîneurs n'étaient pas aussi soucieux des problèmes de santé, comme les commotions à répétition. Ils se fichaient qu'on souffre, car on avait tout le temps mal ; l'important était de savoir si on était *blessé*.

Je n'oublierai jamais, alors que j'étais en seconde, le jour où Billy Golling a été pris de convulsions en plein touchdown. Il avait pris un coup de chaud et il était en détresse respiratoire.

Ce genre de chose n'arrivera jamais à un de mes gamins. Je me l'interdis.

Toutefois, les fondamentaux du jeu n'ont pas changé. Il s'agit toujours de constituer une fraternité, de servir de guide, de former des héros ; il s'agit de boue et d'herbe, de confiance et de souffrance. C'est rude... il faut un véritable engagement et de la vraie sueur. Comme pour les plus belles choses dans la vie.

On passe les entraînements à les briser, comme dans l'armée, puis on les reconstruit pour en faire les champions qu'ils sont. Et les gamins adorent ça. Ils veulent qu'on leur gueule dessus, qu'on les dirige – qu'on les coache. Parce qu'ils savent, au fond d'eux, que si on s'en foutait, si on ne voyait pas leur véritable potentiel, on ne perdrait pas de temps à leur crier dessus.

On les traite comme des guerriers, et sur le terrain... ils jouent comme des rois.

C'est comme ça que c'était à mon époque, et ça n'a pas changé.

– Non, non, non, putain, O'Riley ! Si tu fais tomber le ballon encore une fois, je te fais faire des suicides[4] jusqu'à ce que tu t'écroules !

Dean Walker est mon coach offensif. C'est aussi mon meilleur ami, après Snoopy. Il était receveur dans mon équipe au lycée et, ensemble, on était imbattables. Contrairement à moi, il n'a pas joué au football à la fac, où il a étudié les maths – il est désormais prof à Lakeside.

Dean est un véritable Clark Kent, selon le moment de l'année. Il est batteur dans un groupe, et les longues

4. Exercice durant lequel l'athlète fait des allers-retours d'un bout à l'autre du terrain en sprintant.

vacances d'été lui permettent de partir en tournée dans les bars du New Jersey. Toutefois, dès la fin du mois d'août et jusqu'en juin, il raccroche ses baguettes, il remet ses lunettes, et il redevient monsieur Walker, prof de maths extraordinaire.

Il saisit O'Riley par la grille de son casque.

– T'es un vrai Lenny ! Arrête de serrer le chiot à mort !

Certains joueurs paniquent sous la pression. D'autres, comme notre receveur Nick O'Riley, sont ce que j'appelle des étrangleurs. Ils sont trop avides et trop brusques et ils serrent le ballon trop fort, ce qui augmente leurs chances de perdre la balle s'ils sont percutés par un autre joueur.

– Je ne sais pas ce que ça veut dire, Coach Walker, grommelle O'Riley derrière son protège-dents.

– Lenny, dans *Des souris et des hommes*. Lis un bouquin de temps en temps, bon sang ! rétorque Dean. Tu tiens la balle trop fort. Qu'est-ce qu'il se passe si tu tiens un œuf trop fort ?

– Il se casse, Coach.

– Exactement. Tiens le ballon comme si c'était un œuf, répond Dean en prenant le ballon. Tu dois être ferme, sans l'étrangler.

J'ai une meilleure idée.

– Snoopy, viens ici !

Snoopy adore les entraînements. Il court sur le terrain et essaie de rassembler les joueurs comme un chien de berger. La petite boule blanche saute dans mes bras, et je le passe à O'Riley.

– Snoopy est ton ballon. Si tu le tiens trop fort ou que tu le lâches, il te niaque. Maintenant, cours ! je gronde en désignant l'autre bout du terrain.

De l'autre côté de la pelouse, mon coach défensif aboie sur ma ligne de départ.

– C'était quoi ça ?!

Jerry Dorfman est un ancien joueur défensif qui a joué chez les pros, et aussi un ancien officier de la Marine.

– Je pisse plus fort que tu ne frappes ! Dégagez le meneur ! Ne soyez pas des mauviettes, bon sang !

C'est aussi le seul conseiller d'orientation de Lakeside, et notre thérapeute de gestion des émotions.

Donc... ouais.

◆◆◆

Quelques heures plus tard, quand l'air est plus frais, que le soleil se couche, et que l'équipe s'hydrate, tout est plus calme.

Je regarde mon quarterback, Lipinski, faire de longues passes à mon receveur éloigné, DJ King. J'observe leur jeu de jambes, chacun de leurs mouvements, cherchant leurs faiblesses et leurs erreurs – n'en trouvant aucune.

C'est en les observant que je me rappelle pourquoi j'aime autant ce sport.

C'est pour ces quelques secondes de clarté, comme lorsqu'on est à bord d'un avion, hors du temps – le seul bruit provient de votre propre souffle dans le casque, et des cris de votre receveur. Dans ces moments-là, votre vue est comme celle d'un aigle. Tout se met en place, et on sait que c'est le moment. Une énergie brute et féroce vous parcourt les veines – on fait un pas en arrière, on lève le bras... et on lance.

Et le ballon vole dans les airs, tournoyant sur lui-même jusqu'à atterrir là où on le voulait. Vous êtes un maître, un Dieu du ciel et de l'air.

Et à cet instant, tout est parfait.

Le lancer parfait, la chorégraphie parfaite... la tactique parfaite.

Je tape dans mes mains et frappe DJ dans le dos lorsqu'il revient.

– Bien joué ! je dis en frappant ensuite le casque de Lipinski. Magnifique. C'est ça que je veux voir.

Et Lipinski... lève les yeux au ciel.

Le geste est rapide et caché par son casque, mais je le vois. Je m'arrête, prêt à lui gueuler dessus... mais je me ravise. Parce que Lipinski est en terminale, et il est conscient de sa supériorité, comme tous les joueurs hors pair. Il est sûr de lui et arrogant. Or ce n'est pas forcément une mauvaise chose. J'étais un petit con arrogant, moi aussi, et ça m'a bien servi.

Les gamins ne peuvent pas grandir si leur coach leur gueule dessus vingt-quatre heures sur vingt-quatre et sept jours sur sept. Il faut savoir lâcher les rênes, pour pouvoir mieux tirer dessus lorsque c'est vraiment nécessaire.

Les joueurs s'agglutinent autour de moi et posent un genou à terre.

– Bel entraînement, les gars. On refait le même demain. Rentrez chez vous, mangez, douchez-vous, et dormez.

Ils poussent un grognement collectif, parce que c'est la dernière semaine des vacances.

– Ne sortez pas avec vos copines, ne picolez pas, ne jouez pas à la console toute la nuit avec vos potes débiles. Mangez, douchez-vous, dormez ; je le saurai si vous ne le faites pas, et je vous le ferai payer demain. Allez, je veux vous entendre.

– On est qui ? gueule Lipinski.

– Les Lions ! répondent les autres.

– On est qui ?!

– Les Lions !

– Imbattables !

– Imbattables ! Imbattables ! Lions, lions, LIONS ! ! !

Et c'est ce qu'ils sont, surtout cette année. On a fait d'eux une machine bien rodée : ils sont disciplinés, forts, soudés.

◆◆◆

Avant de rentrer chez moi, je mets Snoopy dans la Jeep et je me rends dans ma salle de classe, où j'enseignerai l'histoire américaine d'ici quelques jours. J'ai de bonnes classes, cette année – un mélange de bons élèves très sages, et de petits cons intelligents, histoire que je ne m'ennuie pas. J'ai surtout des élèves de première, ce qui est top : ils connaissent les règles et le fonctionnement des cours, et ils tiennent encore suffisamment à leurs bonnes notes pour faire les devoirs et ne pas me dire d'aller me faire foutre... Ce qui arrive avec les élèves de terminale.

Je range les petites feuilles cartonnées dans mon bureau, prêtes pour le devoir que je donne toujours le premier jour. Je mets *We Didn't Start the Fire* de Billy Joel et j'accroche les paroles aux murs la salle, puis les élèves piochent deux bouts de papier et doivent fairc un exposé oral sur les personnages ou événements historiques qu'ils ont tirés. Ça rend les cours plus intéressants et ça leur parle davantage – or ce n'est pas rien pour une génération de gosses qui sont accros à la récompense immédiate.

Les pédopsychiatres disent que le cerveau humain n'est complètement développé qu'à l'âge de vingt-cinq ans. Toutefois, au risque de paraître rabat-joie, je crois que l'âme arrête son développement bien avant, à la fin du lycée. La personne que vous êtes lorsque vous recevez votre diplôme est celle que vous serez toute votre vie. Je l'ai vu de mes propres yeux – si vous êtes un con à dix-huit ans, vous serez un con toute votre vie.

Il y a une autre raison pour laquelle j'aime ce métier – c'est parce qu'il y a encore de l'espoir, pour ces gamins. Peu importe d'où ils viennent, qui sont leurs parents, qui sont leurs amis ; on les a sept heures par jour. Donc, si on fait notre devoir, si on leur montre l'exemple, qu'on les écoute et qu'on leur enseigne les bonnes choses et oui, si on les rappelle à l'ordre quand il le faut, on peut les aider à se former. On peut les changer, en faire de meilleurs êtres humains que s'ils ne nous avaient pas connus.

En tout cas, c'est ma théorie.

Je m'assois sur ma chaise, à mon bureau, et je me penche en arrière, en équilibre sur les pieds de la chaise, ce que ma mère m'a toujours interdit de faire. Je joins les mains derrière ma tête, je pose les pieds sur mon bureau, et je soupire de joie. Parce que la vie est belle.

Cette année va être géniale.

Elles ne le sont pas toutes – certaines sont vraiment nulles, comme lorsque mes meilleurs joueurs partent à la fac et que je dois reconstruire mon équipe. Ou parfois, quand j'ai des dizaines d'élèves insupportables. Mais cette année va être super – je le sens.

C'est alors que quelque chose attire mon attention par la fenêtre, sur le parking du lycée.

Ou plutôt, *quelqu'un*.

Je perds soudain l'équilibre et j'agite les bras comme un oisillon qui apprend à voler, suspendu dans les airs quelques instants... avant de m'effondrer en arrière. Pas hyper classe. Mais peu importe.

Je me dépêche de me lever et j'enjambe la chaise pour me précipiter à la fenêtre, les yeux rivés sur la femme blonde vêtue d'une jupe crayon bleu marine qui traverse le parking.

Ces fesses – même de loin, je les reconnaîtrais n'importe où.

Callaway Carpenter. Waouh.

Elle est canon. Encore plus belle que la dernière fois que je l'ai vue. Plus belle que la première fois, même. On n'oublie jamais son premier amour – c'est ce qu'on dit, non ? Callie était mon premier amour et, pendant longtemps, j'ai pensé qu'elle serait le seul.

La première fois que je l'ai vue, j'ai eu l'impression d'avoir été percuté par un défenseur de cent-vingts kilos. On aurait dit un ange. Ses cheveux dorés encadraient ses traits fins et délicats – un visage en forme de cœur, une mâchoire légère, un nez tout mignon et de grands yeux de biche d'un vert étincelant, dans lesquels je voulais me noyer pour toujours.

Attendez... revenons en arrière. Ce n'est pas tout à fait vrai. D'ailleurs, c'est un pur mensonge.

J'avais quinze ans quand j'ai rencontré Callie, et les mecs de quinze ans sont tous des pervers ; donc, la première chose que j'ai remarqué n'était pas son visage. C'était ses seins ronds, rebondis, et parfaits.

La deuxième chose qui m'a marqué est sa bouche brillante et rose avec une lèvre inférieure plutôt charnue. Soudain, des centaines de fantasmes ont surgi dans ma tête, rêvant de tout ce qu'elle pourrait faire avec cette bouche... tout ce que je pourrais lui apprendre à faire.

Ce n'est qu'ensuite que j'ai vu son visage angélique. C'est dans cet ordre, que ça s'est déroulé.

L'instant d'après, j'étais amoureux.

Nous étions LE couple du lycée – les Brenda et Eddie de la chanson de Billy Joel. Le quarterback star et la reine du théâtre.

Elle était l'amour de ma vie avant même que je ne sache ce qu'était l'amour.

On a rompu quand elle est partie à la fac de San Diego et que je suis resté dans le New Jersey – on n'a pas tenu la distance. Notre rupture était tranquille. Je suis allé la voir en Californie et on a passé un bon moment avant de se séparer sans mélodrame. On s'est juste dit des vérités dures à entendre, on a pleuré, on a passé une dernière nuit ensemble, et on s'est quittés au petit matin.

Après ça, elle n'est plus vraiment revenue. Du moins, pas assez longtemps pour qu'on se croise. Ça fait une éternité que je ne l'ai pas vue.

Mais elle est là – maintenant.

Dans *mon* lycée.

Et vous pouvez être sûrs que je vais découvrir pourquoi.

# CHAPITRE 5

## *Callie*

J'avais quatorze ans la première fois que Garrett Daniels m'a parlé. Je m'en souviens dans les moindres détails – il me suffit de fermer les yeux pour revoir la scène.

C'était à la fin des cours, une semaine après la rentrée, et TLC chantait *Waterfalls* à la radio, posée par terre à côté de moi. J'étais assise sur un banc, devant le théâtre du lycée, et j'ai d'abord vu ses chaussures de costume, car les joueurs de football étaient toujours en costard les jours de match. Sa veste était bleue marine, sa chemise blanche, et sa cravate rouge bordeaux. J'ai observé son visage et ses superbes yeux marron, avec de jolis cils très longs qui feraient verdir les filles de jalousie. Ses lèvres charnues semblaient douces, et s'étiraient en un sourire. Ses cheveux étaient épais et tombaient sur son front, dans un style cool et décoiffé – j'ai tout de suite rêvé d'y plonger mes mains.

Ensuite, il a prononcé la phrase la plus sexy au monde.

– *T'aurais pas cinquante cents à me prêter ? Je voulais m'acheter une cannette à la machine, mais j'ai pas assez.*

Il s'est trouvé que j'avais bien cinquante cents, et je les lui ai donnés. Mais il n'est pas aller chercher son soda ; il est resté là et il m'a demandé mon prénom. *Callaway.*

Je m'en suis tout de suite voulue d'avoir donné mon prénom complet, parce qu'il est bizarre.

Mais Monsieur Cool ne l'a pas trouvé bizarre.

– *C'est super joli. Moi c'est Garrett.*

Je le savais déjà car j'avais souvent entendu parler de lui. C'était le mec cool du collège public de Lakeside, alors que moi j'avais été à Saint-Bart, la seule école catholique de la ville. C'était le troisième fils de la famille Daniels, et la rumeur courait qu'il avait perdu sa virginité en cinquième – mais j'ai appris plus tard que ce n'était pas vrai.

– *Tu vas au match, ce soir ?*

Il semblait sincèrement intéressé par ma réponse.

J'ai jetté un coup d'œil à Sydney, ma copine de théâtre, qui regardait l'échange bouche bée, puis j'ai haussé les épaules.

– *Peut-être.*

Il a lentement hoché la tête sans me quitter des yeux, comme s'il ne le pouvait pas. Comme s'il ne voulait pas cesser de me regarder. Or j'étais parfaitement heureuse d'en faire de même.

Mais un groupe de joueurs en costard l'a appelé depuis le fond du couloir, et Garrett a marché vers eux, à reculons, les yeux rivés sur moi.

– *Tu devrais venir chez moi après le match. À la fête.*

Il y avait toujours une soirée après les matchs, souvent chez un élève de terminale. Cette semaine, le bruit courait que la fête était chez Ryan Daniels.

– *Techniquement, c'est la soirée de mon frère, mais je peux inviter qui je veux. Tu devrais venir, Callaway.*

Il a dégainé son sourire étincelant.

– *Ce serait fun.*

J'ai été au match. Et à la fête.

Même si ma sœur n'était pas vraiment dans le même cercle d'amis que Ryan Daniels, elle avait des amies cheerleaders qui étaient invitées et elle avait déjà prévu d'y aller.

Nous étions arrivées depuis quelques minutes quand Garrett est venu vers moi. Il m'a donné un gobelet rouge contenant de la bière coupée à l'eau, et on a trinqué avant de boire. Son sous-sol était plein à craquer et on a fini dans son jardin, juste tous les deux. On s'est assis sur une vieille balançoire rouillée et on a parlé de tout et de n'importe quoi. De nos cours, de nos profs, des constellations qu'on connaissait, de pourquoi un quarterback s'appelle un quarterback.

Et c'est comme ça qu'on a commencé.

C'est comme ça qu'on est devenus « nous ».

– Callie !

Ça a beau faire des années que je n'ai pas vu Garrett, je reconnaîtrais sa voix n'importe où – je l'entends tout le temps dans ma tête. Ainsi, lorsque mon prénom résonne dans le parking, je sais qui m'appelle.

– Eh, Callie !

Garrett est penché à une fenêtre du premier étage, dans l'aile est du lycée. Je lui fais un signe de la main en souriant jusqu'aux oreilles.

– Bouge pas ! dit-il.

Sa tête disparaît et, quelques minutes plus tard, il sort par une porte, trottinant vers moi de ses grandes enjambées dont je me souviens si bien. Mes yeux le reconnaissent, tout comme mon cœur. Il accélère au fur et à mesure qu'il approche, battant joyeusement dans ma poitrine.

Il sourit lorsqu'il m'atteint, de ce même sourire facile et détendu. Il me prend alors dans ses bras et me serre contre lui. Ses bras sont plus musclés que dans mes souvenirs, mais on s'emboîte parfaitement.

Comme toujours.

J'enfouis mon nez dans son t-shirt gris des Lakeside Lions... et il n'a pas changé d'odeur.

C'est exactement la même.

Je suis sortie avec pas mal de mecs, au fil des années : des artistes, des comédiens, des hommes d'affaires. Mais aucun n'a jamais senti aussi bon que Garrett – un mélange de parfum, de lessive, d'océan et d'homme.

Soudain, j'ai de nouveau dix-sept ans et je me tiens dans ce même parking après le lycée. Combien de fois m'a-t-il prise dans ses bras, ici-même ? Combien de fois s'est-on embrassés ici – parfois brièvement, parfois lentement et passionnément, ses mains sur mon visage.

– Waouh. Callie Carpenter. Je suis content de te voir.

Je lève la tête et plonge mon regard dans ses grands yeux marron bordés de jolis cils.

C'est étrange, d'être face à quelqu'un qu'on a aimé profondément – quelqu'un qu'on ne pouvait pas s'imaginer ne pas voir tous les jours. Quelqu'un qui était le centre de son monde... et qu'on ne connaît plus.

C'est un peu comme quand mamie Bella est décédée, quand j'avais huit ans. Je l'ai regardée dans son cercueil et je me suis dit : c'est mamie, elle est juste là. Mais la part d'elle que je connaissais, la part qui faisait d'elle celle qu'elle était pour moi, n'était plus là.

Ça avait changé pour toujours. Elle était partie pour de bon.

Je connais intimement une version de Garrett – aussi bien que je me connais moi-même. Mais ces détails intimes sont-ils toujours valables ? Est-ce qu'il boit toujours ses sodas à température ambiante, sans glaçons ? Est-ce qu'il parle toujours à la télé pendant les matchs, comme si les joueurs pouvaient l'entendre ? Est-ce qu'il plie toujours son oreiller en deux avant de dormir ?

– Garrett Daniels. Je suis contente de te voir, moi aussi. Ça fait longtemps.

– Ouais, acquiesce-t-il en étudiant mon visage avant de sourire d'un air suffisant. Tu ne supportais plus de ne pas me voir, c'est ça ?

J'éclate de rire et il m'accompagne, car le voilà.

C'est lui… c'est le même adorable petit con que j'ai connu.

– T'as l'air en forme.

Et bon sang, je ne dis pas ça par politesse. Garrett a toujours été canon. Toutes les ados bavaient devant lui, et toutes les mamans en faisaient de même quand il jouait au football ou tondait la pelouse torse nu.

Mais là, maintenant… Garrett *adulte* ? Waouh. C'est sans comparaison.

Sa mâchoire est plus solide et proéminente, parsemée d'une petite barbe à peine naissante. Il a de petites rides au coin des yeux et de la bouche qu'il n'avait pas avant, mais elles lui donnent encore plus de charme – il a l'air encore plus aventurier et habile. Ses épaules et son torse sont larges et solides, et sous son t-shirt, ses bras sont encore plus musclés qu'avant. Sa taille est fine, sans un gramme de graisse, et ses jambes sont puissantes.

Et sa façon de se tenir, la tête haute et les épaules en arrière, dégage une confiance naturelle et l'assurance de quelqu'un qui est habitué à tenir les rênes.

La version adulte de Garrett est tellement sexy que mes jambes en tremblent et que j'en mouillerais presque ma culotte.

– T'as l'air en forme aussi, Cal. T'es toujours aussi belle. Qu'est-ce qu'il se passe ? Qu'est-ce que tu fais là ?

Je désigne le bureau de la proviseure et cherche mes mots, car j'ai du mal à m'y faire.

– J'ai... je vais bosser ici. À Lakeside. Je viens de voir madame McCarthy. Elle n'a vraiment pas changé !

– En effet, elle est toujours complètement tarée.

– Ouais.

Le vent se lève et je coiffe mes cheveux derrière les oreilles.

– Du coup... je vais remplacer Julie Shriver. Je vais enseigner le théâtre. Je reste chez mes parents pendant un an, le temps qu'ils se rétablissent.

Il fronce les sourcils.

– Qu'est-ce qui est arrivé à tes parents ?

– Oh, mon Dieu... Tu ne vas jamais le croire.

– Essaie toujours.

Je me sens rougir de honte, mais c'est Garrett, donc je ne peux pas lui mentir.

– Ma mère taillait une pipe à mon père en rentrant du casino. La voiture a fini dans le fossé et ils se sont cassé une jambe chacun.

Garrett penche la tête en arrière et éclate de rire avant de me regarder d'un air machiavélique.

– Ouais, mon frère me l'avait dit ; mais je voulais te forcer à le dire.

– Enfoiré, je râle en le poussant en arrière. C'est tellement gênant !

– Mais non, c'est génial. Tu devrais être fière. Tes parents ont quatre-vingts ans passés et ils continuent de fricoter dans la vieille Buick. Ils ont tout compris à la vie.

– Ouais, c'est une façon de voir les choses, je réponds en haussant les épaules. Comment vont tes parents ? J'ai vu Ryan à l'hôpital, mais on n'a parlé qu'une minute. Et comment va le reste de ta famille ?

– Tout le monde va bien. Connor est en plein divorce, mais il a trois super garçons, donc c'est pas un échec.

– Trois garçons ? Waouh. La tradition des Daniels perdure, on dirait.

– Non, répond-il en secouant la tête. Ryan a deux filles, donc... on sait qui a eu les gènes faibles de la famille.

– Sympa, je réponds en levant les yeux au ciel.

– Je plaisante, bien sûr. En plus, mes nièces sont des dures à cuire. Les tiennes aussi, d'après ce que j'entends. L'aînée de Colleen sera en troisième cette année, c'est ça ?

– Oui, Emily. Je lui ai déjà dit de se tenir prête et que le lycée est un tout nouveau monde.

Je n'en reviens pas que notre échange soit si normal, si détendu. Parler avec Garrett est comme remonter sur son vélo préféré.

– T'es toujours en Californie ? demande-t-il.

– Ouais, je suis directrice générale d'une compagnie de théâtre à San Diego.

– Sans rire ? dit-il d'un ton rempli de fierté. C'est génial, bravo, Cal.

– Merci, je réponds avant de désigner le terrain de football derrière le lycée. Et toi t'enseignes ici ? Et t'es entraîneur ? Coach Daniels ?

– C'est moi, acquiesce-t-il.

– Tu dois adorer ça. Ma sœur dit que depuis quelques années, l'équipe est spectaculaire.

– Carrément. Mais c'est moi le coach, donc c'est pas étonnant.

– Bien sûr, je dis en souriant.

Un petit silence s'installe – il est confortable, mais c'est le genre de silence qui indique la fin d'une conversation.

– Bon, je devrais..., je commence en désignant ma voiture de location.

– OK, acquiesce Garrett en regardant mes mains, comme s'il cherchait quelque chose.

Sa voix devient alors plus forte, plus claire et déterminée – cette même voix pleine d'assurance qu'il avait déjà quand on était jeunes.

– On devrait traîner ensemble, un de ces quatre, vu que tu restes en ville un moment et qu'on va travailler ensemble. On pourrait manger un bout ou boire une bière chez *Chubby*, et cette fois on sera dans la légalité. Ce serait fun.

Je le regarde dans les yeux – ces yeux que j'ai tant aimés – et je réponds d'une voix pleine de sincérité.

– Ça me plairait beaucoup.

– Cool, dit-il en tendant la main. Donne-moi ton téléphone. Je m'envoie un message comme ça t'auras mon numéro. T'auras qu'à me dire quand t'es libre.

– OK.

Je lui donne mon téléphone et il écrit un message avant de me le rendre, puis je le range dans mon sac. Ensuite, je m'arrête et je prends quelques secondes pour le regarder, tout simplement. Il y a eu tant de fois, tant de jours où j'ai pensé à lui, où je me suis demandé s'il avait changé, où j'ai rêvé d'avoir une nouvelle chance de le revoir, une dernière fois.

– C'est... Ça me fait vraiment plaisir de te revoir, Garrett, je déclare d'une voix douce.

Il plonge son regard dans le mien, et j'ai l'impression que c'est la première fois qu'on se voit.

– Oui. Moi aussi, Callie. Vraiment.

On continue de se regarder un moment, comme si chacun gravait dans sa mémoire la version plus mature de l'autre.

Ensuite, il ouvre ma portière. Je me souviens de ça, aussi. Il le faisait tout le temps, sans faute, parce que les fistons d'Irene Daniels sont brusques et un peu sauvages, mais elle les a bien élevés – en gentlemen.

Je monte dans ma voiture en me sentant précieuse, protégée et chérie, comme toujours lorsque j'étais avec Garrett. Il referme ma portière et tape deux fois sur le toit. Il m'offre un dernier sourire étincelant, puis il fait un pas en arrière.

Il reste là, les bras croisés, à me regarder partir.

Plus tard, lorsque je suis garée dans l'allée devant chez mes parents, je pense à mon téléphone. Je le sors de mon sac, et quand je lis le message que Garrett s'est envoyé, j'éclate de rire.

*Garrett, t'es encore plus canon que dans mes souvenirs.*
*J'ai envie d'arracher tes fringues avec les dents.*
*~Callie*

Non. Garrett Daniels n'a pas changé.

Et c'est merveilleux.

◆◆◆

# Garrett

– Tu l'as appelée par la fenêtre et t'as couru à travers le parking pour la rejoindre ? Putain, est-ce que tu tenais une boom box sur ton épaule, aussi ?

– La ferme, enfoiré.

– Pourquoi tu n'empruntes pas à Merkle le costume de clitoris qu'elle a mis pour la marche pour les droits des femmes, l'année dernière, si tu veux te comporter de façon aussi peu virile ?

Dean parle de Donna Merkle ; la prof d'arts plastiques méga féministe du lycée.

Je lui fais un doigt d'honneur.

On est assis sur mon ponton, plus tard dans la journée, occupés à pêcher et à boire des bières. Je lui raconte que j'ai revu Callie, que ses parents ont eu un accident hilarant, et qu'elle va enseigner au lycée cette année.

– Fais gaffe, Daniels, dit-il en secouant la tête.

– Comment ça ?

– Ben, j'étais là, mec. Je me souviens combien t'étais effondré quand t'es rentré de Californie après votre rupture. C'était... *dur*. Et je mâche mes mots.

Je baisse le bras pour gratter le ventre de Snoopy à mes pieds. Il roule sur le dos pour m'offrir un meilleur accès – ce petit con est sans gêne.

– C'était il y a longtemps, on était des gamins. On est adultes, maintenant. On peut être amis.

Dean secoue de nouveau la tête.

– Ouais, sauf que ça ne marche pas comme ça, mec. Regarde comment c'était pour moi et Lizzy Appleguard. On était voisins, amis ; on se dépannait en sucre et en farine, je l'ai aidée à installer sa télé, ce genre de truc. On a couché ensemble quelques semaines et c'était cool tant que ça a duré. Ensuite, on est redevenus amis, et j'ai même été placeur à son mariage. Idem pour Tara et toi ; vous vous êtes connus au lycée, vous avez couché ensemble quelques mois et maintenant, vous vous croisez au supermarché sans gêne.

Dean ramène sa ligne et remonte sa canne avant de poursuivre.

– Mais toi et Callie... je me souviens comment vous étiez, à l'époque. C'était intense. C'était sulfureux... passionné... mais vous n'avez jamais été *amis*.

# CHAPITRE 6

## Callie

Les jours se suivent, et je n'ai pas l'occasion de revoir Garrett, car le temps passe vraiment vite quand on a des milliers de choses à faire avant de pouvoir être certifiée prof en urgence. J'ai des coups de fil à passer au théâtre pour mettre en place mon congé exceptionnel pour urgence familiale, mais aussi à Cheryl et Bruce qui prouvent que ce sont vraiment mes meilleurs amis en empaquetant toutes mes affaires pour me les envoyer à Lakeside.

Le retour de mes parents à la maison est un fiasco. Entre tout le matériel médical à récupérer (des fauteuils roulants et des béquilles ; assortis bien sûr...) et le stress de devoir faire rentrer un lit double médicalisé au milieu du salon, Colleen et moi vidons la moitié de nos *provisions* avant la fin de la semaine.

Puis, soudain, alors que je suis loin d'être prête, c'est le premier jour de cours et je dois me présenter à huit heures au lycée pour la réunion de rentrée.

J'entre dans l'auditorium avec quelques minutes d'avance. Les rangées de chaises, la fine moquette noire sous mes pieds, la lumière jaunâtre et la scène vide masquée par le lourd rideau rouge... je me retrouve tout à coup vingt ans en arrière.

Comme si rien n'avait changé et que le temps avait oublié cette salle.

J'ai de nombreux souvenirs, ici – sur scène, mais aussi dans les galeries secrètes et les petits recoins qui se cachent derrière. Et aucun de ces souvenirs n'est mauvais.

La lourde porte métallique claque dans mon dos, et toutes les têtes se tournent vers moi. Bien évidemment.

La plupart des visages sont nouveaux, mais j'en reconnais certains. Kelly Simmons, qui était la capitaine des cheerleaders et la nana la plus méchante de ma classe. Elle me regarde de haut en bas d'un air dédaigneux avant de m'offrir un sourire dénué de toute amabilité. Elle se tourne ensuite vers les deux autres blondes à ses côtés pour leur chuchoter quelque chose. Alison Bellinger ajuste ses lunettes à monture jaune et me salue vigoureusement de la main. C'était la présidente du conseil du lycée et elle avait un an de plus que moi. À voir ses boucles brunes décoiffées, son air trop enthousiaste et son t-shirt multicolore « Lakeside », elle semble aussi pleine d'entrain et turbulente qu'elle l'était à l'époque. Et voyez-vous ça ; monsieur Rodchester, mon vieux prof de SVT est encore vivant. À l'époque, nous étions persuadés qu'il avait déjà cent ans.

Vers le fond, j'aperçois la tête brune de Garrett, et il me désigne la chaise à côté de la sienne. Je souris, soulagée, et je file droit vers lui, comme s'il était ma bouée – une bouée méga canon – alors que je suis naufragée en mer.

Avant que je ne l'atteigne, Dean Walker se lève du siège derrière Garrett et me rejoint dans l'allée. Lorsqu'on est en couple, les amis ont tendance à se mélanger. Quand on était jeunes, Garrett connaissait beaucoup plus de monde que moi – les amis de ses frères, les joueurs et leur copine... Tous formaient une sorte de gang. Et au fil du temps, mes vieux amis se sont transformés en connaissances – je ne les voyais plus qu'au lycée ou aux soirées après les représentations, mais jamais en dehors. J'ai été absorbée dans le groupe de Garrett, et ses amis sont devenus les miens.

– Salut ma belle, ronronne Dean en me soulevant dans ses bras. La maturité te va bien.

– Merci, Dean. Ça fait plaisir de te revoir.

Il n'a pas changé du tout. C'est encore le même grand blond aux lunettes de geek, avec la même arrogance et le même sourire narquois. Dean était un queutard avec un « Q » majuscule. Il changeait de copine tous les quinze jours et il les trompait toutes sans faute – ce qui n'a jamais empêché les suivantes d'essayer de le dompter. En revanche, il a toujours été un ami loyal.

– À moi aussi, Callie. Bienvenue à la maison, dit-il en tendant les bras pour désigner les murs qui nous entourent. Et bienvenue dans la jungle, bébé. Tu pensais t'en être sortie, hein ? Je parie que tu ne t'attendais pas à ce qu'une pipe de tes parents te ramène au bercail.

– On ne va jamais me laisser oublier cette histoire, hein ? je réponds en levant les yeux au ciel.

– Jamais. C'est officiellement devenu une légende de Lakeside. Je l'ai déclaré moi-même.

– Super.

Dean se rassoit et je m'installe à côté de Garrett. On se partage l'accoudoir, et nos bras se touchent, me faisant bêtement frissonner de la tête aux pieds.

– Comment ça se passe ? demande-t-il à voix basse.

– Ça se passe.

– Comment vont tes parents ?

– Ils sont à la maison et en bonne voie de guérison, mais ils s'agacent mutuellement. Ils sont coincés ensemble dans le même lit vingt-quatre heures par jour. Je crains que l'un d'eux n'en sorte pas vivant.

Garrett sourit jusqu'aux oreilles.

– Je mise sur la survie de ta mère. Elle est complètement capable de faire une *Gone Girl*.

Je ris en visualisant le scénario.

– Pourquoi Kelly Simmons et les autres Barbie me regardaient comme si elles me détestaient ?

– Parce qu'elles te détestent. Tu ne te souviens pas ce que c'est d'être la nouvelle du lycée ?

– Mais on est profs. On n'est plus des enfants.

– Ah, Connor a une théorie à ce sujet, justement. Il m'a dit un jour que les profs comme moi, qui ont toujours suivi le calendrier scolaire – les vacances de Noël, de printemps, les étés tranquilles – ne quittent jamais vraiment le lycée. Ajoutons à ça le fait qu'on est coincés à l'intérieur d'un bâtiment avec des centaines d'ados dont on absorbe l'énergie et les traits de personnalité… il pense que nos cerveaux sont restés coincés en adolescence. Qu'on est des ados dans des corps d'adultes. Ça expliquerait beaucoup de choses, ajoute-t-il en observant ses collègues.

*Attendez… Dans quoi je me suis fourrée ?*

Je suis sur le point de le contredire lorsque McCarthy monte sur scène en frappant dans ses mains.

– Allons-y tout le monde. Asseyez-vous tous.

Il y a un brouhaha de chuchotements et de crissements de chaises tandis que tout le monde s'installe et se tourne vers la proviseure qui est au centre de la scène, avec madame Cockaburrow quasi prostrée à ses pieds.

– Bon retour à tous. J'espère que vous avez passé un bel été, dit-elle d'un ton qui indique qu'elle se contrefiche que nos vacances aient été agréables. J'aimerais accueillir Callie Carpenter, qui revient à Lakeside pour remplacer Julie Shriver.

Madame McCarthy me fait signe de me lever ; c'est donc ce que je fais, sentant le poids de cinquante paires d'yeux sur moi.

– Salut Callie, disent certains de mes nouveaux collègues d'un ton dénué d'enthousiasme.

Cockaburrow se lève et tend une chemise cartonnée à McCarthy, qui me la tend à son tour.

– Callie, voici vos classes et votre emploi du temps pour l'année. Quant à vous autres, vous devriez avoir reçu vos emplois du temps la semaine dernière par e-mail.

Je m'avance pour prendre la chemise et je retourne m'asseoir pendant que madame McCarthy parle des modifications concernant le règlement du parking.

Garrett se penche vers moi et Dean regarde par-dessus mon épaule.

– T'as eu qui, t'as eu qui ?

Bon sang, vous parlez d'un déjà-vu – on a de nouveau quinze ans et on compare les profs qu'on a ainsi que nos emplois du temps. Dans cette même salle.

Garrett regarde la liste et grimace.

– Dur.

– Merde, ajoute Dean en secouant la tête.

Je les regarde tour à tour en haussant les sourcils.

– Quoi ? Qu'est-ce qu'il y a ?

– T'as écopé de tous les B&C, dit Dean.

– Les B&C ?

– Bêtes et Cons, explique Garrett. Vois-tu, certains gosses sont bêtes ; ils ne sont pas faits pour l'école, quoi que tu fasses.

– Bon sang, Garrett ; t'es prof ! je m'exclame.

– Je suis juste honnête. Et je ne dis pas ça méchamment. Mon père n'a pas fait d'études ; il était électricien. Et le monde a besoin d'électriciens, de plombiers, d'éboueurs et de chauffeurs routiers. Il n'y a pas de mal à ça.

– OK, donc ça c'est les B, je réponds. Et les C ?

– Certains gosses sont cons. Ils peuvent être intelligents et avoir du potentiel, mais ils sont cons. Ils aiment être cons. Ils aiment embêter les autres, et pas de façon marrante.

– Eh, vous trois au fond ! aboie McCarthy. Est-ce qu'il faut que je vous sépare ?

Encore une impression de déjà-vu.

Je secoue la tête pour dire non.

– Pardon madame McCarthy, répond Dean en reculant sur sa chaise. On sera sages. Continuez, je vous en prie.

McCarthy plisse les yeux et les désigne avec son index et son majeur, qu'elle pointe ensuite sur nous.

Bon sang, j'ai l'impression qu'elle va nous filer des heures de colle.

Toutefois, les choses deviennent drôles lorsque McCarthy explique le code vestimentaire à mettre en vigueur. Une femme aux cheveux flamboyants et bouclés lève brusquement la main.

– Elle, c'est Merkle, chuchote Garrett, me faisant frissonner de nouveau. La prof d'arts plastiques.

– Oui, mademoiselle Merkle ? dit McCarthy.

– Les t-shirts MAGA[5] vont-ils être bannis, cette année ?

Avant que McCarthy ne puisse répondre, un homme au visage carré, coiffé d'une casquette, répond de sa grosse voix.

– Pourquoi on interdirait les t-shirts MAGA ?

– C'est Jerry Dorfman, conseiller d'orientation et coach adjoint, m'explique Garrett.

Il chuchote à voix basse et je sens presque ses lèvres sur mon oreille. Automatiquement, je me rapproche encore de lui.

Merkle fusille Dorfman du regard, de l'autre côté de l'allée.

– Parce qu'ils sont provocateurs.

– Il n'y a rien d'ouvertement provocateur dans un t-shirt MAGA, ricane Dorfman.

– Il n'y a rien d'ouvertement provocateur dans une capuche blanche, non plus, mais il est quand même de mauvais goût de laisser un élève se promener avec, rétorque Merkle.

– Personne ne t'a jamais dit que t'étais folle ?

– Va te faire foutre, Jerry.

– Ça suffit, vous deux ! gronde McCarthy en descendant dans l'allée pour s'interposer entre eux.

Elle prend une grande inspiration et je suis persuadée qu'elle compte jusqu'à dix.

– Les vêtements MAGA ne seront pas bannis ; c'est un panier de crabes que je n'ai pas envie d'ouvrir, dit la proviseure.

Merkle fait un doigt d'honneur à Jerry derrière le dos de McCarthy, et il le lui renvoie.

---

5. *Make America Great Again* : slogan de campagne de Donald Trump.

– En parlant de vêtements, dit un homme assez jeune avec des cheveux clairs et un costume trois pièces, est-ce que quelqu'un pourrait dire à ces messieurs de remonter leur pantalon ? demande-t-il avec un fort accent britannique. Si je dois encore voir un boxer Calvin Klein, je vais vomir.

– Lui, c'est Peter Duvale ; c'est un con arrogant. Il enseigne la littérature, dit Garrett, chatouillant mon cou avec son souffle chaud.

– Bon sang, Duvale, j'ai trop la gueule de bois pour entendre ton accent pourri aujourd'hui. Tais-toi, tu veux ?

– Mark Adams, poursuit Garrett. Le prof de sport. Il vient de finir la fac. Mais ne le décris pas comme ça devant lui ; aujourd'hui ça s'appelle un professeur d'éducation physique et sportive.

Je déglutis, tout émoustillée par les chuchotements de Garrett.

Un autre homme lève la main. Celui-ci doit avoir la quarantaine passée, avec d'épais cheveux bruns dressés sur la tête.

– En parlant de code vestimentaire, est-ce qu'on pourrait s'assurer que Christina Abernathy cache ses seins, cette année ? On a aperçu son téton, l'an dernier. Enfin pas moi, parce que je ne regardais pas ses seins, bien sûr. Mais si j'avais regardé, je l'aurais vu.

– Lui c'est Evan Fishler, il est prof de bio, me dit Garrett alors que mes cuisses se contractent. Il passe ses étés en Égypte à étudier les pyramides. Il est persuadé qu'il a été kidnappé par des extraterrestres quand il était gosse, explique Garrett alors que j'entends son sourire dans sa voix. Il t'en parlera loooonguement.

Je tourne la tête et me retrouve nez à nez avec Garrett. Littéralement. Soudain, mon sang s'embrase et tout mon corps crépite d'excitation parce que je me souviens comment c'était, d'être avec Garrett.

– Merci, je chuchote d'une voix rauque.

Son regard se promène lentement sur mon visage avant de s'arrêter sur ma bouche.

– Y a pas de quoi, Callie.

La magie est soudain rompue, parce que Merkle et Jerry se reprennent le bec.

– Les seins ne sont pas des objets sexuels, Evan, dit Merkle.

– Le fait que tu penses ça en dit long sur tes problèmes, ricane Jerry.

– T'es vraiment qu'un porc.

– Je préfère être un porc qu'un humain aussi misérable que toi.

– Tu parles. Les seules personnes misérables sont les femmes qui ont eu la malchance de sortir avec toi.

– Tu peux pas savoir tant que t'as pas essayé, lance Jerry avec un clin d'œil.

– Bon sang, grogne Dean, vous voulez pas nous épargner vos querelles et baiser une bonne fois pour toutes ? On me dit que le placard à balais est sympa ; je parie qu'il y reste du lubrifiant après l'alerte incendie de l'an dernier.

– Il n'y a pas de lubrifiant dans le placard à balais, Dean ! hurle McCarthy. C'est une vilaine rumeur, aucun couple d'élèves ne s'est jamais enfermé dans ce placard !

– Je vous promets qu'il y a du lubrifiant dans ce placard, dit quelqu'un. Henry, l'agent d'entretien, y passe bien trop de temps pour qu'il ne s'y branle pas.

Toute l'assemblée y va alors de son mot à dire, débattant du fait qu'il y a – ou pas – du lubrifiant dans le placard à balais. Tout le monde semble avoir un avis sur la question. Sur celle-là, mais aussi sur le mystère qui plane toujours autour du godemichet qui a été trouvé dans la salle des profs en mai dernier.

Je vois McCarthy lever les bras, et les laisser retomber en se parlant à elle-même.

– Chaque année. Je passe chaque année avec ces putains d'abrutis.

Waouh.

En sixième, on nous a parlé de reproduction et de sexualité. Ma mère m'avait déjà fait le topo, donc je n'étais pas surprise, contrairement à certains de mes camarades, qui semblaient pétrifiés.

Ce qui m'a choquée, ce jour-là, c'est que j'ai alors compris que tous mes professeurs, à un moment donné, avaient eu des relations sexuelles. La vieille madame Mundy, la documentaliste dont le mari était le jardinier de l'école, avait fait l'amour. Le jeune et beau monsieur Clark, qui enseignait l'éducation civique et dont les filles – et certains garçons – étaient toutes amoureuses, avait eu des relations sexuelles. La joyeuse et pétillante madame O'Grady, qui avait sept enfants... avait énormément fait l'amour.

Je n'en revenais pas.

Parce que c'est la première fois que j'ai compris que mes profs... étaient humains.

Ils mangeaient, dormaient, faisaient l'amour, allaient aux toilettes, se disputaient, juraient comme de vraies personnes. Comme mes parents. Comme tout le monde.

Les profs étaient aussi des humains.

Et, tandis que je regarde autour de moi, je me demande si tous mes profs étaient aussi tarés, à l'époque. Je ne suis pas certaine de vouloir connaître la réponse.

Alors que le débat se poursuit, je me penche vers Garrett.

– C'est toujours comme ça ?

– Non, ils sont plutôt calmes, cette année, répond-il en regardant sa bouteille d'eau minérale. D'ailleurs, je me demande si McCarthy a mis de la camomille dans l'eau... C'est comme ça dans tes réunions de théâtre ? ajoute-t-il en souriant.

Je ne peux pas me retenir de rire.

– Euh... non.

# CHAPITRE 7

## Garrett

Les portes s'ouvrent pour la première journée de cours, et les élèves déboulent dans les couloirs dans un fracas de cris, de pas et de portes de casiers qui s'ouvrent et se referment. C'est comme ça que j'imagine l'Enfer, lorsqu'une vague de nouvelles âmes passe les grilles – le bruit des damnés qui ne veulent pas être là, qui grognent et pleurent pour en sortir.

Je ne sais pas qui a pensé que commencer l'année un vendredi était une bonne idée, mais c'était un imbécile. C'est sans doute le même génie qui considère que les exclusions sont une vraie punition. *Abruti.*

Le premier jour de cours dégage toujours une impression de déjà-vu. On a déjà été ici, on sait comment ça se passe, et on pourrait jurer qu'on était là hier encore.

Les troisièmes ressemblent à des touristes qui se promènent dans une grande ville dangereuse, en essayant désespérément de ne pas avoir l'air de touristes. Les secondes sont déjà fatigués, stressés, et quasi dépressifs. Les premières se regroupent dans les couloirs, riant, embrassant leur copain ou copine, prévoyant déjà où ils vont traîner ce soir. Les terminales sont blasés ; tout les ennuie, ils ont déjà tout vu. Certains prendront peut-être un jeune troisième sous leur aile pour lui passer le flambeau, lui montrer comment fonctionne ce monde nouveau... mais la plupart ont juste envie de déguerpir.

J'ai tenu à rassembler mon équipe dans la salle de muscu avant le début des cours, car les matchs ne se jouent pas seulement sur le terrain. Je n'ai donc pas vu Callie dans La Grotte – c'est ainsi qu'est baptisée la salle des profs parce qu'elle n'a pas de fenêtres – pour lui souhaiter bonne chance lors de sa première journée.

Or si son visage d'hier était révélateur de son angoisse, elle va avoir besoin de beaucoup de chance.

◆◆◆

Mes deux premières heures de cours se passent sans événement marquant. Mais après ça, ma classe préférée arrive. C'est un peu comme dans *The Breakfast Club*. Les élèves entrent en file indienne et prennent leur place. Au premier rang : Skylar Mayberry, la première de la classe typique. Un petit génie.

Ensuite, il y a Nancy Paradigm. Nancy est une des nanas populaires du lycée ; une jolie brune aux parents aisés qui est obsédée par les dernières tendances maquillage, coiffure, musique, et mode.

– Salut, Big D[6]. Bonne rentrée, dit-elle en souriant lorsqu'elle passe devant mon bureau.

Big D. En matière de surnoms attribués par des élèves, ce n'est pas trop mal, mais il est important de s'assurer

6. En anglais, *Big Dick*, grosse queue, est sous-entendu.

que la limite entre élèves est professeur est claire. On peut plaisanter un peu, mais il ne faut pas pousser.

Sinon, bonjour les problèmes.

– Restons-en à Coach D ou à monsieur Daniels si tu veux bien, Nancy.

Elle cligne rapidement des yeux d'un air faussement innocent.

– C'est comme ça que vous appellent les filles dans votre dos, vous savez.

– Oui, eh bien que cela reste comme ça.

Elle hausse les épaules et s'assoit.

DJ King, mon receveur éloigné, star de mon équipe, entre ensuite.

– Salut Coach.

Je viens de le voir il y a deux heures, mais on se fait quand même un check. Damon John me fait penser à moi, plus jeune. Il vient d'une bonne famille, il est avec sa copine Rhonda depuis longtemps, et il a la tête sur les épaules. Il va s'en sortir.

Lorsque la deuxième sonnerie retentit, annonçant le début du cours, je ferme la porte et parle des vacances avant de leur expliquer le système de notation ainsi que le devoir « Billy Joel ».

Dix minutes plus tard, David Burke arrive tranquillement, vêtu de son jean baggy porté à mi-fesses, de sa chemise à carreaux, et de son trench gris ultralarge. David est la caricature typique du rebelle ; le jeune blasé dont les activités extrascolaires ne sont ni le foot ni le théâtre, mais les larcins, la vente de cannabis, et le vandalisme occasionnel.

J'ai vu sur son emploi du temps que Callie l'avait en fin de journée.

– Désolé du retard, Coach D, dit-il en se tenant le ventre. J'aurais pas dû manger ce burrito au petit déj', si vous voyez ce que je veux dire.

– T'es dégoûtant, siffle Nancy en grimaçant.

David lui fait un clin d'œil, nullement décontenancé. Car les filles craquent encore pour les bad boy. Ça n'a pas changé. Ce qui est bizarre de nos jours, en revanche, c'est que les styles sont moins définis et moins clivants. Un gothique peut parfaitement être un sportif dur à cuire, un geek peut être élu roi de la promo, un fumeur de joint peut être président du club de français, et une jolie cheerleader peut être délinquante.

David est intelligent, voire brillant. Il pourrait être premier de la classe dans toutes les matières, s'il le voulait. Mais au lieu de ça, il utilise son cerveau pour déterminer le travail minimum qu'il doit fournir pour ne pas se faire virer du lycée, et pas plus.

– Assieds-toi, je gronde. N'arrive plus en retard. C'est un manque de respect.

Il me salue de la main puis il s'installe au fond de la classe. Je poursuis tranquillement mon cours, jusqu'à ce que Brad Reefer, assis dans le coin près de la fenêtre, se lève d'un bond.

– Un sprint ! On a un sprint !

Toute la classe se précipite aux fenêtres pour mieux voir. Certains attrapent leur téléphone pour filmer et prendre des photos, et une multitude de « ping » et de « woop » se mettent à tinter. Ils ont tous les yeux rivés sur un garçon blond et maigre, sans doute un troisième, qui traverse la pelouse en courant à toute vitesse, en direction du *Dunkin' Donuts* qui se trouve de l'autre côté de la rue. Il s'en sort de façon minable. La vitesse n'est pas un atout de ce garçon.

Il regarde derrière lui, et c'est la pire chose qu'il puisse faire. Lorsqu'on court, il faut toujours regarder droit devant, les yeux rivés sur l'objectif.

Le sprinteur ne voit pas l'officier de police planqué derrière l'arbre, qui en jaillit au moment où il passe, levant le bras sur sa gorge, projetant le gamin en arrière.

– Aïe.

– Merde !

Quand j'étais élève ici, on avait des agents de sécurité, un peu comme dans les centres commerciaux. Mais aujourd'hui, on ne plaisante plus avec ça, et ce sont des policiers armés qui patrouillent dans les collèges et lycées. En s'engueulant avec l'un d'eux, ce n'est pas un simple avertissement qui vous attend. Et il y a toutes sortes de policiers différents. Il y a les mecs sereins, malins et réalistes, comme mon frère Ryan. Et il y a les types agressifs, survoltés et accros au pouvoir comme l'officier John Tearney, qui est en train de passer les menottes au pauvre gringalet pour le ramener dans le lycée.

Vous vous rappelez ma théorie à propos de l'âme qui ne changerait plus après le lycée ? Tearney en est le parfait exemple. Il a un an de plus que moi, et c'était déjà un con à l'époque. Maintenant, c'est un con avec un insigne.

– OK tout le monde, le spectacle est fini, revenez à vos places, je dis.

À mi-cours, la porte s'ouvre et Jerry Dorfman, conseiller d'orientation et coach adjoint, entre dans ma salle.

– Ça va Jerry ?

Il me tend une feuille.

– Il faut que je voie David Burke.

– C'est pas moi ! dit aussitôt David, levant les mains en l'air, faisant rire toute la classe.

D'après ce que j'ai compris, David vit avec sa grand-mère. Sa mère l'a abandonné il y a longtemps, et si son père est encore dans le coin, ça ne se passe pas bien.

– Debout, Burke ! gronde Jerry. Je t'ai pas demandé d'être drôle. Allez, bouge !

Jerry est baraqué et il gouverne avec la fermeté que lui a appris la Marine. C'est un dur à cuire, mais ce n'est pas un con.

David lève une dernière fois les yeux au ciel avant de se lever et de sortir avec Jerry.

Vingt minutes plus tard, la sonnerie retentit et le combat pour se ruer vers la porte est lancé. C'est digne de *Hunger Games*. Je les salue comme tous les vendredis.

– Passez un bon week-end. Ne soyez pas idiots.

Vous n'imaginez pas les ennuis qu'on peut s'éviter en suivant cette simple consigne.

◆◆◆

Je n'ai pas cours l'heure d'après, et je compte la passer dans mon bureau, à côté des vestiaires. Toutefois, je suis stoppé en route lorsque je vois trois de mes joueurs – Lipinski mon quarterback, et deux autres joueurs, Martin et Collins – agglutinés autour d'un autre élève. Il s'agit de Frank Drummond, un gamin autiste.

Lipinski tient la casquette des Yankees de Frank dans la main, au-dessus de sa tête, où Frank ne peut pas l'atteindre. Il le laisse s'en approcher, puis il la relève, comme un yo-yo. Martin et Collins ricanent en voyant Lipinski l'emmerder.

– Eh ! je crie en marchant vers eux. Arrêtez ça tout de suite !

Martin devient pâle et Collins regarde partout autour de lui, comme s'il cherchait une issue de secours. Je saisis la casquette des mains de Lipinski et la rends à Frank.

– Excusez-vous !

– Pardon, Frank.

– Ouais, désolé.

– On s'amusait juste avec toi, Frankie, ricane Lipinski. Pas la peine de paniquer.

Je le fusille du regard, déterminé à le faire souffrir pendant l'entraînement.

– Te voilà, Frank, dit Kelly Simmons en le prenant par le bras.

Kelly est magnifique dans une robe crème qui lui arrive à mi-cuisses, avec des cuissardes en daim marron. Elle est clairement en haut de la liste des fantasmes des élèves.

– Désolé, Kelly, je dis en lançant un regard assassin à mes joueurs. Je m'en occupe.

– Merci, Garrett, répond-elle en s'éloignant avec Frank.

– Dans mon bureau, tout de suite ! je grogne.

Lorsqu'ils sont tous les trois dedans, je claque la porte derrière eux.

– Qu'est-ce que je viens de voir ?!

– On plaisantait, dit Collins, les yeux rivés sur le sol.

Quant à Lipinski, il se tient la tête bien haute.

– Ça va, c'est rien.

Je fais un pas vers lui. Brandon n'est pas petit, mais je fais quelques centimètres de plus et je m'en sers à mon avantage.

– C'est pas rien pour moi.

Martin hausse mollement les épaules.

– Les mecs aiment se chamailler, Coach. On plaisantait, c'est tout.

– Les mecs se chamaillent, oui, mais Frank n'était pas inclus dans la blague. Il n'y a que les connards qui s'en prennent aux plus faibles. Ne soyez pas des connards.

– Les plus faibles ? rétorque Lipinski. On dirait presque que vous insinuez que Frank n'a pas les mêmes capacités que tout le monde. C'est un peu tordu, vous pensez pas ?

– Frank a des difficultés que vous n'avez pas, je gronde. Je ne comprends pas ce qui vous a pris pour décider de rendre sa vie encore plus difficile. Vous m'entendez ?

– Ouais Coach, marmonne Martin.

– Oui Coach, on a compris, acquiesce Collins. Pardon.

Lipinski ne dit rien, et son silence est assourdissant.

La première chose à faire, lorsqu'un gamin fait le malin, c'est de lui enlever son public. Il s'écrasera plus facilement s'il n'y a personne pour en être témoin.

Je remplis des bulletins de retard et les donne à Collins et Martin.

– Retournez en cours. Et si je vous vois recommencer, vous ne mettrez plus jamais les pieds sur le terrain, compris ?

– Compris, Coach.

– Promis, Coach.

– Toi, assieds-toi, je gronde à Lipinski.

Collins et Martin referment la porte derrière eux et Lipinski s'installe sur la chaise, les jambes écartées, parfaitement détendu.

Je fais le tour du bureau et m'assois à mon tour.

– T'es le capitaine de l'équipe. Tes actions sont le reflet de ton équipe et, plus important encore, elles sont le reflet de mon enseignement. Ces conneries dans le couloir, et ton attitude maintenant, sont intolérables à mes yeux, et tu le sais. Alors, c'est quoi ton problème, Brandon ?

Il ricane.

– J'ai pas de problème, Garrett...

*Garrett ?*

Dans ma tête, je m'étrangle.

J'ai regardé *Vice-versa* cet été avec ma nièce et si j'en crois ce film, le petit mec rouge qui vit dans ma tête vient de prendre feu.

– ... C'est juste que j'ai compris deux trois trucs.

– Ah ouais ? Et t'as compris quoi ?

– Dylan a la mononucléose, Levi a le bras cassé...

Dylan et Levi sont mes quarterbacks remplaçants, qui sont tous les deux hors jeu cette année.

– ... Vous avez que moi. Sans moi, votre saison est cuite. Donc... je vais plus vous obéir au doigt et à l'œil. J'en ai fini avec vos règles débiles. Je compte faire ce que je veux, quand je veux... et vous pouvez rien dire.

Ah... Voilà qui est intéressant.

La confiance est compliquée, avec les sportifs. Il faut qu'ils pensent qu'ils sont invincibles – ça les rend meilleurs. Mais là, ce n'est pas de l'arrogance. Ce n'est pas un petit con qui teste les limites parce qu'au fond de lui, il a besoin d'être remis à sa place. Là, il défie mon autorité. C'est une mutinerie. Or être coach, c'est comme être Highlander... il ne peut y en avoir qu'un. Ça ne peut marcher que comme ça.

Je réponds donc d'une voix calme et posée, car la vérité n'est pas compliquée.

– C'est pas comme ça que ça marche, Brandon. Soit tu te ressaisis et tu changes de comportement, soit tu ne joues plus.

Je ne sais pas quand Lipinski a changé et qu'il est devenu le monstre de Frankenstein.

Il se penche en avant et me regarde droit dans les yeux.

– Rien à foutre.

– Je vais te dire quelque chose, et j'espère que tu t'en souviendras, parce que ta vie sera plus simple si tu t'en rappelles.

– Ah ouais, quoi ?

– Personne n'est irremplaçable. Personne.

Mon ton est ferme, définitif.

– T'es viré de l'équipe, je déclare.

Il semble sous le choc et ne réagit pas. Il déglutit et cligne des yeux tandis qu'il comprend ce que je viens de dire. Il se met alors à secouer la tête et à rire.

– Vous... vous pouvez pas faire ça.

– Je viens de le faire.

Je gribouille sur le bulletin et le lui tends.

– Retourne en cours, je n'ai plus rien à te dire.

Il se lève d'un bond.

– Vous pouvez pas faire ça, putain !

Je le regarde calmement.

– Ferme la porte derrière toi.

– Allez vous faire foutre ! hurle-t-il en devenant rouge de colère.

Il saisit la bibliothèque et la fait chavirer. Les cadres, les livres et les trophées s'écrasent par terre dans un bruit métallique qui résonne dans mes oreilles.

Je ne réagis pas. Je ne me lève même pas. Je n'accorde pas d'importance à son caprice, comme je le ferais avec un enfant de deux ans qui se roule par terre parce qu'il n'a pas envie de faire la sieste.

Il met un dernier coup de pied à la bibliothèque, puis il sort en claquant la porte.

Je fais lentement le tour de mon bureau et je m'appuie dessus, regardant les éclats de verre qui couvrent le sol.

*Putain de merde.*

La tête blonde de Dean apparaît dans l'embrasure de la porte. Il regarde la bibliothèque couchée par terre, puis il entre dans mon bureau en ajustant ses lunettes.

– Ta journée semble intéressante.

Je croise les bras, réfléchissant à toute vitesse.

– Je viens de virer Lipinski de l'équipe.

Il soupire longuement en écarquillant les yeux.

– Eh ben, c'est... putain !

Ouais. C'est ce que je pense aussi.

◆◆◆

Après les cours, je dis au coach adjoint de commencer l'entraînement, et je me dirige vers le terrain des troisièmes.

– Dis-moi que t'as quelqu'un pour moi, Jeffrey. Un débutant prometteur, un gamin qui vient d'arriver en ville... un étudiant étranger qui a un bras en or.

Jeffrey O'Doole est l'entraîneur des troisièmes, et un ancien coéquipier à moi. Il étudie la liste de ses joueurs, entre ses mains, puis il les observe sur le terrain.

Ça ne sent pas bon.

– Tu connais ces gamins aussi bien que moi, Daniels. Dylan était mon titulaire, l'an dernier. En passant dans l'équipe supérieure, je savais que ce serait une année de reconstruction.

Je lève la tête vers le ciel. Il y a très peu de mots que je déteste autant que « année de reconstruction ».

Toutefois, lorsque j'ouvre les yeux, je vois un gamin plutôt maigrichon à l'autre bout du terrain, posant un pied en arrière pour prendre appui et faire une passe à son receveur. La passe est un peu courte, mais elle est belle et son geste n'était pas mal.

– C'est qui, ça ? je demande.

Jerry suit mon doigt des yeux.

– Parker Thompson. C'est un bon gamin, mais il n'a pas encore eu sa poussée de croissance et je ne sais pas s'il en aura une. Son frère était déjà un monstre à son âge.

Thompson, Thompson... Thompson.

– C'est le petit frère de James Thompson ?

James jouait pour moi il y a six ou sept ans. Il a joué pour Notre Dame jusqu'à ce qu'il soit arrêté à la suite de multiples commotions cérébrales.

– Entre autres, ouais.

– Je croyais que Mary avait interdit à ses autres fils de jouer, après la blessure de James ?

Jeffrey hausse les épaules.

– Faut croire qu'elle a changé d'avis avec Parker. C'est le plus jeune.

Il ne faut pas sous-estimer les pouvoirs de la génétique – ce don athlétique qu'il est impossible d'imiter en ne comptant que sur l'entraînement. Et je suis désespéré donc... je dois faire ce que je peux avec ce que j'ai.

Je regarde le gamin faire une autre passe, et encore une autre. Je l'observe pendant quinze minutes et vois que ses pieds sont stables et qu'il a une bonne attitude. Il est brouillon, mais rapide, et il aime clairement ce sport. Il a du potentiel.

Jeffrey demande à Parker de nous rejoindre.

Il est encore plus petit, de près. Il a l'air gentil, avec un regard intelligent, et des cheveux châtains.

Lorsque je lui dis qu'il va devenir mon quarterback titulaire et qu'il participera à tous mes matchs, dont le premier arrive dans deux semaines, il devient pâle comme un drap.

– Je... je suis pas comme mon frère, Coach Daniels.

– T'as pas à l'être. Tu dois juste faire ce que je dis. Le meilleur atout que possèdent les plus grands sportifs sur terre, c'est la capacité à écouter. Je vais travailler avec toi. T'as juste à m'écouter, Parker... je m'occupe du reste, OK ?

Il y réfléchit un instant, puis il hoche timidement la tête.

– ... OK.

Je pose ma main sur son épaule et j'essaie d'avoir l'air enthousiaste.

– Tu vas être génial. Je crois en toi.

Il hoche de nouveau la tête et se force à sourire.

Puis, il se penche en avant, et vomit sur mes pompes.

◆◆◆

Après avoir nettoyé mes chaussures, je sors des toilettes de La Grotte et vois Callie dans le couloir. Elle ressemble à... Parker Thompson, quand il était sur le point de vomir. Elle semble sous le choc, lessivée, et ses boucles blondes tombent mollement sur ses épaules.

– Callie ? Est-ce que ça va ?

Elle ouvre la bouche et la referme.

– Je... Ils...

Sa poitrine se soulève rapidement.

– Ils étaient tellement méchants, Garrett. Je ne pensais pas que les gamins pouvaient être aussi cruels.

– Ouais, désolé, je réponds en grimaçant. Les lycéens sont des crétins. Quelqu'un aurait dû te prévenir.

Elle secoue la tête et pose une main sur sa joue.

– Ils étaient... C'étaient de vrais enfoirés ! Ils savaient à quel collège je suis allée, quels rôles j'ai joué dans les pièces du lycée... ils avaient même des photos ! Cette photo affreuse où ma mère m'avait fait une permanente et où je ressemble à un caniche électrocuté ! Ils l'ont faite tourner. Et ils en avaient une de la fête de divorce de ma copine Sheridan, celle où j'embrasse une poupée gonflable ! Ils m'ont traitée de dégénérée !

*Tiens, voilà une photo que j'aimerais voir.*

Je la prends par les épaules et tapote tendrement son bras.

– Les réseaux sociaux sont diaboliques. Il faut que tu supprimes tes comptes si tu veux avoir une chance de survivre.

La voix de Dean retentit quelque part dans le couloir désert.

– Yes ! On a des larmes ; file-moi ton fric, Merkle !

– Et merde, râle Donna Merkle à ses côtés avant de mettre un billet dans sa main. J'avais confiance en toi, Carpenter. T'as laissé tomber ton équipe, dit-elle.

Merkle s'éloigne et Callie fusille Dean du regard.

– T'as parié sur moi ? Sur l'horreur que serait ma première journée ?

– Bien sûr.

– Quel... enfoiré !

Il lui montre le billet plié entre son index et son majeur.

– C'est les cinquante balles les plus faciles de ma vie.

– C'est pas cool, Dean, je gronde comme si c'était un de mes élèves.

Il lève les yeux au ciel.

– Je te reconnais plus, mec, me répond-il avant de regarder Callie en jouant des sourcils. Si tu démissionnes la première semaine, Evan me doit cent balles.

Ma poitrine se contracte plus qu'elle ne le devrait.

– Elle ne va pas démissionner, je rétorque avant de regarder Callie dans les yeux. Tu ne vas pas démissionner. Tu peux le faire, Callie.

Elle hoche la tête, et je respire un peu mieux.

Qu'est-ce qui m'arrive ?

*Merde.*

– Je ne démissionnerai pas. Mais j'ai bien besoin d'un verre.

– On en a tous besoin, j'acquiesce. *Chubby* fait une offre spéciale, à chaque rentrée. Si tu montres ton badge de prof, tes verres sont moitié prix.

◆◆◆

Il y a beaucoup de bars à Lakeside, mais *Chubby* est le préféré des anciens et des locaux qui veulent juste boire une bière après le boulot. Le bar n'a pas de fenêtres, et il est silencieux, si ce n'est le vieux jukebox dans un coin, et le petit écran de télé au-dessus du bar, qui est constamment branché sur une chaîne sportive. Mon frère Ryan était barman ici pendant l'été, lorsqu'il rentrait de la fac et, comme on restait discrets, il filait des bières à mon groupe de potes et moi. L'ancienne amie de Callie, Sydney, est la proprio du bar, à présent. Elle est divorcée avec deux enfants, et elle ne ressemble plus du tout à l'ado binoclarde aux airs de grand-mère qu'elle était.

Aucun de mes élèves ne rêverait de venir ici – ils préfèrent se dégoter des fausses pièces d'identité pour aller au nouveau club de style new-yorkais en périphérie de la ville, le *Colosseum*.

Callie, Dean, Merkle, Jerry, Evan, Alison Bellinger et moi-même allons donc chez *Chubby* pour compatir autour de pichets de bière, installés à une table dans un coin.

– Deux semaines... Je ne souris pas pendant les deux premières semaines de cours.

Alison Bellinger est une des femmes les plus gentilles et joyeuses que je connaisse. Si vous me disiez qu'elle chie des arcs-en-ciel et du soleil, je vous croirais. Apparemment, c'est aussi une sacrée comédienne.

– Ils me prennent tous pour une grosse coincée, dit-elle à Callie en essuyant la mousse sur sa lèvre. Ils me croient méchante, froide, et sans cœur.

On ne le devinerait pas en la regardant, mais Alison tient étonnamment bien l'alcool. Je l'ai vue plusieurs fois plier des mecs qui faisaient deux fois sa taille sans même paraître pompette. C'est impressionnant.

– Mais j'ai pas le choix, poursuit-elle. Je dois leur faire peur. Je suis jeune, petite, et si je suis sympa dès le premier jour, ils penseront que tout leur sera permis. Durant ma première année, personne ne faisait ses devoirs, personne n'amenait de stylo en cours, et tout le monde passait son temps à aller aux toilettes et à l'infirmerie. C'était le chaos.

Elle secoue la tête en se souvenant de ses débuts.

– S'ils ont peur de moi, ils me respectent ; ou au moins ils font semblant de me respecter. Puis, au fur et à mesure que l'année avance, je peux commencer à me détendre, à leur montrer la véritable moi. Mais le respect reste le même.

Callie promène son doigt sur son verre.

– Je crois qu'il faut qu'on m'enseigne comment enseigner, ricane-t-elle en plaisantant à moitié. Vous connaissez des profs disponibles ?

Pas moins de trois fantasmes prof-élève jaillissent dans mon esprit, et tous impliquent Callie... et son uniforme de l'école catholique.

Je me penche en avant et me lance.

– Viens chez moi, demain soir. Je te ferai à manger et je te dirai tout ce que je sais de l'enseignement. Je suis un prof génial ; tout le monde te le dira. Et quand j'en aurai fini avec toi, tu seras aussi douée que moi.

Alison regarde Callie et moi tour à tour par-dessus sa bière.

Callie sourit timidement et sa voix est suave. C'est bon signe. Mais c'est alors qu'elle gâche tous mes fantasmes.

– J'aimerais bien... mais mes parents... je peux pas les laisser.

– Donne-moi ton téléphone, je réponds en tendant ma main.

Callie me regarde afficher le numéro de sa sœur.

– Colleen, salut, c'est Garrett Daniels. Ça va, merci. Écoute, j'ai besoin d'emprunter ta sœur demain soir. Tu peux t'occuper de vos parents ?

Colleen se met à râler, m'expliquant qu'elle s'occupe de ses parents la journée en plus de ses enfants le soir, et que sa fille s'entraîne au basket le samedi soir.

– OK, je comprends, mais elle a besoin de soirées libres, de temps en temps. Tu veux vraiment qu'elle craque ?

Callie me regarde avec ses grands yeux verts, et mon cœur bat de plus en plus fort, parce qu'elle est vraiment trop jolie. Je ne me souviens pas de la dernière fois que j'ai eu autant envie de traîner avec quelqu'un ; de parler, de rire, d'écouter. Ça remonte sans doute au lycée.

Avec elle.

– Donne-lui ses samedis soir, et je donnerai des cours de conduite gratuits à tes gamins. Emily est à quelques années du permis, non ? C'est une super offre, Col.

Elle y réfléchit une seconde, puis elle acquiesce. Car même au téléphone, personne ne peut me résister.

– Super. Génial, merci.

Je raccroche et rends son téléphone à Callie.

– T'es libre. Je passe te prendre chez tes parents à dix-huit heures.

Un sourire lumineux et étincelant s'étend sur le visage de Callie – j'ai rêvé de ce visage plus de fois que je n'ose l'admettre.

– Le rencard est fixé, alors, dit-elle d'une voix douce.

J'ai un rencard avec Callie Carpenter.

– Carrément, je réponds en lui faisant un clin d'œil.

# CHAPITRE 8

## *Callie*

J'adore mes seins.

Chaque femme est fière d'une partie de son corps en particulier. Colleen a toujours dit qu'elle ferait un super mannequin pour pieds, parce que ses orteils sont sublimes. Pour moi, ce sont mes seins – un bonnet C bien ferme et rebondi. Ils ont l'air... joyeux.

Je me tourne de côté, devant le miroir de la salle de bains, et baisse mon t-shirt blanc sur mon jean foncé. Je fais de l'exercice plusieurs fois par semaine, j'essaie de dormir suffisamment, de bien manger, et de boire beaucoup d'eau. Je mets de la crème hydratante et de la crème anti-rides – après trente ans, c'est devenu nécessaire – mais j'ai la chance d'avoir une belle peau.

Je me penche en avant et tire la peau sur mes tempes. Je fais de même avec mes joues, effaçant les ridules autour de ma bouche, me faisant ressembler à un poisson déjanté et affamé.

Je crois que j'ai peu changé, au fil des ans, mais je me demande si Garrett pense de même.

Je me frappe alors le front sur les carreaux vert anis de la salle de bains, essayant de me ressaisir.

– Arrête ça, je gronde en regardant mon reflet. On se fiche de ce que pense Garrett. Ce soir n'est pas un vrai rencard.

*Mais ce n'est pas ce qu'il a dit. Il t'a même fait un clin d'œil,* répond le petit diable dans ma tête.

Je lève les yeux au ciel et la Callie ange en fait de même dans le miroir.

– Garrett aime flirter et charmer, c'est tout. Il ne sait pas faire autrement.

*Garrett est célibataire, tu l'es aussi... vous pourriez être délicieusement et salement célibataires ensemble. Il sait y faire... tu t'en souviens. Je parie qu'il est encore plus doué, aujourd'hui.*

La Callie ange secoue la tête.

– Je ne peux pas compliquer la situation. Je suis ici pour dix mois, puis je reviens à la réalité. Les phoques ; n'oublie pas les phoques !

*Dix mois, c'est long, répond la Callie diable. Tu ne l'as pas vu avec ses élèves, et avec ses joueurs ? Avoue-le ; t'en as presque joui !*

– Le job de mes rêves m'attend à l'autre bout du pays. Garrett va me donner des conseils, histoire que je ne fasse pas un burn-out et que je ne devienne pas folle.

*Des conseils n'ont rien à voir avec ce que t'aimerais que Garrett te donne ce soir.*

– On va être collègues, insiste la Callie ange. Des amis... de bons amis.

*Avec certains avantages. On connaît parfaitement les « avantages » que Garrett peut t'offrir.*

Mince, la Callie diable est hyper convaincante.

J'entends quelqu'un toquer à la porte et mon beau-frère ouvre à Garrett – je perçois le bourdonnement de leur voix au fond du couloir. Sa voix devient plus claire lorsqu'il entre dans le salon, où mes parents jouent à *Dance Dance Revolution*, édition années soixante-dix, depuis leur lit d'hôpital.

– Bonsoir, monsieur et madame Carpenter.

– Garrett ! Quel plaisir de te voir, dit la voix rauque de ma mère, tout excitée.

Elle l'a toujours adoré.

– Comment allez-vous ?

– Pas trop mal, répond mon père. Mais où sont les courses à trois jambes quand on en a besoin ? On serait imbattables.

– Je suis contente que tu passes la soirée avec Callie, dit ma mère. Elle est très tendue, ces jours-ci. T'as toujours été doué pour...

Je sors de la salle de bains et déboule dans le couloir plus vite que Flash Gordon.

– Salut !

Garrett se tourne vers moi avec un sourire amusé. Il est vêtu d'une chemise bleu pâle et d'un jean délavé qui moule parfaitement ses superbes fesses. Ma bouche devient sèche et j'expire tout l'air de mes poumons.

– T'es prêt ?

Il me reluque lentement de la tête aux pieds, s'arrêtant un moment sur mes seins. Garrett les a toujours adorés, lui aussi.

– Oui, répond-il avant de se rapprocher un peu et de prendre une voix grave, suave, et on ne peut plus sexy. T'es très belle, Cal.

– Merci.

– Amusez-vous bien, tous les deux ! s'exclame joyeusement ma mère en agitant ses ongles vernis.

Dans l'allée, Garrett pose sa main sur le creux de mes reins et me guide vers sa Jeep, déclenchant encore un air de déjà-vu.

C'était une époque différente, et une autre Jeep... mais Garrett et moi avons créé de nombreux souvenirs dans une voiture similaire. On était jeunes, et on n'était jamais rassasiés. M'installer sur le siège passager alors qu'il passe derrière le volant est une situation aussi familière qu'excitante.

– Tes parents doivent rester combien de temps cloués dans ce lit ? demande-t-il. Ils me font penser aux grands-parents dans *Charlie et la Chocolaterie*.

– Plus très longtemps, je réponds en riant. Les médecins veulent qu'ils commencent à se lever et à se déplacer pour éviter les escarres et une pneumonie. Ça promet d'être intéressant.

◆◆◆

Dix minutes plus tard, Garrett se gare devant chez lui, de l'autre côté de la ville. Le soleil s'est couché et le ciel est d'un gris pâle et lumineux. C'est magnifique ici, au bord du lac – il n'y a pas un bruit en dehors des grillons et du vrombissement des ailes des libellules.

Je m'arrête dans l'allée et lève la tête vers la maison en briques. Elle correspond bien à Garrett : elle est simple, belle, et robuste.

– Waouh, je soupire d'un air moqueur. La rive nord du lac ? Quand est-ce que t'es devenu bourgeois ?

Quand j'étais gamine, les gens de la rive nord étaient forcément riches.

Garrett lève à son tour la tête vers sa maison.

– Le jour où j'ai signé le prêt immobilier a été le jour le plus stressant de toute ma vie. Même avec les primes de coach et ce que je gagne en donnant des leçons de conduite, j'avais peur de ne pas m'en sortir. Mais... ça va.

– Ça a l'air d'aller, oui. Je suis contente pour toi, Garrett, je dis d'un ton plein de tendresse. T'as tout ce dont t'as toujours rêvé.

Il cesse de regarder sa maison et ses yeux se posent sur moi.

– Pas tout, non, répond-il en souriant. Mais c'est une super maison.

À l'intérieur, on devine tout de suite qu'un homme seul vit ici. C'est propre et confortable, avec des murs de couleur neutre, des meubles qui servent vraiment à quelque chose, et une table de ping-pong dans la salle à manger. Je suis prête à parier que c'est madame Daniels qui a acheté et installé les rideaux. Il y a quelques photos de famille sur les murs et, dans une vitrine du salon, les dizaines de trophées et de prix que Garrett a remportés au fil du temps, d'abord comme joueur puis comme entraîneur.

Une petite boule de poils descend du canapé et vient vers nous en jappant, remuant la queue à cent à l'heure.

– Snoopy ! je m'exclame. Mon Dieu... c'est Snoopy ?

Je me baisse pour caresser sa jolie petite tête et ses oreilles toutes douces. Il gémit, tout excité, et gigote comme s'il n'était pas encore assez proche de moi.

– Bien sûr que c'est Snoopy, répond Garrett d'un ton joyeux. Il est encore en forme.

Il fait un peu pipi par terre – c'est le plus grand compliment que puisse faire un chien.

– La dernière fois que je t'ai vu, t'étais un tout petit chiot, je susurre. Et regarde-toi maintenant ! je m'exclame en levant la tête vers Garrett. Je crois qu'il se souvient de moi !

– Bien sûr qu'il se souvient de toi. C'est toi qui l'as baptisé, après tout.

Je me souviens de ce jour-là ; de ce que j'ai ressenti, et même de l'odeur qui nous enveloppait. Garrett était arrivé chez moi avec une boule de poils dans son blouson. On l'avait amené chez le vétérinaire, on avait acheté le nécessaire à l'animalerie, on lui avait donné un bain ensemble et, ce soir-là, il avait dormi entre nous dans le lit de Garrett, comme si c'était notre bébé. Ce n'est pas la seule fois qu'il a dormi avec nous, mais c'est la fois la plus heureuse.

Je continue de le gratouiller en souriant jusqu'aux oreilles. J'en ai les larmes aux yeux, et Snoopy se charge de les essuyer avec sa langue.

– Tu m'as manqué, mon chien.

Et, pour la première fois depuis longtemps, je me rends compte de tout ce qui m'a manqué à Lakeside.

◆◆◆

– Tu veux du vin ? demande Garrett.

Il est en train d'assaisonner deux entrecôtes pendant que je prépare les asperges qu'on va emballer dans du papier alu, avec du parmesan, pour les griller au four.

– Avec plaisir.

– Rouge ou blanc ?

– Blanc, s'il te plaît.

Lorsqu'il pose un verre à pied à moitié rempli à côté de moi, je ne peux pas m'empêcher de ricaner.

– Quoi ?

– Rien, c'est juste... drôle. J'ai l'impression que c'était hier, que tu m'as apporté une bière dans un gobelet rouge. À cette époque, je pensais que la chose la plus romantique que tu puisses faire était de me préparer un bol de nouilles instantanées. Mais nous voilà, je dis en levant mon verre. T'as de vrais verres à vin, et tu cuisines un vrai repas. Comment en est-on arrivés là ?

Garrett hausse les épaules.

– On a grandi.

– Ouais, je suppose.

– Cela dit...

Garrett ouvre un placard, révélant l'étagère remplie de ces sachets blanc et orange que je connais si bien.

– ... Mes nouilles instantanées sont toujours les meilleures de la ville.

J'éclate de rire.

– Il faut savoir mettre les bonnes épices, jure-t-il.

Il retourne à l'îlot central en me faisant un sourire coquin.

– Mais ce n'est rien comparé à mes entrecôtes. Quand t'auras goûté ma viande, bébé, toutes les autres te paraîtront fades.

◆◆◆

– Alors... pourquoi l'histoire ? L'enseignement ? Comment t'as pris cette décision ?

On est assis dans le jardin, à une petite table sur laquelle est posée une lanterne, et une guirlande de lumières blanches est suspendue à la clôture, faisant le tour du patio. La nuit, le lac est superbe.

– C'est une histoire intéressante.

Garrett prend une bouchée d'entrecôte et je suis frappée par sa façon de mâcher. Je ne pensais pas que regarder quelqu'un manger pouvait être excitant, mais je suis tout émoustillée.

Peut-être que je suis juste bizarre.

Sa façon de couper la viande est sexy, aussi. Ses bras musclés se contractent et sa veine se gonfle, me suppliant de la lécher. Il a de superbes mains, avec de longs doigts puissants, et lorsque je les vois tenir ses couverts, je les visualise tenir sa verge. Je l'imagine s'empoigner et se positionner entre mes jambes, prêt à me pénétrer. Je soulèverais alors mon bassin et on serait tous les deux excités à n'en plus finir.

– T'as chaud ? demande Garrett alors que je suis en train de m'éventer.

Je bois une grande gorgée de vin.

– Non, ça va. Tu disais ?

Il hoche la tête et s'essuie la bouche avec sa serviette. C'est ultra sexy, ça aussi.

Bon sang, je suis dans la merde.

– Comme tu sais, je ne savais pas ce que je voulais faire quand je suis parti à la fac. Je pensais juste à jouer au football, plaisante-t-il. Et soudain, c'était le printemps de ma deuxième année, juste après ma seconde blessure au genou...

Garrett a été nommé Joueur de l'Année et il a reçu le prestigieux *National Quarterback Award* dès sa première année de fac. Mais, tôt dans sa deuxième saison, il s'est fracassé le genou, et sa carrière a volé en éclats. Je n'ai regardé la scène à la télé qu'une seule fois... et j'ai couru aux toilettes pour vomir.

– … et je suivais des cours d'histoire américaine. Le premier jour, Malcom Forrester, le prof, est arrivé tout sérieux et pompeux, dans son costard gris. Il a hoché la tête pour nous saluer, mais il n'a pas dit un mot avant de monter sur l'estrade et de commencer son cours. Or son cours n'était pas une simple leçon ; c'était un véritable discours, et c'était hypnotisant. J'avais l'impression qu'Abraham Lincoln était devant nous, en chair et en os. Il a rendu son récit si vivant ; les guerres, la politique, tout… C'était passionnant.

Le ton de Garrett est passionné, aussi, et j'ai l'impression de ressentir l'excitation qu'il a connue à l'époque.

– Je me suis mis à apporter un dictaphone en cours pour pouvoir l'enregistrer, parce que je ne voulais pas prendre de notes ; je voulais juste l'écouter. Je voulais tout absorber et ne pas rater une miette de ce qu'il disait.

Garrett boit une gorgée et me regarde dans les yeux.

– C'est comme ça que j'ai compris ce que je voulais faire. Si je ne pouvais pas jouer au football, j'allais être entraîneur, et je savais que je voulais que ce soit à Lakeside. Mais surtout, je savais que je voulais faire comme Forrester ; faire revivre le passé pour les enfants de ma classe, et leur enseigner quelque chose d'important. Quelque chose qu'ils pourraient emporter avec eux, qui ferait une différence dans leur vie. Et le reste appartient à l'Histoire, conclut-il en haussant les épaules.

Je pose ma main sur la sienne par-dessus la table.

– Je suis désolée, pour ton genou. Ça n'aurait pas dû arriver ; pas à toi.

Son regard est dépourvu de tristesse. Je sais que ça a dû être terrible pour lui, et je suis soulagée de voir qu'il ne souffre plus. Qu'il n'a pas de cicatrices et que ça ne l'a pas changé.

– C'est la vie, Callie ; parfois elle est belle et parfois elle craint. Mais on doit tous faire avec les cartes qui nous sont distribuées.

– Je t'en ai envoyé une, d'ailleurs, à l'époque ; une carte. J'y avais écrit mon numéro, au cas où je pouvais faire quelque chose. Je ne sais pas si tu l'as eue.

– Ouais, je l'ai reçue.

– Ah. Pourquoi tu ne m'as pas appelée ?

Il hausse de nouveau les épaules.

– J'ai pensé que tu m'avais écrit par pitié. Et je ne voulais pas de pitié venant de toi.

– C'était pas de la pitié ! J'étais anéantie pour toi ! je m'exclame en lui frappant le bras.

Garrett saisit ma main et la tient dans les siennes.

– Attention, tu pourrais te faire mal.

Je retire brusquement ma main de cet imbécile en secouant la tête.

– J'ai envisagé de venir te voir, mais je parlais encore à Sydney, à l'époque, et elle m'avait dit que tu sortais avec quelqu'un d'autre. Je ne voulais pas compliquer la situation. Je t'avais envoyé la carte pour que tu saches que je pensais à toi. Je voulais... te remonter le moral.

Il m'offre un sourire en coin et ma respiration accélère.

– Sydney avait mal compris. Je ne sortais avec personne ; du moins, rien de sérieux. J'aurais aimé que tu me rendes visite à l'hôpital. Une pipe m'aurait remonté le moral. Tu as toujours été douée pour les pipes.

Je le frappe de nouveau.

– Petit con, je marmonne, le faisant rire.

◆◆◆

Après le dîner, nous faisons la vaisselle en équipe. Snoopy lèche les assiettes, Garrett les lave, et je les essuie. Lorsque c'est fait, il remplit de nouveau mon verre et prend une bouteille d'eau pour lui-même, puis nous retournons dehors pour nous installer dans les fauteuils moelleux près du brasero. L'air sent le feu de bois et tout est illuminé par la lueur orange des flammes.

– Bon, Monsieur le meilleur prof du monde. Fais-moi part de ton savoir.

Garrett sourit jusqu'aux oreilles et je frissonne. Il se racle la gorge, et commence la leçon.

– La clé pour garder le contrôle de ta classe est de comprendre ce que veut, ou ce dont a besoin, chacun des élèves. En même temps, il faut qu'ils sachent que tu peux leur ôter cette chose s'ils prennent les mauvaises décisions. Pour certains élèves, ce sont les notes ; ça c'est plutôt simple. Pour d'autres, c'est ton attention ou ton approbation. Ils veulent savoir que t'es impliquée et que tu les observes. D'autres encore ont besoin d'être écoutés ; d'avoir une figure d'autorité avec qui ils se sentent en sécurité et vers qui ils peuvent se tourner s'ils font une grosse bêtise. Et certains se tourneront vers toi, je te le garantis.

– J'ai l'impression que tu m'apprends à être psy, pas prof.

Il penche la tête sur le côté et m'observe.

– Ça fait treize ans que je fais ce métier, Callie. Tous les profs sont psy... mais aussi assistants sociaux, amis, gardiens de prison, confesseurs... Ça dépend des jours.

– Je ne me souviens pas que c'était si compliqué à notre époque. Les profs étaient des profs ; certains semblaient même être arrivés là par hasard.

– Ces gamins ne sont pas nous, et ils ne le seront jamais, répond Garrett en secouant la tête. Ils sont plutôt comme des... Lex Luthor. Ils n'ont jamais connu un monde sans Internet, sans e-mails, sans sms et réseaux sociaux. Les likes et les vues sont maîtres, et il est impossible d'échapper au harcèlement. Les véritables interactions sociales peuvent facilement être évitées. Ça les rend super intelligents sur un plan technologique, et super idiots sur le plan émotionnel.

– Bon sang, dit comme ça, je suis presque triste pour eux, je soupire. Je suis même triste pour Bradley Baker, alors qu'hier il m'a regardée dans les yeux et m'a dit d'aller enculer une chèvre.

– Bradley est un imbécile et un vantard. Je lui parlerai de ce qu'il t'a dit, lundi. Et t'as le droit d'être triste pour eux ; perso, je n'échangerais ma place avec la leur pour rien au monde. Même si ça me donnait le droit de rejouer au football. Mais ne sois pas trop triste non plus, poursuit Garrett d'une voix ferme. Ne les laisse pas te marcher dessus. Ton job n'est pas de les protéger de leurs propres choix débiles mais de leur apprendre à en faire de meilleurs. Apprends-leur à ne pas être une merde dans ce monde merdique.

Je regarde les flammes en réfléchissant aux paroles sages et logiques de Garrett. Je bois ensuite une autre gorgée de vin et observe l'homme assis à mes côtés. À la lueur du feu, ses yeux pétillent et son visage est encore plus beau.

– C'est méga profond, ce que tu dis. La version mature de Garrett est pleine de sagesse.

Il sourit d'un air machiavélique.

– Ça t'excite, hein ?

– Je ne vais pas te mentir... c'est assez canon.

Il étire ses bras au-dessus de sa tête et contracte ses biceps.

– Ouais, je sais.

C'est ainsi que se déroulent les heures qui suivent. On se taquine et on rit, parlant de l'enseignement et de la vie en général.

– Comment je convaincs les gamins que je suis de la bombe ?

– Déjà, ne pas dire « de la bombe » serait un bon début.

Je repense à toutes les fois où j'ai levé les yeux au ciel quand mes parents disaient « chanmé », « psyché » ou « guedin ». Ils avaient l'air tellement ringards, à mes yeux. Je fronce les sourcils en essayant de deviner le jargon d'aujourd'hui.

– Ça déchire ?

– Non.

– C'est trop de la balle ?

– Non plus.

– Ça bécave ?

– Mon Dieu, non, répond Garrett en grimaçant.

J'éclate de rire.

– OK, alors, quel est le nouveau mot cool pour dire que quelque chose est cool ?

Il se penche en avant et appuie ses coudes sur ses genoux.

– « Cool » est encore cool. Et si tu veux vraiment les impressionner, essaie « dar », mais fais gaffe parce que c'est à double sens.

– « Dar » ne sonne pas cool.

– N'y pense pas trop, fais-moi confiance. « Dar » est cool.

Je bois mon vin et me penche aussi, jusqu'à ce que nos bras se touchent presque.

– Quoi d'autre ?

– « Fat », déclare Garrett.

– « Fat », c'est bien ?

Il hoche la tête.

– « Fat » est très bien. Essaie-le dans une phrase.

Je réveille la cochonne en moi.

– La bite de Garrett est trop fat.

– J'approuve ce message, répond-il en levant les pouces.

On éclate tous les deux de rire.

– Pourquoi t'es pas encore mariée ? demande Garrett un peu plus tard.

Je ricane et fronce les sourcils.

– Ma sœur t'a parlé, c'est ça ?

Il rit doucement dans sa barbe.

– Et toi, pourquoi t'es pas marié ? je demande à mon tour.

– Il n'y a pas vraiment de raison. Je n'ai pas encore rencontré la personne que j'avais envie d'épouser. Ou qui voulait m'épouser en retour.

– Pareil.

– Alors, pas de relations sérieuses ?

– J'ai eu des relations, mais je ne sais pas si je les décrirais comme sérieuses.

– Alors… tu veux dire que c'est encore moi que tu préfères parmi tous ? Je suis toujours ton copain numéro un ?

– C'est important, pour toi ?

– Tu me connais depuis que j'ai quinze ans. Est-ce que tu te souviens d'une seule situation dans laquelle je n'avais pas envie d'être premier, Callie ?

Je lève les yeux au ciel, évitant de répondre. Parce que Garrett a suffisamment la grosse tête comme ça. Mais... oui. C'est toujours mon mec numéro un.

◆◆◆

Plus tard encore, nous sommes dans nos fauteuils, face à face. Tout est calme, Snoopy dort entre nous, et je le caresse doucement.

Garrett lève la main et effleure ma lèvre supérieure, là où j'ai une petite cicatrice blanche.

– C'est nouveau, ça. Que t'est-il arrivé ? Une soirée trop alcoolisée entre filles ?

– Non, j'ai été agressée.

Garrett se crispe de la tête aux pieds.

– Quoi ? Quand ?

Je lève la tête vers le ciel, essayant de me souvenir.

– Hmm, c'était en dernière année de fac. Je rentrais chez moi, un soir, et un mec m'est tombé dessus. Il m'a mis un coup de poing dans la bouche, et il a pris mon sac et mon ordi.

Garrett fusille la cicatrice du regard, comme s'il voulait lui faire tellement peur qu'elle disparaisse.

– Ç'aurait pu être pire. Il ne m'a fallu que quatre points de suture.

– Putain, Callie.

Je lui dis alors quelque chose que je ne pensais jamais lui dire.

– J'ai failli t'appeler, à l'époque.

Mon aveu reste suspendu dans l'air, lourd de sens.

– Je ne l'ai pas dit à mes parents, ni à Colleen, parce qu'ils auraient pété un plomb. Mais après l'agression... j'avais vraiment envie de t'appeler. D'entendre ta voix. J'ai même pris mon téléphone et j'ai commencé à composer ton numéro.

Garrett m'étudie d'un air sérieux.

– Pourquoi tu l'as pas fait ?

– Ça faisait six ans qu'on s'était pas parlé, je réponds en secouant la tête. Je ne savais pas ce que tu dirais.

Il déglutit difficilement et se racle la gorge.

– Tu veux savoir ce que j'aurais dit ?

Soudain, c'est comme si nous étions dans une bulle spatio-temporelle et que nos versions anciennes, de l'époque, fusionnaient avec nos versions actuelles.

– Oui, dis-moi.

Garrett caresse de nouveau ma cicatrice du bout du pouce.

– Je t'aurais demandé où t'étais. Puis, j'aurais pris un avion, un train, ou un bateau ; j'aurais même marché jusqu'à toi, s'il l'avait fallu. Et une fois avec toi, je t'aurais prise dans mes bras et je t'aurais promis que rien ni personne ne te referait plus jamais de mal. Pas tant que je serais là.

Mes yeux me piquent un peu, mais des larmes ne se forment pas. Je suis profondément émue de me sentir protégée et désirée. Et j'éprouve soudain une profonde tendresse pour lui.

– T'as toujours été ma nana, Callie. Même quand tu ne l'étais plus. Tu vois ce que je veux dire ?

– Oui, je sais précisément ce que tu veux dire.

On continue de parler de tout et de rien, on remplit le vide des années passées loin l'un de l'autre, rassemblant les pièces du puzzle entre qui nous étions et qui nous sommes maintenant.

C'est ainsi que ça commence. C'est notre début.

C'est ainsi que nous redevenons... nous.

# CHAPITRE 9

## Garrett

J'aurais dû l'embrasser.

*Putain !*

J'en avais envie ; plus que je n'avais envie de respirer. Et il y a eu ce moment, quand j'ai ramené Callie chez ses parents, et qu'on s'est regardés sous la lampe du porche, quand j'ai su qu'elle voulait que je l'embrasse. Je l'ai senti.

Mais j'ai hésité.

C'est le plus grand péché que puisse commettre un quarterback ; le moyen le plus certain de se faire mettre à terre. Se retenir. Hésiter. Se dégonfler.

Ça ne me ressemble pas. Je fonctionne par instinct ; sur le terrain, mais aussi en dehors. Et mes instincts ne me trompent jamais. J'agis toujours... car même une mauvaise passe est meilleure que l'absence de passe.

Mais pas hier soir.

Hier soir, j'ai attendu ; j'ai trop réfléchi, et le moment est passé.

*Merde.*

Je passe tout le lendemain à pester contre moi-même. Ça m'obsède pendant mon footing, ça me distrait quand j'achète mes bagels et quand je discute avec les mecs, et le moment défile en boucle dans ma tête quand je prends le petit déjeuner dans la cuisine de ma mère.

Je revois les lèvres roses et pulpeuses de Callie, attendant que je les goûte. Je me demande si elle est aussi délicieuse qu'avant ? Je parie que oui.

Je parie qu'elle l'est encore plus.

*Double merde.*

Plus tard dans l'après-midi, je me force à arrêter d'y penser. De toute façon, je n'ai pas vraiment le choix, parce que j'ai une leçon de conduite avec une élève qui requiert toute mon attention.

La vieille madame Jenkins.

Et quand je dis « vieille »... ses arrière-petits-enfants se sont tous cotisés pour lui payer des leçons de conduite pour son quatre-vingt-douzième anniversaire.

Madame Jenkins n'a jamais passé son permis. Son mari se chargeait toujours de conduire, mais il est décédé l'an dernier. Or, dans le New Jersey, il n'y a pas d'âge limite pour conduire. Tant qu'on a l'accord de l'ophtalmologue, on vous laisse passer le permis. C'est terrifiant, et j'essaie de ne pas m'attarder dessus.

– Bonjour Connor. C'est une belle journée pour conduire, n'est-ce pas ?

Oui ; c'est notre sixième leçon, et elle pense toujours que je suis mon frère. Je l'ai corrigée les premières fois, mais maintenant... je laisse glisser.

– Bonjour madame Jenkins.

J'ouvre la portière côté conducteur de sa vieille Lincoln verte, et madame Jenkins pose son coussin sur le siège – celui dont elle a besoin pour voir par-dessus le volant. D'habitude, les leçons se font dans la voiture de l'entreprise, avec les doubles pédales et le grand « A » à l'arrière.

Toutefois, madame Jenkins et sa famille ont pensé qu'il serait plus sûr qu'elle apprenne à conduire sur la voiture qu'elle conduira vraiment au quotidien, pour qu'elle ne s'y perde pas trop. J'ai trouvé ça plutôt logique. Puis, elle est loin d'être un as du volant.

Lorsqu'on a tous les deux attaché nos ceintures, madame Jenkins allume la radio. D'après elle, une musique de fond l'aide à se concentrer. Elle ne joue pas avec les boutons pendant qu'elle conduit ; elle choisit une station avant de partir, et elle s'y tient jusqu'à la fin. Aujourd'hui, c'est une station des années quatre-vingt.

Et c'est bon, on est partis.

– C'est ça, madame Jenkins. Allumez votre clignotant environ trente mètres avant de tourner. Bien.

Je note sur mon évaluation qu'elle prend toujours soin d'indiquer aux autres conducteurs où elle va, puis je dois me retenir de faire le signe de croix, parce qu'on vire à droite vers la rampe d'accès qui mène à la voie rapide. Or la New Jersey Parkway est le terrain de jeu préféré des plus gros chauffards du coin, et des conducteurs les plus pourris du pays. On s'insère sur l'autoroute et heureusement, il y a peu de monde.

Et le compteur reste à cinquante-cinq kilomètres-heure.

– Il va falloir aller un peu plus vite, madame Jenkins.

Elle va jusqu'à soixante-cinq... soixante-dix... S'il y avait des voitures derrière nous, les conducteurs auraient la main sur le klaxon.

– Un peu plus vite. Le minimum est quatre-vingt-dix.

Sur la voie de gauche, les voitures nous doublent à cent trente kilomètres-heure. Mais la vieille madame

Jenkins ne se laisse pas impressionner ; elle est comme la tortue dans la fable de La Fontaine... elle va lentement mais sûrement, fredonnant *Take Me Home Tonight* d'Eddie Money, à la radio.

On arrive à passer les quatre-vingt-dix kilomètres-heure.

– Bravo, Madame J ! Vous gérez !

Elle sourit, ravie et fière.

Toutefois, sa joie ne dure qu'un instant, car son sourire disparaît aussitôt et elle reste bouche bée, les yeux écarquillés, le visage pâle.

– Mon Dieu !

Car il y a quelque chose sur la route, devant nous. C'est une oie, suivie de ses oisons – pile au milieu de notre voie. Avant que je ne puisse lui dire quoi faire ou m'emparer du volant, madame Jenkins met un coup de volant à gauche, nous faisant changer de voie.

– Les freins, madame Jenkins ! Freinez ! La pédale de gauche !

– Mon Dieu, mon Dieu, mon Dieu...

On est désormais sur le terre-plein central et l'herbe haute caresse les vitres de chaque côté de la voiture. Soudain, nous sommes sur la voie d'en face, filant à toute allure à contresens.

Merde. Je vais mourir... sur un morceau d'Eddie Money.

C'est pourri, non ?

Je ne suis pas prêt à partir. Il y a encore trop de choses que je veux faire.

Et en haut de la liste : embrasser Callie Carpenter.

Et pas qu'une fois – des dizaines voire des centaines de fois. Je veux la toucher, la tenir, lui dire... il y a tant de choses que je veux lui dire.

Si je ne sors pas vivant de cette situation... ce sera mon plus grand regret.

Dans un crissement assourdissant de freins et après de nombreux coups de volant, on parvient à traverser la voie rapide sans être percutés. La voiture hoquette et bondit par-dessus le rebord qui longe la voie, avant d'être stoppée par une épaisse haie de buissons.

Je respire rapidement et regarde le ciel, stupéfait qu'on soit vivants.

Enfin, *je* suis vivant, mais merde, est-ce que Jenkins est morte ?

Je me tourne vers elle en espérant qu'elle n'est pas en pleine crise cardiaque.

– Est-ce que ça va ?

Elle me regarde avec un calme impressionnant, et elle tapote tranquillement mon épaule.

– Oui, Connor, je vais bien, répond-elle avant de secouer la tête d'un air dégoûté. Ces fichues oies.

◆◆◆

Frôler la mort change vraiment votre point de vue sur la vie.

Il n'y a pas de moyen plus rapide et efficace pour vous secouer. Ainsi, dès que les pompiers se sont assurés que madame Jenkins va bien et que j'ai rempli le constat avec le policier, je la ramène chez elle. Je remonte dans ma propre voiture, et je n'ai qu'une seule idée en tête.

Il n'y a qu'un seul endroit où je veux aller.

Il n'y a qu'une personne qui compte en cet instant.

J'ai à peine enclenché le frein à main que je sors de ma voiture et traverse la pelouse des Carpenter en trottinant. J'ouvre la moustiquaire et frappe à la porte en chêne. Et je n'arrête pas tant qu'elle ne s'ouvre pas.

Et la voilà. Blonde et belle dans l'embrasure de la porte, sentant la rose et la vanille. C'est le parfum de ma jeunesse, le parfum de l'amour. Son sourire est tendre et son regard pétille de surprise. J'ai envie de me noyer dans ses grands yeux verts.

– Garrett... j'allais...

Cette fois, je n'hésite pas. Je n'attends pas.

J'avance d'un pas et je la prends dans mes bras, l'embrassant de tout mon être.

Sa bouche est incroyablement chaude et douce – à la fois nouvelle et familière. Les lèvres de Callie s'accordent avec les miennes, dociles mais avides. Et cette connexion, ce lien, ce courant électrique qui nous a toujours unis crépite de nouveau. Je pose ma main sur sa joue pour la caresser, me rapprochant encore, l'embrassant de plus belle.

Et j'avais raison. Elle est encore plus délicieuse, aujourd'hui – comme du miel chaud et du sucre fondu.

Lentement, je ralentis le baiser, effleurant sa bouche une dernière fois. Ses yeux sont fermés, nos fronts sont l'un contre l'autre, et nos souffles se confondent.

– T'as pensé à moi ?

Elle ouvre les yeux, clignant des paupières d'une façon adorable qui me donne envie de l'embrasser de nouveau – voire de faire bien plus que de l'embrasser.

– Quoi ?

– Pendant toutes ces années, tout ce temps ; est-ce que t'as pensé à moi ? Parce que moi, j'ai pensé à toi, Callie. Tous les jours. J'entendais un morceau ou je passais devant un endroit qui me rappelait un superbe souvenir de nous, et je me demandais où t'étais, comment t'allais... et je pensais à toi... chaque jour.

Elle ne ferme pas les yeux – elle soutient mon regard en s'humidifiant les lèvres avant de hocher la tête.

– J'entendais ta voix dans ma tête, à chaque fois que j'avais besoin de toi... et parfois sans aucune raison. Et je pensais à toi, tout le temps.

Et revoilà ce même sentiment que j'ai eu sur le terrain, l'autre jour – cette sensation que l'on éprouve lorsqu'on est précisément où on doit être, faisant ce qu'on est né pour faire.

– Tu m'as manqué, je chuchote. Je ne savais même pas à quel point jusqu'à ce que tu reviennes.

Elle sourit et son regard devient brillant. Callie a toujours pleuré pour tout – de tristesse comme de joie. Parfois les deux en même temps.

– Tu m'as manqué aussi, Garrett.

Elle n'hésite pas. Elle se met sur la pointe des pieds, me prend par le cou, et m'embrasse fermement, passionnément, rattrapant toutes ces années de manque. On en viendrait presque aux préliminaires, là, sur le pas de la porte de ses parents. Elle plonge ses doigts dans mes cheveux, et je promène mes mains sur ses bras avant d'empoigner sa taille, redécouvrant la sensation d'être avec Callie.

La sensation de nous.

Et on est spectaculaires.

# CHAPITRE 10

## Callie

Les parkings de lycée sont parmi les endroits les plus dangereux sur terre. Je n'ai pas de statistiques pour le prouver mais... je sais que c'est vrai.

Le lundi matin, je gare l'énorme Buick vert menthe fraîchement réparée de mon père, alors que *Back in Black* d'AC/DC jaillit des enceintes. Je me sens forte et puissante – j'ai l'impression de conduire un tank.

Je suis une prof dure à cuire et je n'ai pas peur d'écraser qui que ce soit, et surtout pas mes élèves.

Ma tenue n'y est pas pour rien, non plus : j'ai mis des bottines en cuir noir, un jean bleu foncé, une chemise blanche, et un blouson en cuir. C'est mon armure. L'air est frais, ce matin, mais je ne le sens même pas. Je suis gonflée à bloc et prête à passer à l'attaque.

Je marche vers l'entrée et vois Garrett, Dean, et Alison Bellinger près de la porte. Ils s'arrêtent lorsqu'ils me voient et m'attendent.

– Merde, glousse Dean, Callie a sorti sa tenue de combat.

Garrett croise les bras en me reluquant.

– On dirait Michelle Pfeiffer dans *Esprits rebelles*.

Garrett est à croquer. Ses cheveux sont décoiffés par la brise et des mèches tombent sur son front. Il est vêtu d'un pull en laine bleu marine qui moule ses biceps, et d'un jean bleu clair. Je me souviens de la sensation de ses bras me serrant contre lui, hier. Je me souviens de l'excitation émerveillée du moment.

De lui.

Je me souviens de son regard intense, la possessivité et le désir de ses mains. Je me rappelle la sensation brûlante de sa bouche, de sa langue si talentueuse qui m'a donné le vertige.

Tu parles d'une façon de ne pas compliquer davantage la situation.

Toutefois, je ne vais pas me prendre la tête ni tourmenter Garrett ; on a passé l'âge.

J'ai des sentiments pour lui – j'en ai toujours eu. Notre rupture n'avait rien à avoir avec le fait que l'un de nous ne voulait plus être avec l'autre. Toutefois, mes sentiments actuels ne sont pas les vestiges de mon premier amour de jeunesse – c'est quelque chose de nouveau. C'est une attirance indomptable pour l'homme qu'il est devenu. J'ai envie d'être près de lui. Je veux le connaître par cœur – savoir qui il est aujourd'hui.

Or les sensations sont inchangées. Garrett me veut maintenant comme il m'a toujours désirée – peut-être même plus. Je l'ai entendu dans ses chuchotements et je l'ai senti dans son baiser.

Je ne sais pas si on aura un futur ni si ça peut mener à quoi que ce soit. On mène des vies différentes de part et d'autre du pays. Toutefois, je ne veux pas y penser, pour le moment. Je compte avancer un jour après l'autre, et profiter de nous dès que je le peux.

Mais pas maintenant. Maintenant n'est pas le moment de penser à construire une relation. Car il est temps de se concentrer. D'être dure comme fer – je ne souris pas, je ne fléchis pas.

– Ces petits cons ne savent pas à qui ils ont affaire, je grogne.

Alison me tape dans la main.

– C'est ça que je veux entendre, déclare-t-elle.

Garrett m'ouvre la porte et me laisse passer.

– Te laisse pas faire.

◆◆◆

Les premières heures de cours se déroulent super bien. Ce rôle de prof méchant marche vraiment, en fait.

Je grimace et fronce les sourcils en établissant mes règles. Je les oblige à prendre des notes sur la mise en scène et les dramaturges célèbres – des trucs chiants. Les exercices fun attendront. Pas aujourd'hui, les enfants... et peut-être jamais.

Je punaise des intitulés de devoirs maison sur les murs, que je distribuerai selon le comportement des élèves. Il n'y a pas vraiment de devoirs, en théâtre, mais ces gosses ne le savent pas. Ils répondent à mon attitude, au rôle que je joue.

Tout ça fonctionnait à merveille jusqu'à ce qu'arrive ma classe de B&C.

Ceux-ci sont différents.

Ce n'est pas seulement parce que ce sont les plus méchants de tous. Car je vois quelque chose en eux ; en chacun d'eux. La comédienne en moi le sent.

Cette classe est chargée d'émotions, de talent qui ne demande qu'à être libéré.

Je le sens chez David Burke, le rebelle avachi, le meneur de la bande ; un Hamlet. Les autres élèves se tournent vers lui et attendent de voir ses réactions, même s'ils n'en ont pas conscience. Si je séduis David... je les séduirais tous.

Je le sens en Layla Martinez – une Juliette – calme, tragiquement belle, avec le regard le plus expressif que je n'aie jamais vu.

Je le vois chez Michael Salimander – l'intello aux cheveux bruns qui n'a sans doute choisi ce cours que pour remonter sa moyenne. Il me fait penser à Puck... il y a une lueur en lui et, à croire les dessins qu'il gribouille dans son carnet... une grande créativité.

Je le vois chez Simone Porchesky – Médée, avec ses cheveux bleu-noir, son rouge à lèvres rouge coquelicot, et son attitude blasée.

Ils pourraient exprimer des émotions, jouer – tous les regards seraient sur eux.

Ils pourraient être magnifiques.

– Qu'est-ce que vous voulez ?

Je ne crie pas la question, mais ma voix est pleine d'assurance et ils lèvent la tête des chaises éparses dans lesquelles ils sont assis. Ils ne répondent pas, et j'enlève mon blouson pour le draper sur le dossier de ma chaise. Je fais le tour du bureau, puis je m'y appuie en croisant les bras.

– On veut un striptease ! Je veux voir des boobs ! s'exclame Bradley Baker du fond de la salle.

Garrett avait raison : c'est un imbécile.

Mais je l'ignore.

– Vous êtes forcés d'être ici, et moi aussi. Alors, qu'est-ce que vous voulez faire pendant que vous êtes dans ma classe ?

– On veut que vous vous remettiez à pleurer, ricane Simone.

Je hoche la tête et j'interroge les autres du regard.

– On veut faire quelque chose qui ne soit pas naze, propose Toby Gessler en enlevant un de ses écouteurs.

– On veut sortir d'ici, dit Michael.

– OK, qui d'autre ?

– On veut de l'argent, lance David. Vous êtes payée pour venir ici, on devrait l'être aussi.

Je me mets aussitôt à réfléchir aux conseils d'Alison et de Garrett, et au système de récompense que ma sœur avait mis en place avec ses enfants, quand ils étaient petits.

*La clé pour garder le contrôle de ta classe est de comprendre ce que veut, ou ce dont a besoin, chacun des élèves. En même temps, il faut qu'ils sachent que tu peux leur ôter cette chose.*

– Vous voulez savoir ce que je veux, moi ? je demande.

– On s'en fout, ricane Bradley.

Toutefois, les autres ne se joignent pas à lui.

– J'aimerais qu'on joue une pièce, à la fin de l'année.

Julie Shriver n'avait pas monté de pièce depuis plusieurs années. Je passe rapidement en revue les pièces que je connais, cherchant quelque chose avec peu d'acteurs, des chansons accrocheuses, une pièce avec un outsider... quelque chose qui pourrait leur plaire.

– *La Petite Boutique des horreurs*, vous connaissez ?

Quelques-uns secouent la tête, les autres ne réagissent absolument pas.

– Ça parle d'une plante qui vient d'une autre planète. Un mec, un fleuriste, qui a été soumis toute sa vie, la trouve et en prend soin. Ensuite... il se met à découper tous ceux qui ont été méchants avec lui au cours de sa vie, et il les donne à manger à sa plante.

Ils éclatent de rire.

– Wouah, on dirait *Saw* mais à Broadway ! dit Toby.

– Glauque, acquiesce David. Il y a du sang ?

– Oui, je réponds.

– Il est hors de question que je monte sur scène, déclare Simone. Plutôt me faire arracher mon piercing au nombril. Et au nez, d'ailleurs.

Bradley grimace et se couvre le nez.

– Tu ne serais pas obligée, je réponds. Vous ne serez pas tous acteurs. Il va nous falloir... un assistant de direction ; quelqu'un qui s'assure que tout marche sur des roulettes. Il nous faudra des bras pour fabriquer et changer les décors. Quelqu'un pour le son, la lumière. On aura besoin de gens au maquillage et à la création des costumes.

– Je veux bien être dans votre pièce, dit Bradley en levant la main, mais seulement si je peux embrasser une meuf méga bonne.

J'ai suffisamment d'expérience sur scène pour savoir quand je détiens l'attention du public. Celui-ci est captivé, donc je continue sur ma lancée.

– Le deuxième garçon que j'ai embrassé était sur scène, pour une pièce. Il a enfoncé sa langue dans ma gorge, alors qu'il n'était pas censé le faire, devant une salle remplie de gens.

– Dégueulasse, dit Simone.

– Absolument. Après la pièce, mon copain lui a cassé la gueule.

Layla parle d'une petite voix timide, mais je l'entends quand même.

– C'était Coach Daniels, c'est ça ? Vous êtes sortis ensemble, au lycée ?

Je ricane en me demandant comment ils peuvent savoir ça. Mais je suppose qu'il est inutile de le nier.

– C'est ça. Bref. Alors, qu'est-ce que vous en pensez ? Travaillez avec moi, et je serai cool avec vous. On s'attaque à cette pièce, et, à la fin de chaque semestre, je donnerai une carte cadeau de cent dollars au meilleur élève.

– Vous avez le droit ? demande Michael.

Je hausse les épaules.

– Disons que c'est une bourse au mérite. Je n'en parlerai pas à McCarthy si vous ne vendez pas la mèche. Si on ne sait pas qu'on enfreint les règles, on ne les enfreint pas vraiment, n'est-ce pas ?

– Cinq cents dollars, dit David du fond de la salle en me défiant du regard.

Je lève le menton, et hoche fermement la tête.

– Deal.

Ma voix est ferme et autoritaire, sans même le vouloir, alors que je retourne derrière mon bureau.

– Michael, j'aimerais que tu sois mon assistant. Les auditions commenceront la semaine prochaine, et il va falloir faire des affiches pour recruter des techniciens. Tu peux t'occuper de ça ?

– Euh...

Il me regarde avec de gros yeux, derrière ses lunettes, comme une chouette qui ne comprend pas comment elle a atterri sur sa branche.

– ... Ouais, OK.

– Bien. Quant à vous autres, avant les auditions, je dois vous apprendre quelques techniques de jeu essentielles.

Je claque des doigts et désigne la petite estrade placée dans le coin de la salle.

– David, tu commences.

Il roule ses épaules, coiffe ses cheveux en arrière, et monte sur la petite scène. Il lève une jambe comme un flamant rose et tend les bras au-dessus de la tête.

Je m'assois sur ma chaise et croise les bras.

– Qu'est-ce que tu fais ?

– Je suis un arbre, répond-il d'un ton suffisant. C'est ça, le théâtre, non ? Ressens l'arbre, sois un arbre...

Les élèves rient, et je me joins à eux.

– Au théâtre, il faut savoir se saisir d'un texte qui a été joué des milliers de fois auparavant, comme Shakespeare, Oscar Wilde, Arthur Miller, et en proposer une version flambant neuve au public. Il faut se l'approprier. Donc : oublie l'arbre. Sois plutôt les feuilles.

*Tu gères, Callie.*

Et il se pourrait bien que ce soit vrai.

## CHAPITRE 11

# *Garrett*

Lentement, fermement, je glisse ma langue dans la bouche chaude de Callie. Ses lèvres sont douces comme des pétales de rose, et à chaque respiration, je savoure sa délicieuse odeur sucrée.

J'avais oublié combien il était bon d'embrasser quelqu'un. Juste *d'embrasser*. J'avais oublié combien ça pouvait être excitant – et c'est excitant au point que mon cœur bat à tout rompre et que ma queue va exploser derrière ma braguette.

J'avais oublié... mais chaque minuscule mouvement de Callie me le rappelle.

Je sens la pointe de sa langue caresser la mienne, et je gémis. Je me penche en avant et l'attire contre moi, plongeant mes mains dans ses cheveux soyeux, tenant sa tête, la maintenant en place. Elle est plaquée contre moi, poitrine contre poitrine, souffle contre souffle.

J'empoigne ses cheveux d'une main tandis que l'autre descend sur sa gorge, s'arrêtant un instant à l'endroit où je sens battre son cœur, effleurant ensuite sa clavicule.

Au fil des années, j'ai touché beaucoup de seins. Des centaines, peut-être même des milliers, si on les compte séparément. Je suis un fin connaisseur – un expert. Si les seins étaient des restaurants, je serais le guide Michelin.

Mais ceux-ci... ce sont les seins de Callie.

Et ça les place à part. Ils sont mieux que tous les autres.

Du bout du doigt, je dessine un cercle autour de son téton, le faisant durcir sous son chemisier. Je le pince ensuite entre mes doigts, d'abord doucement, puis plus fort, avant de prendre tout son sein dans ma main pour le masser.

*Bonjour mon ami, tu m'as manqué.*

La poitrine de Callie est parfaite... parfaite dans ma main – douce, lourde, chaude, et ferme. J'ai envie de me mettre à genoux et de la vénérer. De lécher son ventre, de sucer son téton tout dur entre mes lèvres, de la dévorer jusqu'à ce qu'elle crie mon nom.

Ses hanches dessinent des cercles, se frottant à moi, cherchant une friction tandis que de délicieux ronronnements s'échappent de ses lèvres.

*C'est ça, bébé. Donne-moi tes gémissements. Putain, ce que c'est bon.*

Et c'est dingue, aussi.

*Driiiing.*

La sonnerie retentit de l'autre côté de la porte, faisant éclater notre bulle de bonheur alors qu'on se bécotait dans le placard à balais. Le temple de masturbation d'Henry. C'est à ça que nous en sommes réduits, c'est ce que nous sommes devenus – deux ados en rut qui s'embrassent dès qu'ils en ont l'occasion.

Entre le temps que Callie doit consacrer à ses parents et leur maison, les devoirs que je dois noter (qui prennent bien plus de temps que le reste du monde ne l'imagine), les entraînements de football et les sessions spéciales que j'accorde à Parker Thompson, on n'a aucun temps libre en dehors des cours. Toutefois, on se parle longuement au téléphone tous les soirs, jusqu'à ce qu'on raccroche parce qu'on bâille tous les deux, épuisés. On n'est pas encore prêts à baiser au téléphone, donc je dois me contenter de me branler en pensant à Callie et sa voix suave, tous les soirs avant de m'endormir. J'ai dîné chez ses parents, mardi soir – on a commandé du KFC et on a regardé *Jeopardy*[7] pendant que je pelotais la jambe nue de Callie sous la table.

C'est ridicule. C'est comme si on était retournés en adolescence. J'envisage sérieusement de passer par la fenêtre de sa chambre, ce soir. Est-ce que monsieur Carpenter a toujours son fusil ?

– Putain, je gronde en appuyant mon front contre le sien, reprenant mon souffle et essayant de reprendre le contrôle de mon érection féroce.

Il va falloir que je me cache derrière un bouquin – il serait sans doute mal vu qu'un prof se balade dans les couloirs en bandant comme un âne.

– Merde, il faut que j'y aille.

Callie lisse ses vêtements et essaie de se recoiffer comme elle peut.

– Il faut que j'aille au théâtre avant la deuxième sonnerie et le couloir de l'aile C est toujours bondé.

Je hoche la tête en soupirant.

– Ouais, OK. Alors t'es sûre de pas pouvoir venir voir le match ce soir ?

---

7. Jeu télévisé de culture générale.

– Oui, désolée. Mon père a un rhume. Et ma mère pourrait se faire mal en voulant s'occuper de lui, parce que bien sûr il est mourant. Rah, les hommes..., grommelle-t-elle.

– Eh, ne sois pas si dure avec nous. Les rhumes nous frappent plus fort que les femmes, tout le monde le sait. Notre système immunitaire est fragile... comme nos egos. Bien sûr, j'en suis l'exception.

– Bien sûr, dit-elle en souriant avant de m'embrasser une dernière fois. Mais j'écouterai le match à la radio. Bonne chance, Garrett.

– Merci. On va en avoir vraiment besoin.

J'entrouvre la porte pour m'assurer que la voie est libre, mais je ne fais pas suffisamment attention, car quand Callie est moi sortons, on tombe nez à nez avec McCarthy. Et elle est accompagnée de David Burke, l'amenant sans doute dans son bureau parce qu'elle l'a surpris en train de vapoter dans les toilettes, ou un truc du genre.

McCarthy nous fusille du regard.

Au moins, je n'ai plus à partir en quête d'un bouquin – mon érection disparaît aussitôt.

– Qu'est-ce qu'il se passe, ici ?

– On cherchait juste...

– De l'enduit, termine Callie les yeux écarquillés.

Elle est comédienne, donc on pourrait penser qu'elle est douée pour mentir. Mais ce n'est absolument pas le cas. Elle n'a jamais été douée pour ça.

– De l'enduit ? demande McCarthy.

– Oui, acquiesce Callie en déglutissant si fort que je l'entends. Il y a un... trou... dans le sol de ma classe. Et Garrett m'aidait à trouver de l'enduit... pour le reboucher. Mieux vaut s'éviter un accident.

David nous regarde en retenant un fou rire.

– Waouh, c'était minable, dit-il. Vous êtes sûrs d'avoir été à la fac, tous les deux ?

– Tais-toi, toi, gronde la proviseure avant de se tourner vers nous. Je vous avais déjà à l'œil, Daniels. Et maintenant je vous surveille aussi, choupette, siffle-t-elle en direction de Callie. Aucun trou ne sera rebouché au sein de ce lycée, est-ce que je suis claire ?

– Limpide.

– Oui, madame McCarthy, répond Callie.

– Maintenant retournez à vos cours, ordonne la proviseure.

On se regarde une dernière fois avant de partir dans des directions opposées.

Je crois que je viens de découvrir la fontaine de Jouvence – se faire choper par la proviseure du lycée. Bon sang, j'ai vraiment l'impression d'avoir seize ans, tout à coup.

◆◆◆

Le truc, avec les ados, c'est qu'ils ont la capacité étonnante de transformer un événement sans importance en un phénomène incroyable. Avec eux, tout est question de vie ou de mort.

Exemple, deux de mes capitaines, John Wilson et Anthony Bertucci, ainsi que mon receveur, Damon John, viennent me trouver dans le couloir en fin de matinée. Ils sont vêtus de leur costard car c'est jour de match, et ils arborent des expressions on ne peut plus sérieuses.

– On a un problème, Coach, me dit Wilson.

J'entre dans ma classe et les gars s'agglutinent autour de moi.

– Que se passe-t-il ?

Bertucci désigne Damon John d'un mouvement de tête, et parle d'une voix grave et sérieuse.

– DJ a besoin de chier.

Je cligne plusieurs fois des yeux et m'adresse directement à DJ.

– Félicitations, mec. En quoi c'est un problème ?

– Il faut que je rentre chez moi, répond-il.

– Il y a des toilettes dans chaque couloir de ce bâtiment, je rétorque alors qu'il secoue déjà la tête.

– Je peux pas y aller ici. C'est comme... J'ai le trac. Et tout se verrouille.

– Ben... essaie, je réponds.

– J'ai essayé ! dit-il d'un ton misérable. Ça marche pas, et après, c'est comme si j'avais du plomb dans le bide. Comment je suis censé jouer ce soir si j'ai du plomb dans le bide ?

Ouais, ça pourrait être un problème.

– Et si je te faisais entrer dans les toilettes des profs ? je propose.

– Non, Coach. Il faut que je rentre chez moi. C'est là que la magie opère.

Bon sang, les gamins sont vraiment sans ressources de nos jours.

– Tu peux te retenir jusqu'à la fin des cours ? je demande. Coach Walker pourra te ramener chez toi.

Négatif, encore une fois.

– C'est dans plusieurs heures. La tortue pointe déjà le bout de sa tête ; une fois qu'elle rentrera dans sa carapace, je pourrais me froisser un muscle, ou...

– Oui, oui, c'est bon, j'ai pigé, je gronde en levant la main pour l'arrêter.

– Mais on a une stratégie, dit Wilson.

Merde.

– Ah ?

– Je peux sortir pour parler à l'officier Tearney dans le parking ; mon frère était à l'école de police avec lui, explique Wilson en gesticulant comme s'il était devant un tableau blanc et qu'il décrivait la tactique d'un match. Je me poste devant Tearney pour qu'il ne voie pas la sortie sud pendant que DJ sort par la fenêtre des toilettes des vestiaires, et Bertucci monte la garde pour être sûr qu'il puisse de nouveau rentrer.

– Je peux courir chez moi, faire ce que j'ai à faire, et être de retour en quinze minutes, ajoute DJ.

Apparemment, DJ défèque aussi vite qu'il court – je me serais bien passé de cette information.

Je me pince le nez, exaspéré.

– Et pourquoi vous me dites tout ça ?

– On voulait être sûrs que vous étiez d'accord, dit Wilson. Au cas où ça se passe mal et qu'on se fasse choper. On voulait pas que vous soyez furax contre nous.

Ça, c'est du respect. Certes, techniquement, ils devraient pouvoir chier sans ma bénédiction, mais tout de même – en tant que coach, je suis touché.

– Écrivez-moi si vous vous faites choper, je vous couvrirai, je réponds avant de pointer mon doigt sur DJ. Et toi, ne te foule pas la cheville en rentrant chez toi. Et garde de l'énergie pour le match.

Ils hochent la tête et on scelle le plan par des checks.

– Cool.

– Merci, Coach D.

– Vous êtes top.

– Bonne chance, les gars. Que la Force soit avec vous.

Ils disparaissent dans le couloir, et je ne peux m'empêcher de penser... que c'est mon travail, c'est ma vie, voici ce que je fais. Personne ne vous en parle quand vous êtes à la fac et qu'on vous apprend à devenir prof.

◆◆◆

L'opération « DJ doit chier » est un succès et, quelques heures plus tard, mon équipe est dans le vestiaire, en train de se préparer. La musique est importante pour les aider à se mettre en condition, donc je passe beaucoup de Metallica, du Bon Jovi, et *Goodnight Saigon* de Billy Joel, pour instiller le sentiment qu'on est tous frères, qu'on doit tous se serrer les coudes.

Parker Thompson a l'air minuscule et perdu dans ses épaulières tandis qu'il se tient devant l'ancien casier de Lipinski – son nouveau casier.

Je me place au centre de la pièce et Dean baisse la musique tandis que tous les regards se rivent sur moi, attendant que je prononce les mots qui vont les inspirer, qu'ils pourront emporter avec eux sur le terrain et qui les mèneront à la victoire.

Je prends les discours très au sérieux. Je passe la semaine à les rédiger, parce qu'ils comptent, pour ces gamins. Certains sont plus faciles à écrire que d'autres.

– Je suis fier de vous, je déclare en regardant chaque joueur dans les yeux. De chacun d'entre vous. Vous avez travaillé dur, et vous avez consacré votre temps et votre énergie à cette équipe. Pour les terminales, ce sera peut-être votre dernière saison sur le terrain... et ces dernières semaines, il y a eu des événements auxquels vous ne vous attendiez pas.

Je me tourne vers les gars en question.

– Et je sais que vous aimez parler... autant que ma mère et ses copines du Club, j'ajoute, faisant rire mes joueurs. Et je sais que certains d'entre vous pensent que j'ai laissé mon ego prendre le dessus. Que Lipinski n'est plus là à cause d'une sorte de combat de coqs.

Je secoue la tête.

– Ce n'était pas ça. La fierté est une bonne chose ; elle vous pousse vers l'avant et à vouloir faire toujours mieux... Mais je sacrifierais ma fierté pour n'importe lequel d'entre vous. Je me plierais et céderais si je pensais que ça ferait de nous une meilleure équipe.

Je désigne le casier de Lipinski.

– Brandon n'est pas là, parce qu'il a choisi de ne pas l'être. C'était son choix. Il ne pensait pas à vous, et il ne pensait clairement pas à son équipe quand il a pris cette décision. C'est sa responsabilité. Il est facile de travailler dur et d'être fier quand tout se passe comme on veut... Mais le véritable test pour un homme, pour une équipe, est ce qu'on fait quand on est frappé par l'inattendu. Quand on se fait dégommer les dents et qu'on est à genoux. Est-ce que vous allez rester à terre et vous plaindre ? Ou est-ce que vous allez vous relever, la tête haute, et prendre sur vous pour avancer ? Êtes-vous capable de rassembler toute votre force et votre courage pour faire ce qu'il faut, et amener le ballon à l'autre bout du terrain ?

Je vois leur regard devenir plus intense et ils hochent la tête alors que mes paroles les pénètrent. J'avance vers Parker et tapote son épaule.

– Parker a fait un choix, lui aussi. Et ça n'a pas été simple. On lui a demandé beaucoup ; il a un poids énorme sur ses épaules. Mais il a répondu à notre appel, pour cette école, et pour cette équipe !

Je parle plus fort et mes joueurs se lèvent.

– Donc on va sortir sur ce terrain, ensemble, et mettre toute notre énergie. Vous allez me rendre fier, vous rendre fiers, et on oubliera tout le reste une fois sur le terrain. Voilà qui nous sommes ! Voilà ce qu'on fait !

– Putain, ouais ! crie quelqu'un.

Ils se mettent alors tous à crier, à frapper des pieds par terre et à applaudir, comme des gladiateurs enragés dans les souterrains du Colisée.

– On est qui ? crie Wilson.

La réponse résonne sur les murs et secoue les casiers.

– Les Lions !

– On est qui ? hurle Bertucci.

– Les Lions !

– Exactement ! je gronde avant de désigner la porte qui mène au terrain. Maintenant, soyez des putains de héros !

◆◆◆

Ils finissent par être des héros, ça c'est clair. Le genre de héros qui se fait massacrer. C'est un véritable bain de sang.

Le football repose sur le mental à quatre-vingt-dix pour cent, et avec le changement de leadership dans notre équipe, mes joueurs sont perdus. Parker Thompson ne réussit que deux passes complètes, et notre défense est une vraie passoire.

Je déteste perdre. Le mélange de frustration et de honte qui s'en suit me tord le ventre. Coach Saber avait l'habitude de nous dire : « Les perdants perdent, et disent qu'ils ne réussiront pas. Les vainqueurs perdent, et réfléchissent à leurs erreurs pour faire mieux la prochaine fois ».

J'essaie d'appliquer ce principe, mais... c'est quand même désagréable.

Le lendemain, samedi après-midi, je suis allongé sur mon canapé, rideaux fermés, lumières éteintes, et Snoopy roulé en boule à mes pieds.

Il déteste perdre, lui aussi.

Quelqu'un frappe à la porte, et je sais tout de suite que ce n'est pas un membre de ma famille, car ils savent tous qu'il ne faut pas me déranger quand je suis en deuil. Je me traîne jusqu'à la porte pour l'ouvrir... et je trouve Callie sur le perron, toute souriante, étincelante même, comme un rayon de soleil.

Je lui ai écrit en rentrant du match, hier soir – ce n'était même pas un message coquin. J'ai honte.

– Salut ! s'exclame-t-elle joyeusement.

Callie a toujours été resplendissante ; elle ne sait pas faire autrement. Toutefois, il y a autre chose chez elle, à présent, qui m'excite à n'en plus finir : une audace, une confiance qu'elle n'avait pas avant. Et même dans ma bulle lugubre, ma queue tressaute. Et soudain, elle a toutes sortes d'idées pour que Callie nous remonte le moral.

Je me baisse et dépose un baiser sur ses lèvres.

– Bonjour.

Elle caresse ma barbe naissante.

– Est-ce que ça va ?

Elle est vêtue d'un jean moulant, d'une paire de cuissardes en daim beige et d'un pull bordeaux avec un col en V qui met en valeur son cou délicat, et ses boucles blondes sont relevées en queue de cheval, lui donnant un look années soixante ultra sexy.

– Ça va.

Oui, je bougonne. Et je boude, aussi.

– Okaaay, répond-elle en hochant la tête avant de regarder Snoopy. Alors il continue de bouder quand il perd, c'est ça ? Je m'en doutais.

Je laisse la porte ouverte pour qu'elle entre et je retourne dans le salon, où je me laisse tomber sur mon bon vieux canapé. Il ne me déçoit jamais, lui.

Je ne la vois pas, mais je la sens me suivre dans la pièce.

– Donc... apparemment, mes parents n'ont jamais pris la peine de remplacer le matelas dans ma chambre. Et si je passe une nuit de plus dessus, un des ressorts va finir par me briser le dos, dit-elle.

Je réponds par un grognement.

– Colleen est avec eux, en ce moment. Je suis sûre que t'es très occupé à te morfondre, mais j'ai pensé que tu voudrais peut-être laisser ton désespoir ici quelques heures, et... faire du shopping avec moi ? Ça te remontera le moral.

– Attends, laisse-moi vérifier une seconde, je réponds en roulant sur le dos pour soupeser mon paquet. Ouais, j'ai toujours une bite. Pourquoi du shopping me remonterait le moral ?

Callie lève les yeux au ciel.

– Parce que, Monsieur Ronchon, j'ai pensé que ça te plairait de baptiser mon nouveau lit, une fois qu'on l'aura installé dans ma chambre ? Mais bon, si tu préfères rester ici...

Me voilà intrigué.

– Un lit, tu dis ?

Callie hoche la tête.

– Dans ta chambre ? Celle avec une porte ? Et... sans tes parents ?

– Ouaip, répond-elle en faisant résonner le « p ». T'en dis quoi, Garrett ?

Elle est tellement mignonne, tellement sexy et adorable... que ma queue est déjà de meilleure humeur. Et que ma bouche parvient même à sourire.

– J'en dis qu'on va te trouver un super lit, bébé.

◆◆◆

J'appelle mon frère sur son portable pour lui demander si on peut emprunter son pick-up. Lorsque je tombe sur sa messagerie, on file chez mes parents. En route, j'en profite pour observer Callie alors que ses cheveux volent dans la brise et que son regard s'illumine en voyant Ollie Munson. Et je me sens tellement bien à ses côtés, dans ma voiture, après tout ce temps... Je me sens serein et profondément heureux. Je prends sa main dans la mienne et ne la lâche plus jusqu'à ce qu'on arrive.

– Callie ! s'écrie ma mère en se jetant sur elle.

Elles étaient proches, à l'époque. Elles s'asseyaient ensemble lors de mes matchs, parlaient de tout et de rien dans la cuisine... Ma mère a été anéantie quand on a rompu. Pendant des années, chaque nouvelle fille que je fréquentais était estampillée « pas aussi bien que Callie ».

– Regarde comme tu es belle ! Tu n'as absolument pas changé. Est-ce qu'elle n'est pas magnifique, Ray ?

– Sublime, grogne mon père sans quitter des yeux la télécommande qu'il tient dans les mains, essayant d'en changer les piles. Content de te revoir, ma puce.

– Merci, monsieur Daniels.

Il lève alors son regard désapprobateur et le rive sur moi.

*C'est parti.*

– Tes gars se sont fait laminer hier soir, fiston.

Le soutien moral n'a jamais été son point fort.

– Ouais, merci papa. J'y étais. Je le sais.

– Ton quarterback est trop prudent. Il n'a aucune confiance en lui.

– J'y travaille, je soupire en me massant la nuque avant de me tourner vers ma mère. Est-ce que Connor est là ? On veut lui emprunter son pick-up.

– Non, il est de repos cet après-midi donc il est allé chez lui pour passer du temps avec les garçons.

Bon sang, c'est une vraie chasse au trésor, ici. J'essaie de rappeler mon frère pendant que ma mère sert un thé à Callie et qu'elles se mettent à parler de San Diego. Il ne répond toujours pas.

Un peu plus tard, Callie et moi nous arrêtons devant l'énorme maison de Connor. Au premier abord, tout semble normal. Son pick-up est dans l'allée, l'épicéa bleu qu'il a planté à son arrivée pousse dans le jardin, et Rosie, son berger allemand, aboie à l'arrière.

Toutefois, dans la maison... c'est le chaos.

On n'est même pas arrivés à la porte que j'entends Stacey et mon frère se disputer, crier, hurlant l'un sur l'autre, tous deux furieux. Néanmoins, je ne peux pas distinguer ce qu'ils disent, car leurs paroles sont noyées par un bruit de… *tronçonneuse* ? C'est vraiment une tronçonneuse ?

Je lève la tête vers la fenêtre de l'étage, m'attendant presque à voir Leatherface[8].

Dans l'entrée, mes neveux semblent ne pas savoir où aller, comme trois bébés oursons qui ont perdu leur maman.

– Tonton ! crie Spencer en courant vers moi. Papa a pété un plomb, il découpe la maison !

Soudain, le bruit de la tronçonneuse devient encore plus fort.

– Qu'est-ce qu'il se passe ? je demande à l'aîné, Aaron.

– Papa nous a amenés manger une glace, explique-t-il d'un air nerveux. On était censés aller au parc, après, mais Spencer avait mal au ventre alors on est rentrés plus tôt. Et maman était là… avec monsieur Lawson.

– C'est son nouvel ami, dit Spencer, tout innocent.

– C'est le coach de basket de Brayden, ajoute Aaron. Ils étaient en haut.

– Il s'est enfui en courant quand papa a pris la tronçonneuse dans le garage, conclut Brayden.

Mon Dieu. De nous quatre… Connor est censé être le plus calme.

– Attendez ici, je dis aux garçons avant de monter les escaliers deux par deux.

Dans la chambre, mon frère vient de finir de couper le quatrième poteau du lit à baldaquin et il s'attaque désormais aux pieds de lit.

---

**8.** Personnage du film *Massacre à la tronçonneuse.*

Stacey agite les bras et ses cheveux volent autour de sa tête.

– Arrête ! On dirait un psychopathe, Connor !

Mon frère grimace derrière ses lunettes de protection.

– Si tu veux te taper quelqu'un d'autre, fais-toi plaisir. Mais ce ne sera pas dans notre lit. C'est là que je fixe la limite !

*Zzzzzz*... et boum... adieu les pieds de lit.

– Eh ! je crie aussi fort que possible. Vous savez que vous avez trois gamins en bas, bande de génies ?

Cependant, ils ne sont plus en bas. Ils s'agglutinent dans l'embrasure de la porte, les yeux rivés sur ce qui reste du lit de leurs parents, au premier rang de leurs problèmes conjugaux.

Mon frère éteint la tronçonneuse, mais Stacey continue de crier, parce que c'est comme ça qu'elle fonctionne.

– Dis ça à ton frère ! Tout à coup il a décidé d'être Super Papa, alors qu'il n'était jamais là pour moi !

– Je travaillais ! s'écrit Connor en se tirant les cheveux. Je suis médecin ! Quand on m'appelle, je suis obligé d'y aller, même si ça tombe un soir de sortie entre filles !

Ils se remettent alors à se crier dessus, s'envoyant leurs reproches à la figure.

Jusqu'à ce que les paroles d'Aaron les réduisent au silence.

– T'es une pute.

Un silence assourdissant s'abat sur la pièce. Plus personne ne bouge, plus personne ne respire.

Stacey gifle alors Aaron et le claquement résonne dans nos oreilles.

– Ne me reparle plus jamais comme ça, siffle-t-elle d'une voix tremblante, chargée de colère et de peine.

Mon frère enlève ses lunettes de protection.

– Aaron. Tu ne peux pas parler à ta mère comme ça.

Le garçon de treize ans regarde tour à tour ses parents alors que ses yeux se remplissent de larmes.

– T'es sérieux ? T'as une tronçonneuse à la main !

Mon frère baisse la tête et semble découvrir qu'il a en effet une tronçonneuse dans les mains.

– Regardez-vous, tous les deux... dit Aaron. Regardez ce que vous nous avez fait.

Voilà – *voilà* pourquoi je n'ai pas d'enfants, et pourquoi je n'en aurai sans doute jamais.

Quand j'étais au lycée, on nous confiait un œuf pendant une semaine et on devait s'en occuper comme si c'était un vrai bébé. C'était débile, car les enfants sont encore plus friables et fragiles. On peut les foutre en l'air en un rien de temps, avec notre égoïsme, nos erreurs, et nos regrets.

Je le vois tout le temps. Tous les jours.

Mon neveu essuie ses larmes avec des gestes saccadés et lance un regard assassin aux deux personnes qui lui ont donné la vie.

– Vous êtes des connards. Je pars.

Et il sort en courant.

– Pars pas, Aaron ! pleure Spencer.

Stacey fond en larmes et mon frère s'apprête à suivre Aaron, mais je l'arrête.

– Eh, laisse-moi y aller. Je vais lui parler.

Connor hoche la tête et je me tourne vers Callie. Quand on connaît quelqu'un depuis toujours, un des avantages, c'est qu'on n'a pas besoin de tout dire.

Elle prend Spencer et Brayden par les épaules, ébouriffant leurs cheveux.

– Eh les garçons, j'ai remarqué que vous avez une cabane dans votre jardin. J'adore les cabanes dans les arbres, vous pouvez me la montrer ?

Une fois dehors, je rattrape mon neveu au milieu du jardin. Il fait volte-face et essaie de me frapper, mais je le serre contre moi, maintenant ses bras le long de son corps.

– Lâche-moi ! Lâche-moi ! gronde-t-il en se débattant.

– Doucement... allez, Aaron, stop. Il faut que t'arrêtes.

Il continue de se débattre un moment, mais il finit par se fatiguer et par se détendre, s'appuyant mollement contre moi.

Toutefois, je ne le lâche pas pour autant. Au contraire, je le serre encore plus fort et caresse son dos de haut en bas.

– Ils sont pourris, sanglote-t-il contre moi.

La rancœur est comme du pus dans une plaie. Il faut l'évacuer complètement pour que la blessure guérisse comme il faut.

– Je sais.

– Je les déteste.

– Ce ne sera pas toujours le cas, je réponds en reculant pour le regarder dans les yeux.

Aaron ressemble énormément à mon frère. Il est intelligent, sage, et stable – quand il ne souffre pas.

– Ce ne sera pas comme ça pour toujours, Aaron. Je te le promets.

Il s'essuie la joue et hoche la tête en reniflant.

– Allez viens. Je vais vous amener chez mamie et papi pour la nuit, je dis en le prenant par les épaules.

◆◆◆

Lorsque mon quota de drame familial est atteint pour la journée, Callie et moi parvenons enfin à nous rendre au magasin de monsieur Martinez pour lui acheter un lit en fer forgé blanc. Faire entrer le matelas queen size dans sa chambre n'est pas une mince affaire, surtout parce que le père de Callie insiste pour m'aider à le traîner à l'intérieur.

Dans son fauteuil roulant. Alors que sa jambe droite est dans le plâtre et tendue à l'horizontale devant lui.

– Tu vas dans le mauvais sens, Stanley ! crie la mère de Callie depuis la porte arrière de la maison, une cigarette à la bouche.

– Je ne vais pas dans le mauvais sens ! répond-il.

Sauf que... si.

Néanmoins, nous parvenons à faire entrer le matelas dans le couloir qui, heureusement, est trop étroit pour son fauteuil.

– Merci du coup de main, monsieur Carpenter. Je peux continuer tout seul.

La chambre de Callie n'a absolument pas changé. Elle a les mêmes murs roses, les mêmes rideaux fleuris au-dessus de la fenêtre par laquelle je suis rentré des dizaines de fois pour qu'on puisse baiser sur sa couverture posée à même le sol. C'était le bon vieux temps.

Il y a encore son vieux lecteur CD, aussi, jouant son groupe de musique préféré.

– Bon sang, Callie, ABBA ? Je m'aperçois que vivre en Californie n'a pas amélioré tes goûts musicaux.

Elle me met une fessée en me fusillant du regard. C'est super chou.

– Laisse ABBA tranquille. Ils me rendent heureuse.

Sur l'air de *SOS*, Callie prend une clé anglaise et étudie les instructions, penchant la tête sur le côté, ce qui me donne aussitôt envie de mordre son cou pâle et gracieux.

– Maintenant, occupons-nous de monter ce fichu truc. L'heure tourne, Coach.

Une demi-heure plus tard, je glisse le matelas sur le sommier et pousse le tout dans un coin. Rivant sur moi un regard on ne peut plus coquin, Callie me contourne pour ouvrir la porte de sa chambre et tendre l'oreille. Le seul bruit provient de la télévision. Elle referme la porte, me regarde dans les yeux... et tourne le verrou.

Elle saute ensuite sur le lit, faisant rebondir ses seins sous son pull, et je me mets à saliver. Elle s'allonge sur le dos en se redressant sur ses coudes, un pied à plat sur le matelas, l'autre dans le vide.

– On a environ quinze minutes avant qu'ils n'essaient de manœuvrer leur fauteuil dans la cuisine pour se faire à manger. En attendant... tu veux qu'on fricote ?

C'est fou ce que ces mots m'excitent. Mon sang afflue vers mon entrejambe, j'ai envie d'elle. Même durant la phase la plus chaude de notre adolescence, je ne crois pas l'avoir désirée autant.

Ses yeux verts se promènent sur moi, comme si elle imaginait tout ce qu'on peut faire en quinze minutes – et les options sont nombreuses. Je suis efficace.

Je ne pense plus à ma défaite d'hier soir, ni aux problèmes de mon frère. Car il n'y a plus que Callie et moi, seuls dans cette horrible chambre rose, avec ABBA en fond sonore. Or Callie m'appelle à elle en souriant, le regard aguicheur.

Elle éclate de rire lorsque je lui saute dessus, m'installant entre ses jambes. Je m'empare alors de sa jolie bouche et l'embrasse goulûment, frottant mon bassin contre elle, à travers nos jeans. Mon sang s'embrase et Callie gémit contre ma bouche.

Callie se cambre contre moi et je saisis ses hanches pour la plaquer contre moi et nous faire rouler sur le côté. Elle entoure ma taille avec ses jambes, et je sens son sexe chaud contre mon érection.

*C'est parfait... avec Callie, tout est parfait.*

– Garrett, grogne-t-elle.

– Callie, putain, Callie, je réponds d'une voix rauque.

Elle avance et recule son bassin contre le mien, d'abord lentement, puis de plus en plus vite, de plus en plus fort. Je saisis brusquement ses fesses et soulève également mon bassin pour me frotter à elle.

– Putain...

Je baisse le col de son pull et découvre son sein caché sous un soutien-gorge rose pâle. Je me force à quitter la bouche de Callie pour déposer une série de baisers jusqu'à sa poitrine alors qu'elle suçote mon épaule et mordille mon cou sans cesser de frotter son clitoris contre ma queue.

Je continue ma trajectoire pour prendre la dentelle rose dans ma bouche, suçant son téton de plus en plus fort tout en le titillant du bout de la langue. Callie se cambre de plus belle pour m'offrir son sein davantage encore. C'est juste délicieux. Elle empoigne mes cheveux et les tire pour maintenir ma tête en place, ondulant contre moi sans honte.

On ne voit pas le temps passer, et la vie est une sacrée garce.

Callie commence tout juste à chanter mon prénom de cette voix aiguë qui me dit qu'elle est sur le point de jouir... lorsque la grosse voix de sa mère traverse les murs jusqu'à nous.

– Callie ! Est-ce que Garrett reste pour dîner ? crie-t-elle alors qu'un fracas de plats et de casseroles retentit. Je fais des burgers !

On se fige tous les deux, et notre excitation disparaît, comme si on venait de nous jeter un seau d'eau glacée à la figure.

– Putain, soupire Callie dans mes cheveux. C'est affreux, ajoute-t-elle avec un rire torturé.

Je respire lentement contre elle, essayant de calmer mes ardeurs.

– Non. Non, c'est pas grave. C'est mieux comme ça, je réponds en essayant de m'en convaincre moi-même alors que ma queue est dure comme fer.

Je caresse tendrement sa joue.

– Je veux prendre mon temps avec toi, Callie, je poursuis d'une voix grave. Je ne veux aucun vêtement entre nous, et surtout pas tes parents de l'autre côté de la cloison. Je veux te sentir quand tu jouiras sur moi. Et quand je serai en toi, je compte y rester bien plus longtemps que quinze minutes.

Les yeux de Callie sont brillants de désir, et je me demande si je peux la faire monter au septième ciel rien qu'avec mes promesses.

– J'ai envie d'être sur toi, sous toi, derrière toi... je veux que tu sois faible et épuisée d'avoir trop joui, que tu n'aies plus de voix d'avoir trop crié mon prénom. Pour te combler il va me falloir des heures avec toi... des nuits... des jours...

Elle soulève les hanches, se frottant contre moi, commençant à nous exciter de nouveau.

– Oui, bon sang, Garrett, je veux la même chose.

– Callie ! hurle madame Carpenter. Tu m'as entendue ?

J'abandonne, et me laisse tomber en arrière sur le matelas.

– Oui ! crie Callie. Je viens !

Callie soupire, puis elle se lève et se recoiffe.

– Tu veux rester dîner ?

– Non merci, je réponds en étudiant l'érection sous mon jean. Je vais rentrer chez moi et passer la soirée à me branler.

Elle se baisse pour m'embrasser et ses cheveux tombent en cascade sur ses épaules.

– Pareil.

# CHAPITRE 12

## Callie

Le lundi, je montre *La Petite Boutique des horreurs* à mes élèves et, comme si le chantage monétaire n'était pas suffisant, ils semblent m'apprécier davantage encore. Apparemment, regarder un film en cours est toujours un grand succès.

Ensuite, nous commençons les auditions. Je les amène sur la grande scène de l'auditorium, parce que sur une scène, avec un projecteur sur votre visage et des rangées interminables de sièges qui vous fixent… le monde paraît différent. Je m'assois à une table, juste derrière l'orchestre, avec Michael à mes côtés et les élèves derrière moi, parlant à voix basse ou concentrés sur leur téléphone. J'appelle un par un chaque élève qui ne s'est pas déjà inscrit pour un poste de technicien. James Townden, un élève de terminale qui compte aller à Juilliard[9] l'an prochain, a l'autorisation de quitter ses cours pour nous accompagner au piano pendant les auditions.

Une fois sur scène, je leur demande de chanter *Joyeux anniversaire*. C'est rapide, tout le monde connaît

---

**9.** Prestigieuse école privée de spectacle à New York.

la chanson, et ça me donne une bonne idée de leurs capacités vocales.

Bradley Baker est le premier.

– Je veux être Audrey Two, déclare-t-il. C'est le héros du spectacle, et il a une grosse tête ; je suis né pour jouer ce rôle.

– C'est noté, je dis en joignant les mains sur la table.

Bradley commence alors à sauter sur scène, agitant les bras, hurlant la chanson. Sa voix est horrible... mais il est divertissant car il en fait des tonnes.

– Le dentiste, je dis à Michael. Orin Scrivello. Bradley sera parfait.

Ensuite vient Toby Gessler. Apparemment, il est rappeur sur SoundCloud sous le nom « Merman ». J'ai récemment appris que SoundCloud est un moyen pour les amateurs de faire connaître leur musique au plus grand nombre, espérant se faire repérer par un label. La plupart d'entre eux sont... mauvais. Et Toby ne fait pas exception. Il se tient sur scène, sa casquette à l'envers, avec ses énormes lunettes de soleil et de grosses chaînes dorées autour du cou, et il rappe la chanson.

C'est... unique. Certains diraient même que c'est courageux. Et j'ai le rôle parfait pour Toby.

– Il sera le chœur : Crystal, Ronette, et Chiffon, je dis à Michael.

Il l'écrit sur son bloc-notes, mais se gratte derrière l'oreille.

– Dans le film, ce sont des filles. On n'est pas censés choisir des filles ?

– Tu te souviens de ce que j'ai dit à propos du théâtre ? Il faut s'approprier la pièce, je réponds en levant la tête vers la scène où Toby est en train de faire du breakdance, pour lequel il n'est pas plus doué que pour le chant.

Je me couvre la bouche et me lance dans un peu de beatboxing avant de rapper « Pe-pe-pe petite boutique des horreurs », et je termine en croisant les bras sur ma poitrine, façon hip-hop.

– Alors, t'en penses quoi ? je demande à Michael. Ça le fait ?

Il semble effrayé.

– Ne... ne refaites plus jamais ça, mademoiselle Carpenter.

J'éclate de rire et une idée me vient.

– Toby devrait être en costard. Le père de Kayla, monsieur Ramsey, a une boutique dans le centre commercial qui loue des costumes, non ? Il pourrait peut-être nous en prêter un gratuitement et en échange on fera sa pub sur l'affiche.

– C'est bien vu, acquiesce Michael.

– C'est pour ça qu'on me paie avec des gros billets, je dis en me tapotant la tempe. Dans les mois qui viennent, j'emmènerai Simone trouver des costumes dans les friperies du coin, aussi.

Mince, Toby n'a pas fini de rapper.

– Merci, Toby !

Il lève la main et fait le signe « peace » au public.

– Merman est dans la place ! Woup ! On se voit au prochain concert !

– Suivante... Layla Martinez, je déclare.

Tel un ninja, David Burke se glisse sur la chaise vide à côté de la mienne.

– La place est libre ? demande-t-il en me faisant un clin d'œil.

Ses yeux bleu pâle fixent alors Layla tandis qu'elle monte lentement sur scène, les jambes raides, comme si elle se dirigeait vers la guillotine. David hoche la tête pour l'encourager, et elle ne le quitte pas des yeux, comme si sans lui, elle ne pouvait pas tenir debout. Une fois qu'elle est au centre de la scène, les notes du piano retentissent. Mais Layla rate le départ. Elle se mouille les lèvres et blêmit brusquement, comme si elle était sur le point de vomir.

James arrête de jouer, puis il recommence.

Layla ferme fort les yeux et secoue la tête.

– J'ai changé d'avis. J'y arriverai pas.

– Elle a juste peur, mademoiselle Carpenter, dit David d'une voix douce. Mais elle est douée, il faut que vous l'entendiez, Layla a une voix superbe.

Je me lève et fais signe à James d'arrêter de jouer.

– Eh, je dis à Layla, qui me regarde de son air torturé. Ça va, c'est juste du trac ; ça arrive à tout le monde. Quand j'étais au lycée, je vomissais avant chaque représentation.

– C'est vrai ? demande Layla.

– Ouais. J'avais une brosse à dents et du dentifrice sur moi à tout moment. Mais je connais une astuce. Ça m'a beaucoup aidée, et ça va t'aider aussi. Je veux que tu nous tournes le dos et que tu fermes les yeux. Oublie qu'on est là, et concentre-toi sur ta respiration et la chanson.

Layla jette un coup d'œil vers David avant de me regarder de nouveau.

– Vous pourrez m'entendre, si je vous tourne le dos ?

– Peu importe. Tout ce qui compte, c'est que t'arrives à chanter. Étape par étape. Tu peux faire ça, Layla ?

– OK. Ouais, je vais essayer.

– Tant mieux.

Layla nous tourne le dos et je fais signe à James de reprendre.

Elle se met alors à chanter, et bon sang, elle sait vraiment chanter ! Sa voix est d'abord hésitante et un peu enrouée, mais elle prend vite de l'ampleur. Elle chante juste, avec un timbre suave et plutôt grave, et surtout, sa voix porte. Elle a du coffre. Je n'ai pas besoin d'en entendre beaucoup pour le savoir. Or chaque mot est chargé d'émotions. C'est le genre de chant qui raconte une histoire, qui peut briser les cœurs et libérer les âmes.

– Waouh, je chuchote.

David me sourit et je découvre que son visage est plus ouvert – il semble même plus jeune.

– Je vous l'avais dit.

Lorsque Layla a fini, je l'applaudis, et toute la salle se joint à moi ; même les élèves qui n'écoutaient pas avant sa prestation.

Ses petites boucles brunes volent derrière elle lorsqu'elle se tourne vers nous en riant.

– J'ai réussi !

– Audrey ! je lui dis, tout excitée. T'es notre Audrey.

Tout à coup, elle semble de nouveau sur le point de vomir.

– Je peux pas faire ça devant un public, mademoiselle Carpenter !

– Pas encore, je concède. Mais quand j'aurai fini de travailler avec toi, tu pourras.

Ce genre de talent mérite d'être entendu.

– Je veux être Seymour, déclare David.

Je ne suis pas surprise. Garrett et moi avons parlé de lui, l'autre soir. On pense tous les deux qu'il a du potentiel et qu'il pourrait faire de superbes choses s'il avait la motivation. S'il ne se fichait pas de tout.

Or si David se fiche du théâtre, de la pièce, et du lycée, il ne se fiche pas de Layla.

Je demande à Michael de me prêter ses lunettes, et mon assistant me les donne, l'air intrigué.

David les met, et il grimace.

– Merde, mec, t'y vois rien !

Il bondit alors sur scène, faisant voler son trench derrière lui, comme une cape de super-héros. Il décoiffe ses cheveux blonds... puis il se met à chanter *Grow For Me*, une des chansons de Seymour. Je ne sais pas s'il a mémorisé les paroles la seule fois où je leur ai montré le film en cours, ou s'il les a cherchées pour s'entraîner, mais il les connaît par cœur. Sa voix n'est pas aussi spectaculaire que celle de Layla, mais elle est agréable. Et surtout, David possède quelque chose qu'on ne peut pas enseigner : du charisme, de la présence sur scène, de la personnalité.

Je regarde autour de moi et vois que tous les regards sont braqués sur lui tandis qu'il chante a cappella... et que Layla sourit jusqu'aux oreilles.

Nous y voilà, j'ai mon casting !

◆◆◆

Les jours suivants, il se produit quelque chose d'incroyable. C'est un véritable miracle de Noël à la fin du mois de septembre. Mes élèves commencent à s'amuser. Ils s'intéressent et s'investissent ; pour les décors, les costumes, la musique... tout le spectacle. Ils veulent que ce soit un succès – c'est le premier pas vers l'excellence. Je me sens comme un mélange de David Copperfield et de Khaleesi.

Je me sens... prof.

– Plus grand ! je crie en grimpant sur scène et en désignant le fond de la salle. Tout sur scène doit être exagéré et plus étincelant ; le maquillage, vos mouvements, tout. Il faut que les gens assis au fond vous voient !

On fait la première répétition, script en main, et on commence en même temps à caler la mise en scène. Normalement, ce serait deux séances séparées, mais étant donné que j'ai peu de temps libre en dehors du lycée, je dois en faire le plus possible pendant les cours.

– Et plus fort ! je m'exclame en tapant du pied. Je vous l'ai dit : il faut projeter votre voix. Si vous parlez normalement, personne ne vous entendra, je dis avant de me tourner vers Layla. N'ayez pas peur de vous faire entendre. Que ce soit sur scène, ou dans la vie.

– C'est un bon conseil, dit Garrett, descendant l'allée centrale accompagné de quelques joueurs. Plus c'est fort, plus c'est bon.

Je dois faire un effort surhumain pour ne pas baver. Il porte un polo bleu clair ajusté, et mon cœur bat la chamade alors que je le revois allongé sur moi, sur mon nouveau matelas. J'entends de nouveau ses grognements, je sens ses bras musclés contre moi, ainsi que son érection entre mes cuisses.

Bon sang, j'ai l'impression que c'était il y a plusieurs mois. Le placard à balais est interdit depuis que McCarthy nous y a surpris. J'ai amené mes parents chez le kiné tous les soirs, cette semaine, donc Garrett et moi en sommes réduits aux appels, aux sms, et aux quelques baisers sulfureux qu'on a échangés contre sa Jeep, quand il est passé chez mes parents l'autre soir, juste pour me voir quelques minutes.

Je n'en reviens pas que les choses changent si vite. Je voyais clairement les prochaines années de ma vie devant moi et, en l'espace d'une nuit, tout ce qui me semblait important ne l'a plus été.

Je ne sais pas comment j'ai tenu dix-sept ans sans que Garrett Daniels ne soit dans ma vie. Maintenant qu'il est de retour, je suis comme une junkie – j'ai besoin de lui et je pense à lui tout le temps.

– Coach Daniels ? je dis en essayant de sembler professionnelle alors que je frissonne de tout mon corps.

Nos regards se croisent, et Garrett me reluque lentement de la tête aux pieds, caressant des yeux mon col roulé noir, mon jean slim foncé, et mes bottines en cuir noir. Ça ne dure que quelques secondes, mais lorsque ses yeux retrouvent les miens, ses pupilles sont dilatées et son regard est affamé. Et je sais qu'il pense la même chose que moi : qu'il faut vite qu'on trouve un moyen de se débarrasser de nos vêtements.

– Mademoiselle Carpenter, Henry a dit que vous aviez de gros meubles à sortir de la remise ? Je n'ai pas cours, alors j'ai pensé que je pouvais vous filer un coup de main ou... ce que vous voulez.

Il peut me donner un coup de main, c'est sûr – de main, de doigts... Garrett a toujours su s'y prendre, avec deux doigts.

– Merci, oui. Ce serait...

Divin ? Incroyable ? Si bon que j'en perdrais la vue ?

– ... Super.

Garrett ricane en haussant un sourcil, comme s'il avait lu dans mes pensées, ce dont je ne doute pas, à ce stade.

– Tu peux leur montrer ce dont on a besoin ? je demande à Michael.

Garrett et ses joueurs suivent Michael hors de la salle alors que Toby feuillette son script en secouant la tête.

– Je ne suis plus très sûr... Certains de ces trucs sont super bizarres ; ils vont se moquer de nous. J'ai pas envie de passer pour un imbécile.

Ce genre d'appréhension est classique. Ils veulent tous être bons, mais ils ne me croient pas capable de les rendre bons. Ils n'ont pas encore complètement confiance en moi.

– Vous ne passerez pour des imbéciles que si vous vous retenez ; si vous essayez d'avoir l'air cool.

Je m'avachis comme le fait David, et mes élèves ricanent.

– Mais si vous lâchez prise, si vous vous impliquez vraiment, les gens vous trouveront géniaux. C'est pour ça que la confiance entre le metteur en scène et les comédiens est primordiale. Si vous me faites confiance, je vous promets que vous n'aurez pas l'air idiots, je jure en les regardant dans les yeux. Et je ne ferai jamais rien qui puisse vous rendre ridicules. Jamais.

– Tu devrais leur montrer le truc, dit la voix de Garrett, me faisant sursauter.

Il est adossé au mur, côté jardin, et son arrogance est hypnotisante.

Je sais de quel « truc » il parle. C'est quelque chose que j'ai fait avec lui pour faire la maline, après être allée voir *Les Misérables* à New York avec ma classe.

– Je ne veux pas faire le truc. Je ne sais même pas si j'en suis encore capable, je réponds en secouant la tête.

– Bien sûr que si, ricane-t-il.

– C'est quoi le truc ? demande Simone.

– Le truc, répond Garrett, est la raison même pour laquelle vous devez écouter mademoiselle Carpenter. C'est pour cela que vous devez lui faire confiance. Elle sait de quoi elle parle.

– OK, ben maintenant vous êtes obligée de nous montrer le truc, dit David en souriant.

Je soupire bruyamment.

– D'accord. Mais ça fait longtemps ; soyez indulgents.

Je secoue les bras et me fait craquer la nuque avant de faire quelques vocalises.

Garrett place ses mains autour de sa bouche pour faire porter sa voix.

– Arrête de gagner du temps !

Je lui tire la langue et toute la classe éclate de rire.

Je me lance. Je chante *Le Grand Jour* en incarnant tous les personnages de l'œuvre de Victor Hugo. Je fais un pas de côté, me tourne à droite puis à gauche, je croise les bras, frappe du poing dans ma main, je change de posture, de voix, d'expression pour différencier tous les personnages. À chaque vers, je suis tantôt Jean Valjean, Cosette, Marius, Éponine, l'inspecteur Javert. Je ne regarde pas mon public mais derrière eux, vers le fond de la salle, jusqu'à ce que je ferme les yeux sur la dernière note.

J'ouvre alors lentement les yeux et découvre que chacun de mes élèves me regarde comme si j'avais quatre têtes. Jusqu'à ce que David se mette à applaudir, rapidement et bruyamment et, comme des canetons avec leur maman, les autres suivent, et bientôt toute la salle applaudit alors que Garrett siffle avec ses doigts.

C'est une récompense dix fois plus belle que toutes les ovations que j'ai reçues au cours de ma carrière.

– Putain, dit Bradley en se levant, c'était mortel !

Ça va, « mortel » est positif.

– Vous pouvez nous apprendre à faire ça ? demande Toby.

– Ouais, je réponds en hochant la tête. Je peux vous apprendre.

La sonnerie retentit et les élèves ramassent leurs affaires avant de se diriger vers la sortie.

– On reprendra demain, je leur dis. Et il n'est jamais trop tôt pour mémoriser son texte !

Je marche lentement vers Garrett, qui est toujours adossé contre le mur, les bras croisés, à m'attendre. Je me rapproche autant de lui que possible sans que ça ne donne naissance à des rumeurs – qui seraient toutes vraies – et sans lui sauter dessus.

– C'était méga sexy, grogne-t-il d'une voix grave, me faisant rougir.

– T'as toujours trouvé *Les Misérables* excitant, je me moque.

Son sourire me frappe en plein cœur et je me sens soudain toute guillerette et légère. Lorsque je suis avec Garrett, j'ai l'impression de flotter.

– Merci de m'avoir aidée à obtenir leur confiance.

Il replace une mèche de cheveux derrière mon oreille.

– C'est quand tu veux.

Garrett regarde ma bouche et son regard s'embrase.

– Viens chez moi ce soir, Cal. Pour une heure ou dix minutes, je m'en fiche. Je te donnerai des nouilles avant de te faire plein de choses cochonnes.

J'éclate de rire.

Comment refuser une telle proposition ?

# CHAPITRE 13

## *Garrett*

– Non, non et non ! je lance à Dean alors que nous avançons dans le couloir bondé du lycée.

Comme si cette saison n'avait pas suffisamment mal commencé ; comme si se prendre trois-zéro n'était pas déjà assez humiliant, maintenant, il faut que je gère *ça* ?

– Va-t'en, mec, chuchote Dean, qui partage mon opinion. Ne dis rien, et va-t'en.

Damon John, notre receveur star et sa copine Rhonda, sont en train de se crier dessus, en plein milieu de l'aile D. Or c'est le genre de dispute qui se termine en rupture. Il y a des dizaines d'élèves autour d'eux, mais on entend chacun de leurs mots.

– Tu m'as brisé le cœur. Et t'as le droit de le faire qu'une fois !

J'aime bien Rhonda. Elle est parfaite pour DJ ; elle est intelligente, gentille, et elle ne se laisse pas faire. Apparemment, Damon John a oublié ce dernier point.

– Si tu le dis, bébé, répond-il en haussant les épaules, sans même la regarder. Je vais pas me prendre la tête avec toi, ça en vaut pas la peine.

Petit con.

Néanmoins, c'est ainsi que sont les mecs au lycée. Lorsqu'ils sont poussés dans leurs retranchements, ils deviennent mauvais – comme des Gremlins qu'on nourrit après minuit.

Rhonda garde la tête haute et retient ses larmes.

– Ne m'écris pas, ne m'appelle pas, ne te pointe pas chez moi. C'est fini.

Je suis sans doute le seul à voir que DJ a du mal à déglutir et que son regard devient incertain. Aux yeux du reste du monde, il rit, il est intouchable. Mais après l'avoir étudié de près durant les entraînements, je le connais – je ne suis pas dupe.

– Ça me va. Dans quelques heures, j'aurai oublié comment tu t'appelles.

– Abruti, marmonne Dean à côté de moi en se couvrant les yeux.

Sur ce, Rhonda tourne les talons et s'en va sans se retourner. La sonnerie retentit, et la foule se disperse.

Je me tourne alors vers Dean.

– Ça fait deux ans qu'ils étaient ensemble, mec.

En années lycée, ça équivaut à vingt ans.

– Ouais, acquiesce-t-il en secouant la tête. C'est une catastrophe.

◆◆◆

Et ça l'est.

J'en ai la confirmation quand je vais aux vestiaires après les cours. Le mélange de désespoir et de remords que j'entends me fait penser à un animal mortellement blessé ; mais ce n'est qu'un gamin de dix-sept ans qui vient de se faire larguer.

J'ouvre la porte et le voilà, allongé sur le dos, sur le banc, les bras croisés sur son visage, se couvrant les yeux.

En larmes.

Même pour ceux qui sont convaincus que les hommes ne doivent pas pleurer, un vestiaire est l'exception. Des milliers de cœurs brisés ont versé leurs larmes ici.

Six de mes titulaires entourent DJ et n'ont clairement pas la moindre idée de ce qu'ils doivent faire. S'il s'était fait une entorse ou froissé un muscle, ils sauraient. Mais un cœur brisé ? Ce n'est pas dans leurs compétences.

– Je pige pas, dit Sam Zheng. Si tu l'aimes toujours, pourquoi t'as dit ces conneries dans le couloir ? Pourquoi t'as pas juste dit que t'étais désolé ?

Ah... Sammy... il est seulement en seconde, il est encore innocent.

– Je sais pas, gémit DJ. Je le pensais pas, ajoute-t-il en grognant tandis qu'il roule sur le côté. Comment je suis censé jouer ce soir ? Comment je vais vivre sans elle ?

– Oh, merde, s'exclame Kyle Lanigan. Et si elle se tape quelqu'un pour se venger ? Ou deux mecs... un plan à trois ? Mec, elle pourrait déjà être en train de le faire ! Genre, en ce moment même !

DJ s'effondre de plus belle.

J'avance vers le banc, je pousse ses jambes, et je m'assois à côté de lui en soupirant.

– T'as merdé, DJ.

– Je sais, dit-il en reniflant. J'ai vraiment merdé, Coach.

Je lève la tête et regarde mes joueurs.

– Mais ça peut être une bonne chose. Mieux vaut que vous sachiez la vérité tant que vous êtes encore jeunes.

Ils se rapprochent en me regardant comme si j'étais le Messie.

– C'est quoi la vérité, Coach ? demande Wilson avec de grands yeux.

Je me penche en avant et parle à voix basse.

– La vérité, en matière de garçons et de filles, d'hommes et de femmes ? C'est qu'on a besoin d'elles bien plus qu'elles n'auront *jamais* besoin de nous.

J'ai transmis de nombreuses leçons à mes joueurs, mais celle-ci est sans doute la plus importante de toutes.

Après tout, même si Stacey n'était pas une super épouse, mon frère est quand même perdu sans elle. Ryan sans Angela ? Je préfère ne pas imaginer le désastre que ce serait. Bon sang, mon père ne sait même pas faire de pop-corn au micro-ondes sans que ma mère ne lui dise sur quels boutons appuyer.

Quant à moi… ça ne fait que quelques semaines… et l'idée que Callie sorte de ma vie me terrorise.

Je suis foutu.

– Putain, siffle Wilson, ébahi. Vous avez raison !

– Je sais, j'acquiesce.

DJ s'assoit en s'essuyant les yeux.

– Il faut que je la récupère, Coach. Je l'aime, pour de vrai. Je sais qu'on est jeunes, mais… c'est la bonne. C'est la femme de ma vie, vous voyez ce que je veux dire ?

Je visualise de grands yeux verts, des lèvres roses, et un rire doux comme du miel. Je songe à cette voix que je pourrais écouter toute ma vie, à la façon dont je suis captivé par chaque pensée, chaque souhait et chaque idée qui émerge de son esprit fascinant. Je pense à sa façon de me serrer contre elle, de me désirer ; à ses bras fermes et délicats, et à son parfum de rose et de vanille.

Ouais. Je vois parfaitement ce qu'il veut dire.

– OK. Dans ce cas, voici ce que tu dois faire…

Il se rapproche de moi et son visage prend la même expression que lorsque j'explique une stratégie de jeu.

– D'abord, tu vas être spectaculaire sur le terrain, ce soir. Tu lui montres que t'es un vainqueur. Les filles n'aiment pas les losers. Ensuite, tu vas admettre que tu t'es comporté comme un enfoiré, et tu vas t'excuser. Parce que c'est ce que font les hommes, les vrais ; ils admettent qu'ils ont merdé.

– Et il va falloir que tu fasses un geste grandiose, ajoute Dean, appuyé contre l'embrasure de la porte.

DJ grimace en réfléchissant.

– Comment ça ? Quel genre de geste ?

Bon sang, ces gamins n'ont-ils jamais vu un film de John Hughes[10] ? C'est dans des moments comme celui-ci que je m'inquiète pour l'avenir de la jeunesse.

– Fais quelque chose de spectaculaire, auquel elle ne s'attendra pas. Je sais pas, dédicace-lui une chanson sur Facebook, ou poste un de ces bidules Snapgram.

– Tu marques des points bonus si ton geste implique une humiliation, ajoute Dean.

Je prends DJ par les épaules.

– Ensuite... peut-être que Rhonda te donnera une autre chance.

Il s'essuie le nez.

– Et si c'est pas le cas ? Si je l'ai perdue pour de bon ?

– Ça fera un mal de chien, je vais pas te mentir. Mais tu t'en sortiras. Tu sauras que t'as tout donné, et ta relation avec elle aura été une période de ta vie que tu n'oublieras jamais. T'en tireras des leçons et tu t'amélioreras.

---

**10.** Producteur, scénariste et réalisateur américain, de *The Breakfast Club* et *Coup de foudre à Manhattan*, notamment.

Et peut-être que sur ta route, tu rencontreras quelqu'un d'autre. C'est comme ça que ça marche. Ou peut-être qu'un jour, si vous êtes vraiment faits l'un pour l'autre... t'auras une autre chance avec elle. Et si c'est le cas...

Même si c'est vingt ans plus tard...

– ... Tu feras en sorte de ne pas merder de nouveau.

◆◆◆

Les matchs du vendredi soir sont une chose sérieuse à Lakeside, et pas seulement parce que les parents des joueurs et les autres élèves sont dans les gradins. Toute la ville répond présente. Mes parents sont là, ainsi que mes frères, et Callie est venue avec ses parents et sa sœur. Elle est passée à mon bureau, avant le match.

Elle m'a laissé la peloter pour me porter chance.

Ensuite, je me suis rendu sur le terrain avec mes joueurs.

Peu importe l'âge que j'ai, que j'aie quatorze ou trente-quatre ans, les bruits d'un match de football ne changent pas : le bruissement des protections, les grognements, les cris de guerre, les plaquages qui feraient pleurer les plus solides des hommes, les roulements de tambour de la fanfare, les chants des cheerleaders, les cris du public... Visuellement, ce sont les mêmes aussi : la lumière aveuglante des projecteurs, la vapeur de nos souffles, les traces de boue sur les tenues blanches. L'odeur est toujours identique : l'herbe et la terre, le pop-corn et les hot-dogs, l'adrénaline et la victoire presque à portée de main.

Toutefois, les sensations ne sont pas les mêmes. D'ailleurs, elles diffèrent à chaque match.

Ce soir, il y a autre chose dans l'air ; une électricité qui me fait penser que quelque chose s'apprête à changer. Une pression nouvelle pèse sur mes épaules, et un courant d'excitation coule dans mes veines.

On joue contre North Essex High School. Leur défense est béton, mais ce soir, mes gars leur mettent une raclée. Ce sont des monstres incontrôlables – toutes leurs erreurs ont été faites au cours des trois derniers matchs, et ils n'en ont plus à faire. Rien ni personne ne les freine. À la fin du quatrième quart-temps, alors qu'il ne reste que vingt secondes à jouer, le score est encore de 0-0. C'est notre meilleur match de l'année. Le ballon est à nous, et si on réussit un placement[11] ou un touchdown[12], on ira en prolongations.

– Oui ! Joli barrage, Dumbrowski ! je crie en applaudissant mes joueurs. Bon plaquage !

Parker bondit du banc à mes côtés alors que les attaquants rentrent en jeu. Je suis sur le point de lui dire quelle tactique jouer lorsqu'il l'annonce lui-même.

– Wishbone 42 !

Eh bien, voyez-vous ça.

– C'est ça, bien joué, je réponds en frappant son casque pour l'encourager. T'as l'air différent, ce soir ; t'as grandi dans la nuit, ou quoi ?

Il ricane et hausse les épaules en souriant timidement.

– Je sais pas.

Il a l'air différent, mais ce n'est pas parce qu'il a grandi. Il se tient différemment et ses mouvements ont changé.

---

11. Lorsqu'un joueur met un coup de pied dans le ballon et que celui-ci passe entre les deux poteaux : rapporte 3 points.

12. Lorsqu'un joueur amène le ballon dans la zone d'en-but, sans avoir à l'aplatir comme au rugby : rapporte 6 points.

Ce sont les résultats d'un travail acharné et d'une concentration féroce. Parker se tient plus droit, la tête plus haute, et marche d'un pas assuré. Nos entraînements supplémentaires ont commencé à donner des résultats, tout comme la confiance qu'on lui offre en lui attribuant le poste de quarterback titulaire.

Tout est différent chez lui : Parker Thompson sait où il va et surtout, il sait comment y aller.

– Non ? T'as mangé quoi au petit déj' ?

– Des céréales, je crois..., répond-il en haussant les épaules.

Certains gamins ont juste besoin de quelqu'un qui leur montre la bonne direction, qui les aide à se concentrer et à mettre en avant leur talent. Comme un crayon : la mine est déjà dedans, il suffit juste de le tailler.

– Eh bien continue comme ça, je dis avant de frapper dans mes mains. Allons-y !

Parker hoche la tête, le visage crispé de concentration. Il met son protège-dents et enfile son casque, puis il crie en direction des attaquants qui entrent sur le terrain.

– Allez les mecs, récupérez ce ballon !

Les joueurs s'alignent et le ballon est mis en jeu, mais North Essex anticipe notre passe. La ligne se maintient et Parker s'adapte, faisant deux pas en arrière, étudiant le terrain, cherchant une ouverture. Ces dernières semaines, on a systématiquement cherché à avancer avec le ballon, donc nos receveurs sont mal défendus. Je sais ce qu'il va se passer ; je le vois presque avant que l'occasion se présente... mais surtout, Parker le voit aussi.

Le temps semble ralentir et les secondes durent des heures. J'ai l'impression d'observer le terrain à travers les yeux de Parker ; chaque chemin, chaque angle. Soudain, c'est l'épiphanie.

– Attends... attends..., je chuchote alors que les joueurs essaient de se frayer un passage.

Au bout du terrain, DJ vire à gauche à la ligne de trente yards, se libérant du cornerback[13] qui s'engage à sa poursuite.

– Maintenant, je murmure, suivant tour à tour des yeux Parker et DJ. Allez, Parker, tu peux le faire. Lance-le !

Il regarde à sa gauche, prend appui sur ses jambes, et tend le bras en arrière avant de lancer le ballon.

Et bon sang, c'est sublime.

Le ballon tournoie dans les airs, dessinant une longue courbe avant de retomber lentement, pile entre les mains de DJ.

Soudain, un vacarme de cris et d'applaudissements du public retentit derrière moi, et mon sang bourdonne dans mes oreilles.

– Oui ! Allez allez, cours !

Je descends sur le terrain, comme un imbécile – c'est un truc de coach –, en agitant les bras, criant à DJ de courir. Mais je n'ai pas besoin de le faire, il est déjà en train de sprinter vers la zone d'en-but.

Il plante le ballon dans le sol et me pointe du doigt. Putain, j'adore ce gamin. Je pointe à mon tour mon index sur lui alors que le décompte touche à sa fin sur la pendule. L'arbitre lève les mains, signalant un touchdown pour les Lions.

C'est le premier de la saison, et notre première victoire. Putain, oui !

---

13. Joueur de la défense, le plus rapide d'une équipe.

On croirait qu'on a gagné le Super Bowl, tellement on est heureux. Les gamins pètent un câble, courant sur le terrain pour s'enlacer, frapper leur casque et se faire des checks.

DJ enlève son casque et le jette par terre, puis il saute par-dessus la barrière et court vers le box de l'annonceur. On entend un cri de protestation dans les enceintes, puis sa voix à bout de souffle résonne dans le stade.

– Je t'aime, Rhonda ! Je suis désolé d'être un abruti, mais je t'aime bébé ! Ce touchdown était pour toi !

Dean arrive à mes côtés en me mettant une tape sur l'épaule.

– On l'a fait, D ! On s'est remis en selle !

– Carrément, mec, je réponds en le frappant dans le dos.

Je cours sur le terrain pour serrer la main de Tim Daly, le coach de North Essex High School. Quand je retourne sur le banc de touche, j'aperçois Callie de l'autre côté de la barrière, les yeux rivés sur moi.

Elle est à côté du fauteuil roulant de madame Carpenter, vêtue d'un t-shirt noir des Lions sous une doudoune grise. Elle porte un bonnet en laine blanche sur ses cheveux lâchés, et c'est à la fois hyper sexy et ultra mignon. Ses yeux scintillent comme deux émeraudes sous les projecteurs et, alors qu'elle me salue de la main, sa jolie bouche s'étire et elle me fait un grand sourire.

Je crois soudain que... je retombe amoureux.

Je cours vers elle jusqu'à la barrière.

– Salut.

– Joli match, Coach, dit-elle en levant la tête vers moi.

– Ouais... ouais, c'était un bon match, je dis avant de sourire à sa mère. Madame Carpenter, est-ce que je peux sortir avec Callie, ce soir ? Je peux vous laisser mon portable ; vous le gardez sur vous et vous nous appelez s'il y a quoi que ce soit.

Si ça, ça ne marche pas, je suis prêt à filer mille dollars à mon petit frère pour qu'il aille les garder pour la nuit.

– Tout ira bien, répond la mère de Callie. Vous vous faites trop de souci, les enfants. Allez vous amuser. Ramène-la pour demain midi.

Quand je pensais que la soirée ne pouvait pas être plus belle... elle s'annonce spectaculaire.

– C'est dans mes cordes, je réponds en hochant la tête.

C'est alors que les petits enfoirés que j'entraîne décident de vider une glacière d'eau sur mon dos. C'est comme si des milliers de stalactites me poignardaient en même temps. Je parviens à ne rien laisser paraître, coiffant mes cheveux trempés en arrière, léchant les gouttes tombées sur ma lèvre supérieure.

– Faut que j'y aille, c'est un truc de footballeur, je dis à Callie sans la quitter des yeux. Je passe te prendre tout à l'heure.

Elle me dit au revoir de la main en souriant. Elle est si belle que c'en est presque douloureux.

Belle et... à moi.

– Je t'attends.

# CHAPITRE 14

## *Callie*

Au lycée, après les matchs, Garrett était toujours... eh bien... ultra chaud. Il était ado, donc il était constamment en rut, mais après une victoire, il était encore plus excité, plus agressif, et plus affamé. Je pouvais presque sentir la testostérone sur sa peau ; ce qui m'excitait aussi à n'en plus finir. Je me souviens que quand on faisait un saut obligé à l'after-match, il me gardait toujours à ses côtés, me touchant sans cesse... ses mains dans les miennes, caressant ma paume avec son pouce, me tenant par la taille, me serrant contre lui. Si je m'éloignais, il me suivait des yeux par-dessus son gobelet rouge, comme si j'étais la seule personne qui comptait. Comme si j'étais son cœur, le centre du monde.

On ne restait jamais très longtemps à ces soirées.

Cette même excitation m'anime maintenant, alors que je suis sous le porche de mes parents, attendant que Garrett passe me prendre. Je fais les cent pas, tripote mon bonnet, joue avec la fermeture éclair de mon blouson. Mes muscles sont bandés ; je me sens comme un élastique en caoutchouc prêt à craquer. Un élastique ultra chaud.

Je ne sais toujours pas dans quoi je me lance avec Garrett, et ça me fait un peu peur. Parce que Garrett Daniels est de retour dans ma vie et je ne l'avais pas vu venir. Je ne m'attendais pas à ce qu'il se fraie de nouveau un passage dans mon cœur. Et c'est comme une tragédie, comme *Roméo et Juliette* – on sait déjà comment ça se termine. On a chacun nos propres carrières, nos amis et nos maisons, et aucun de nous ne va vouloir tout chambouler. Je sais que je prends un risque énorme et idiot. Je sais que je vais avoir le cœur brisé dans quelques mois. Toutefois, une part de moi, une part de plus en plus grande, s'en fiche – et ça m'effraie encore plus. Cette part compte prendre tout ce qu'elle peut, pendant aussi longtemps que possible, peu importe la souffrance qui l'attend.

Il est onze heures passées ; c'est tard dans ce quartier. Les voisins de mes parents sont déjà couchés, et les fenêtres sont sombres. J'entends la Jeep au bout de la rue avant de la voir et, lorsque Garrett s'arrête devant la maison, je cours déjà vers lui.

Je n'attends pas qu'il m'ouvre la portière, je le fais moi-même et grimpe dans la voiture. Ses cheveux sont mouillés, et l'habitacle sent le gel douche.

Les yeux de Garrett sont noirs et sa voix est suave.

– Ton nez est tout rose, ça fait combien de temps que t'es dehors ?

Il tient mes mains dans les siennes et souffle dessus pour les réchauffer, faisant battre mon cœur plus fort.

– Pas très longtemps. Mes parents sont couchés et... j'avais hâte de te voir.

Il m'étudie en silence quelques instants, caressant mon bonnet, mes yeux et ma bouche du regard.

– J'avais hâte de te voir, moi aussi.

Il soutient mon regard encore un peu, puis il hoche la tête avant de se concentrer sur la route.

– T'as faim ? demande-t-il alors que nous traversons la ville déserte.

– Non.

Je regarde ses mains sur le volant. Garrett a des mains superbes, avec de longs doigts puissants – des mains de quarterback. Il tient le volant d'une poigne légère, et sa posture sur le siège est détendue. Il est confiant et je me sens étonnamment calme en sa présence. J'ai toujours su que si je doutais ou me sentais perdue, tout irait bien – parce que Garrett saurait quoi faire. Je savais que je pouvais me reposer sur lui, suivre ses conseils, et que tout finirait bien.

On s'arrête devant chez lui et on descend de voiture sans un mot. Garrett prend ma main alors que nous remontons l'allée, caressant mon poignet avec son pouce. Le salon est plongé dans la pénombre ; la seule source de lumière provient du petit spot au-dessus de l'évier de la cuisine. Snoopy lève la tête du fauteuil où il est installé, mais il se rendort rapidement. Garrett jette ses clés sur la console de l'entrée, puis il se tourne vers moi. Et sa bouche, cette superbe bouche dont j'ai rêvé tant de fois, esquisse un sourire.

– Tu veux boire quelque chose, Callaway ? demande-t-il d'une voix douce.

Je retiens brusquement mon souffle lorsqu'il dit mon prénom. Personne ne le prononce comme lui – j'en ai rêvé, de ça aussi.

– Non.

Mon cœur accélère et je me crispe de la tête aux pieds. C'est comme si tous mes muscles se contractaient, s'étiraient, se tendaient... vers lui. Une seconde passe, et Garrett continue de me fixer, de m'observer. Il sait ce qu'il va se passer ; on le sait tous les deux. C'est un non-dit évident, et l'air crépite entre nous.

Il prend mon visage dans ses mains et m'attire à lui. Je ferme les yeux et avance, effleurant du bout du nez sa gorge, sentant sa barbe naissante sur ma joue. Et je veux la sentir partout... sur mon ventre, mes seins, entre mes jambes.

– Tu m'as manqué, Callie, dit Garrett en m'embrassant sur le front, sur la tempe, dans les cheveux. Putain, tu m'as tellement manqué.

Je sens un frisson me parcourir en entendant la sincérité de son aveu. Et je hoche la tête, car c'est pareil pour moi.

Garrett enlève mon bonnet, ouvre mon blouson, et le laisse tomber par terre. Il caresse mes bras de haut en bas et chuchote.

– T'es nerveuse ?

Un petit éclat de rire m'échappe, et je lève la tête pour le regarder dans les yeux.

– J'étais pas nerveuse la première fois ; pourquoi je le serais maintenant ?

Je me souviens de cette nuit... dans les moindres détails. C'est mon souvenir préféré.

Ce n'était pas prévu. Il n'y avait ni fleurs ni bougies. Mais c'était quand même romantique... et merveilleux. On était dans la Jeep de Garrett, garée au bord du lac. Je me souviens de l'odeur des sièges en cuir, du parfum de notre désir. J'avais tellement envie de lui, que je planais. Je me souviens de la verge dure de Garrett contre ma cuisse et de sa voix rocailleuse dans mon oreille.

« *Callie...* »

C'était une prière et une supplication – une question, une requête. *T'es avec moi ? Tu le sens ? Est-ce que t'en as autant envie que moi ?*

Je m'étais accrochée à lui.

« *Oui... Oui, oui, oui...* »

Garrett avait été lent et doux, craignant de me faire mal. Toutefois, lorsque je l'ai senti à l'intérieur de moi, lorsque nous étions connectés de la plus belle façon qui soit, nous étions trop enivrés par le désir pour aller doucement. C'était inexpérimenté, sauvage, et parfait – j'avais enfin compris pourquoi on appelait ça « faire l'amour ».

La main de Garrett caressant mon dos me ramène à la réalité, à son regard.

– Tu trembles, chuchote-t-il.

Et c'est vrai.

Je pose ma main sur son torse, sentant les battements de son cœur.

– Je... j'ai tellement envie de toi.

Et il n'y a plus besoin de paroles.

Garrett m'embrasse avidement et sauvagement. Il me soulève et je croise les chevilles dans son dos. Il empoigne plus fort mes fesses, me plaquant contre lui alors qu'il me porte dans sa chambre à l'étage.

Nos têtes tournent, on plonge nos langues dans la bouche de l'autre, ne rompant jamais le baiser brûlant, même lorsque je pose de nouveau les pieds par terre. Je glisse mes mains sous son t-shirt, sur sa peau lisse, douce et musclée. Il saisit le bas de mon débardeur et nos bouches se quittent le temps qu'il le passe par-dessus ma tête. Ses doigts experts dégrafent mon soutien-gorge qui vole à son tour à l'autre bout de la pièce. Je tire sur son t-shirt et il l'enlève, et nous sommes enfin peau contre peau – la sensation de mes seins lourds contre ses abdos en béton est juste glorieuse. À couper le souffle.

Il baisse mon legging et se penche pour l'enlever alors que je défais les boutons de son jean et le baisse à mon tour, et nous ne cessons de nous embrasser, de nous mordiller, de nous entre-dévorer.

Il n'y a ni gêne ni hésitation. Ce n'est pas notre première fois. Nos lèvres, nos mains et nos cœurs s'en souviennent.

On traverse la pièce jusqu'à ce que je sente son lit contre mes jambes. Les mains de Garrett palpent mes seins, caressent mon ventre et descendent entre mes jambes pour titiller mes lèvres déjà trempées.

– Callie, putain, tu mouilles tellement, grogne-t-il en suçant ma lèvre inférieure. C'est magnifique.

J'empoigne alors son sexe et le branle lentement. Il est dur ; tellement excité. Je frotte son gland avec mon pouce, étalant dessus la goutte de liquide pré-séminal.

Et je me sens belle, sexy, puissante... et désirée.

Je tombe en arrière sur le lit et Garrett m'accompagne. J'écarte les jambes, m'offrant à lui.

*Prends-moi, aime-moi.* Tout ce qu'il voudra... ça a toujours été comme ça entre nous.

Sa bouche descend le long de ma gorge jusqu'à mon téton, et j'appuie ma tête dans l'oreiller en me cambrant lorsqu'il se met à le sucer. Ses cheveux sont soyeux entre mes doigts et je les tire alors qu'il passe à l'autre sein. Mon cœur bat à tout rompre.

Mes souvenirs sont pâles en comparaison de cet instant. Ce moment est vrai, et solide... Comment j'ai fait pour respirer sans lui ? Pour vivre sans ça ?

Mes pensées ternes disparaissent lorsque Garrett se dresse sur les genoux et se place entre mes cuisses. Il tend le bras et attrape un préservatif sur la table de chevet, et je caresse son torse de haut en bas alors qu'il l'ouvre. J'aime voir mes mains sur lui. Garrett saisit son sexe et j'aime voir ça, aussi ; la façon dont il se touche, lorsqu'il déroule la capote sur sa verge épaisse avant de saisir ses testicules. Chacun de ses gestes est assuré, plein de confiance, et merveilleusement viril.

Je me lèche la lèvre en rêvant de le sentir partout. Je veux le prendre dans ma bouche, dans ma gorge. Je veux sentir ses coups de bassin puissants en moi. Je veux le sentir éjaculer sur ma peau ; sur mes seins, mon ventre, mes fesses. Il n'y a pas de limites, on est insatiables et désespérés. Ça ne peut être que plus sale et plus profond ; il ne peut y avoir que davantage de « oui » et de cris de joie.

Garrett saisit mes hanches alors qu'il promène son gland entre mes lèvres chaudes et humides. Mon sexe se contracte et se sent vide. Il se frotte à mon clitoris, le caressant en dessinant des cercles, et une décharge de plaisir électrique remonte le long de ma colonne vertébrale.

Je pose mes pieds sur le matelas et soulève mon bassin, le suppliant de m'offrir plus.

De s'offrir *lui-même,* tout entier.

– Callie...

Sa voix rauque dissipe le brouillard dans lequel j'étais et je cherche son regard. Sa mâchoire se contracte et sa poitrine se soulève alors qu'il respire rapidement.

– Callie, chérie, regarde. Regarde-moi...

Je hoche brusquement la tête. Je ferai n'importe quoi, je ferai tout ce qu'il me demande du moment qu'il ne cesse pas de me toucher.

Il me pénètre juste un peu et je gémis, écartant les cuisses, désirant qu'il aille plus loin. Je suis serrée, étroite, et je suis hypnotisée de voir la main de Garrett sur son sexe, de le voir s'enfoncer lentement en moi.

Il retient son souffle, submergé de sensations, de sentiments.

Et bon sang, je le sens aussi. Mes muscles se contractent sur lui, lui faisant juste assez de place alors qu'il s'enfouit en moi, si chaud et si dur. C'est *teeellement* bon. Nos bassins se touchent et Garrett baisse la tête une fois qu'il est entièrement en moi.

– Putaaain, gémit-il. Putaaain...

Il s'appuie alors sur ses coudes, de part et d'autre de ma tête, et il m'embrasse sauvagement. Il recule ses hanches avant de les avancer de nouveau, s'enfonçant complètement en moi, nous faisant gémir tous les deux. Il adopte alors un rythme plutôt lent et intense, et je susurre des mots sans aucun sens entre ses baisers passionnés.

– Garrett... Garrett... c'est tellement bon.

– Je sais, dit-il en rentrant de nouveau en moi. Je sais, chérie.

– Et c'est tellement bien, j'ajoute en plaquant mes mains sur son dos musclé avant de les glisser sur ses fesses. Tellement... évident.

Chaque caresse, chaque baiser qui ne venait pas de lui était... différent. Ce n'était pas désagréable ni inconfortable mais... inhabituel. Pas les mêmes. Pas les siens.

Ça ne semble *normal* qu'avec Garrett.

Le temps cesse d'exister. Il n'y a plus que Garrett sur moi, en moi, partout autour de moi.

Je tends les bras au-dessus de ma tête et il saisit mes poignets. Je soulève mon bassin, m'offrant à lui... cédant au plaisir qui embrase mon sang à chacun de ses va-et-vient.

Il bouge plus fort, plus vite, plus brutalement... me poussant plus loin. C'est comme si mon âme grimpait, s'élevait toujours plus haut.

– Garrett... Garrett..., je le supplie d'une voix que je reconnais à peine.

Soudain, je suis en chute libre, me cambrant contre lui alors que mon orgasme me transperce, s'empare de moi et m'accable. Mon sexe se contracte sur le sien comme pour ne jamais le lâcher, pour que ça ne finisse jamais. Garrett enfouit son visage dans mon cou et se met à me marteler, grognant fort alors qu'il jouit à son tour.

Nous restons dans cette position pendant un long moment, reprenant notre respiration, nous tenant l'un contre l'autre, comblés. Je caresse ses cheveux puis son dos en sueur. Garrett m'embrasse sur l'oreille, puis sur la joue, trouvant bientôt ma bouche pour m'offrir un baiser plein de tendresse.

– On est tellement doués pour ça, chuchote-t-il.

– On a toujours été doués pour ça, je réponds.

Il affiche alors un sourire suffisant et arrogant qui n'en est pas moins beau.

– On s'est améliorés.

J'éclate de rire et il glisse son bras sous ma nuque pour me serrer contre lui.

Et c'est parfait.

◆◆◆

Il y a quelque chose d'infiniment séduisant à voir un homme traverser une pièce alors qu'il est nu. Surtout un homme comme Garrett Daniels – un homme qui connaît son corps ; qui sait ce dont il est capable et comment s'en servir.

Je roule sur le côté et savoure la vue de ses fesses musclées alors qu'il va dans la salle de bains pour s'occuper du préservatif. Et je la savoure encore plus lorsqu'il revient. Il est encore un peu dur ; sa verge est une flèche épaisse contre son lit de poils bruns. J'ai envie de l'embrasser, de la lécher sur toute sa longueur. Mes yeux se promènent sur ses jambes, jusqu'à la grande cicatrice blanche qui traverse son genou. J'ai envie de l'embrasser aussi, d'y déposer un millier de baisers – un pour chaque jour que j'ai raté depuis que cette cicatrice a été faite.

Garrett s'allonge sur le dos à côté de moi, tel un lion plein de grâce qui rejoint sa meute de lionnes. Il m'attire contre lui en me prenant par l'épaule et je pose mon menton sur son torse. Nous sommes peau contre peau et on ne cesse plus de se toucher, de se caresser et de s'embrasser en se parlant à voix basse.

– Quel est ton souvenir préféré ? je lui demande. Quelque chose que je ne sais pas.

Garrett fronce les sourcils en regardant le plafond.

– Une année, je devais avoir... vingt-sept ans, c'était le dernier match de la saison et on n'avait pas atteint les sélections. Et Bailey Fowler, un terminale atteint du syndrome de Down, jouait dans l'équipe. Il n'avait eu que quelques secondes de jeu durant l'année ; je le traitais comme tous les joueurs de troisième rang. Il me semblait important de lui accorder le même traitement qu'aux autres. Bref, il ne restait plus qu'une poignée de minutes, et Bailey était sur le terrain. James Thompson, notre quarterback, lui a passé le ballon. Ils avaient dû s'arranger avec l'autre équipe, parce que quelques gamins lui ont couru après, mais personne ne l'a touché. Et il a porté le ballon jusqu'à la zone d'en-but. Bailey était le plus heureux sur terre, et tout le public était debout dans les gradins pour l'encourager. C'était un moment incroyable.

Il tourne la tête vers moi.

– Et toi ?

Mon souvenir n'est pas aussi inspirant, mais il est joyeux. Je lui parle de *La Nuit des rois*, la première pièce dans laquelle j'ai joué avec la Fountain Theater Company, après avoir obtenu mon diplôme. Je lui explique combien je me suis préparée pour l'audition, m'entraînant jour et nuit... et ce que j'ai ressenti quand j'ai eu le rôle.

– J'ai enfin pu jouer Viola.

– C'était le rôle de tes rêves.

Je lève la tête et le regarde dans les yeux.

– Tu t'en souviens ?

– Je me souviens de tout, Callie, répond-il en jouant avec une mèche de mes cheveux. De chacun de tes rêves, de tous tes éclats de rire... et de tes larmes, aussi.

Un souvenir ressurgit alors ; c'était un jour pluvieux et j'étais en terminale. On était dans la chambre de Garrett et il me tenait dans ses bras, me berçait contre lui alors que mes larmes trempaient son t-shirt.

Je ferme les yeux et enfouis de nouveau le souvenir. Je ne veux pas y penser, surtout pas maintenant, alors qu'on est en train de créer de nouveaux souvenirs bien plus joyeux.

– Quelle est ta chanson préférée ? je demande, voulant tout savoir de lui.

– *Undone – The Sweater Song*, par Weezer. C'est encore mon morceau préféré. C'était notre chanson.

– Euh... c'était pas notre chanson, Garrett.

– Bien sûr que si. C'est passé à la radio quand on était dans ma Jeep, la première fois qu'on a couché ensemble. On en a parlé, après. Bien sûr que c'est notre chanson.

Je lève les yeux au ciel.

– Nooon... notre chanson, c'est *Heaven*, de Bryan Adams. C'était notre morceau au bal de promo, quand on était en première.

– Je ne sais pas de quoi tu parles.

– Je croyais que tu te rappelais tout ! je rétorque d'un ton moqueur.

– Oui. Et je n'arrive pas à croire que tu te sois trompée sur notre chanson pendant toutes ces années. Elle avait marqué un moment mémorable dans notre relation.

– J'arrive pas à croire que *tu* te sois trompé, je réponds en lui mordant le torse.

Il me prend par surprise en me faisant rouler sur le dos, me survolant en me regardant d'un air diabolique.

– Ta mémoire a besoin d'être rafraîchie, chérie. Revenons sur nos bouches.

– Nos bouches ? Je crois qu'on est censés revenir sur nos pas.

– Non, gronde Garrett en survolant ma gorge avec sa bouche, descendant sur mes seins puis mon ventre avant de s'installer entre mes cuisses. Quand *notre* chanson passait à la radio... je faisais ça avec ma bouche...

Il lèche ma fente de bas en haut avant de titiller mon clitoris, me faisant frissonner de la tête aux pieds.

– Et toi, ta bouche gémissait.

Il se met à me laper et je gémis haut et fort.

– Ouais, c'est ça. Ça te rappelle rien ?

– Non, je parviens à répondre alors que mon cœur bat la chamade.

– Hmmm, murmure-t-il entre mes cuisses. Faut que je redouble d'efforts, alors.

Il m'embrasse entre les jambes, la bouche ouverte. Il me mange, me dévore, me vénère. Il grogne contre moi, me disant combien je suis délicieuse, combien je le fais bander.

– Ça commence à te revenir, Callie ? se moque-t-il.

Il me pénètre avec sa langue dans un rythme effréné puis il suce mon clitoris et me doigte jusqu'à ce que je sois haletante, acceptant tout, n'importe quoi.

– Oui... oui... oui...

J'explose alors, me brisant en mille points de plaisir. Et lorsque je suis rassasiée, complètement ramollie et épuisée, Garrett m'embrasse sur la hanche avant de remonter le long de mon corps brûlant avec un sourire suffisant.

– C'est ce qu'il me semblait.

◆◆◆

Ensuite... ça devient sauvage. On utilise encore trois préservatifs avant la fin de la soirée.

Et Garrett avait raison – on s'est améliorés.

Je le chevauche avec une impudence que je n'avais pas quand on était jeunes, roulant des hanches et plantant mes ongles dans son dos jusqu'à ce qu'il me supplie et grogne de plaisir.

Il me met à quatre pattes et me prend par derrière, plus fort qu'il n'aurait osé quand il était ado. Il tire sur mes hanches, empoigne mes cheveux et chuchote des promesses plus sales les unes que les autres au creux de mon oreille.

La dernière partie de jambes en l'air est lente et somnolente. On est poitrine contre poitrine, enroulés l'un dans l'autre. On jouit ensemble et on se perd dans le regard de l'autre. Après, Garrett me prend dans ses bras protecteurs, enfouit son visage dans mes cheveux, et on s'endort comblés, épuisés.

◆◆◆

Lorsque j'ouvre les yeux, j'entends une sorte de ronronnement léger à mes côtés. Ce ne sont pas les ronflements d'un grand-père, mais plutôt une douce vibration.

Tiens ; Garrett ronfle. C'est nouveau.

Ça me plaît. C'est viril, mais chou.

Il est sur le dos et je suis allongée à ses côtés, la tête sur son torse, son bras sur mon dos.

Et on n'est pas seuls.

Dans le creux de son autre coude… Snoopy roupille tranquillement, paisiblement. La chambre est baignée par le soleil, et je prends une seconde pour regarder autour de moi – la déco n'était pas ma priorité, hier soir. La pièce est agréable. Comme le reste de la maison, elle me fait penser à Garrett : elle est propre et simple, avec des tons de bleu et de beige.

J'en profite aussi pour admirer Garrett pendant qu'il dort. Sa mâchoire est puissante et son visage détendu – Garrett est un Apollon aux idées merveilleusement salaces. Je baisse les yeux sur les poils bruns parsemés sur son torse et sur la ligne sombre qui disparaît sous le drap. Ça me plaît beaucoup, ça aussi.

Je m'éloigne un peu et m'étire délicatement pour ne pas réveiller les mâles installés dans le lit. Je suis courbaturée partout – mes bras, mes cuisses et mon entrejambe hurlent lorsque je me lève. Et mon sourire ne me quitte pas.

Toutefois... si mes élèves ne m'avaient pas chassée de Facebook, je serais déjà en train de changer mon statut en « c'est compliqué ».

Bon sang, ce que c'est compliqué.

Durant toutes ces années, quand je songeais au jour où je recroiserais Garrett (parce que tout le monde imagine croiser son ex un jour), je le voyais toujours marié. À un top model, avec des enfants – cinq ou six garçons, histoire de former sa propre équipe de football. Et je m'imaginais être triste et nostalgique. Je me voyais penser que je savais que Garrett était un bon parti, qu'il était trop génial pour ne pas se faire mettre le grappin dessus par une garce qui ne sait pas la chance qu'elle a.

Je pensais qu'il serait hors de portée. Qu'il ne serait plus à moi.

Or nous voici.

Ça ne faisait pas partie du plan quand je suis rentrée il y a quelques semaines. Cependant, je n'ai aucun regret ; pas le moindre.

Il faut juste que je réfléchisse. Que je voie comment ça marchera quand je serai rentrée à San Diego.

*Si* ça marche.

Ou peut-être... peut-être que je m'avance un peu. Je regarde de nouveau autour de moi, étudiant cette chambre de célibataire. Il ne l'est pas par accident. Est-ce que Garrett veut que ça marche, en fait ? Certes, on s'écrit, on se parle, on fricote dans les placards à balais... mais on n'a pas parlé du futur. On n'a pas discuté de ce qu'il se passera quand je retournerai à ma vraie vie... et qu'il restera ici. Peut-être que ce n'est qu'un flirt de passage ? Que c'est temporaire, comme un amour de vacances ; le genre qui est super fun mais qu'on oublie dès qu'on reprend l'avion ?

Bon sang, je suis en train de me prendre la tête.

C'était facile de ne pas y penser, avant-hier soir. C'était léger, amusant... j'apprenais simplement à connaître Garrett de nouveau. Mais ici, maintenant, allongée à côté de lui entre des draps chauds... merde. C'est plus sérieux que ça.

Je le regarde et j'ai mal. Je veux qu'il reste ici, je veux qu'il me suive... je veux que ce qui nous unit maintenant dure bien longtemps après la fin de l'année scolaire. Mais est-ce qu'il veut la même chose ? Et si c'est le cas... à quoi ressemblerait notre avenir si Garrett est dans le New Jersey et moi en Californie ?

Argh. J'ai besoin d'un café. Je ne peux pas avoir de pensées aussi sérieuses sans café.

Je me glisse au pied du lit, et je saisis le t-shirt de Garrett. Toutefois, avant de l'enfiler... je le renifle. J'en respire l'odeur, comme une droguée.

J'ouvre les yeux et... découvre que Snoopy me regarde. Il penche la tête sur le côté comme le font les chiens, l'air de dire : « *Meuf, tu fais quoi ?* ».

– Je t'interdis de me juger, je chuchote avant d'enfiler le t-shirt.

Snoopy descend du lit et ses petites griffes cliquètent sur le parquet. Garrett remue en marmonnant, tendant les bras au-dessus de sa tête avant de se rendormir.

Mon Dieu... même ses poils d'aisselles sont sexy.

Je baisse les yeux sur Snoopy.

– OK, t'as raison... j'ai des soucis. Viens.

Je le prends dans mes bras parce que Garrett m'a dit qu'il a trop d'arthrose pour descendre les escaliers, et je l'amène dans la cuisine. Je le fais sortir dans le jardin et laisse la porte ouverte. La brise fraîche s'engouffre sous le t-shirt de Garrett, me donnant la chair de poule, et je frissonne, heureuse. Je remplis la cafetière d'eau et de café et la mets en route, puis je jette un œil à mon téléphone pour m'assurer que je n'ai pas raté d'appels ou de messages de mes parents.

Lorsque Snoopy revient au bout de dix minutes, je lui donne sa dose de croquettes et me sers une tasse de café fumant. Je souffle dessus et regarde par la fenêtre alors que les rayons de soleil dorés s'étirent sur le lac et que des oies dessinent un V dans le ciel gris.

Or pendant tout ce temps, une seule pensée accapare mon esprit et réchauffe mon cœur : *il serait tellement facile de s'habituer à tout ça.*

Je me tourne pour servir un café à Garrett, et je hurle de toutes mes forces.

– Argh !

Parce que j'ai vu trop de films d'horreur de type *Les Démons du maïs* durant ma jeunesse, et qu'une paire de grands yeux marron me regarde par-dessus la table, de l'autre côté de l'îlot central.

Ce sont les yeux de Spencer, le neveu de cinq ans de Garrett.

– Salut !

Je presse ma main contre ma poitrine en essayant de me calmer.

– Salut.

– T'es la copine de tonton Garrett, c'est ça ?

– C'est ça. Je suis Callie. On s'est rencontrés chez toi, l'autre jour.

– Ouais. Papa est désolé d'avoir failli découper la maison, dit-il en haussant les épaules. Les adultes craquent, parfois. C'est la faute à personne.

– C'est vrai, je réponds en souriant.

Il penche alors la tête de côté et fronce les sourcils.

– Pourquoi t'as pas de pantalon ?

Je suis à deux doigts de lui dire que parfois, les adultes perdent leur pantalon, mais je crains que ça ne lui donne de mauvaises idées, plus tard, donc je me ravise et me frappe le front.

– J'ai oublié de le mettre ! je m'exclame en désignant la porte. Je vais tout de suite le chercher.

Je tire sur le t-shirt de Garrett pour m'assurer que tout est caché, et je sors de la cuisine à reculons, tombant nez à nez avec Connor Daniels est ses deux autres fils.

– Salut Callie, dit-il en baissant les yeux sur mes jambes nues. Désolé.

– Pas de souci !

Je m'en vais d'un pas rapide et mes seins rebondissent, parce que je n'ai pas de soutien-gorge non plus.

Garrett sort de sa chambre, torse nu, un jogging noir très bas sur ses hanches délicieuses, et je me précipite dans la pièce.

Je l'entends parler à son frère et ses neveux au rez-de-chaussée alors que je cherche mes vêtements.

– Désolé Garrett ; je dois aller à l'hôpital et maman ne se sent pas bien.

– Qu'est-ce qu'elle a ?

– Juste un virus, mais je veux qu'elle se repose. Les garçons peuvent rester avec toi aujourd'hui ?

– Ouais, pas de problème.

– On peut aller à la pêche ? demande Brayden, tout excité.

– Bien sûr.

– Ta copine a un joli cul, remarque Aaron, le plus âgé.

– Eh, fais gaffe ! gronde Garrett.

– Tu préfères que je dise que son cul est pas beau ? demande l'adolescent.

– Je préfère que tu t'abstiennes de tout commentaire sur ses fesses.

J'entends les placards et les tiroirs de la cuisine s'ouvrir et se refermer, puis la voix de Garrett me parvient de nouveau.

– Servez-vous des céréales, je reviens tout de suite.

Je suis au bord du lit, en train de remettre mon soutien-gorge, lorsque la porte s'ouvre. Garrett fonce dans ma direction, grimpe sur le lit, sur moi, et me pousse en arrière, chevauchant ma taille, plaquant mes poignets au-dessus de ma tête pour me regarder dans les yeux.

– Salut.

– Salut.

Il se baisse pour m'embrasser et me mordiller la lèvre.

– T'as un goût de café.

Et lui a un goût de menthe et de... maison. Une maison pleine d'amour et de joie.

– J'en ai fait assez pour nous deux.

Il recule et m'étudie longuement.

– Arrête de paniquer, Callie.

– Je panique pas.

– Je t'entends paniquer d'ici.

Il penche la tête sur le côté, un peu comme Snoopy, mais en bien plus sexy.

– La question est… pourquoi ?

Je déglutis et décide de tout lui dire.

– Est-ce que je suis Cancún ?

Il éclate de rire.

– Quoi ?

– Est-ce que je suis la nana de Cancún… celle avec qui tu bois des shots et vas en boîte, avec qui tu couches sur la plage… puis que tu ne revois plus jamais ?

Il me regarde comme si j'étais folle.

– De quoi tu parles ? T'as bu autre chose que du café ?

Je secoue la tête en soupirant.

– Je ne vais pas rester à Lakeside, Garrett.

– Je le sais, répond-il alors que son visage s'assombrit.

– J'ai une vie… toute une vie à San Diego, que je compte retrouver.

– Je le sais aussi, dit-il en caressant ma lèvre avec son pouce. Mais cette année, ta vie est ici.

– Et qu'est-ce qu'il se passera quand je retournerai à San Diego ?

– Je… je ne sais pas. Mais je sais que je veux trouver un moyen pour que ça marche. Et on trouvera, Cal. On trouvera un moyen.

Ce sont de bonnes réponses. Elles me plaisent. Mais je dois savoir, je veux qu'on soit clairs ; je ne veux ni malentendus ni erreurs.

– Qu'est-ce que… qu'est-ce qu'on fait ? Qu'est-ce que tu veux ?

Garrett m'offre ce sourire facile qui me donne envie de le lécher de la tête aux pieds.

– Ce qu'on est c'est... toi et moi... la deuxième version. On parlera et on rira, et on baisera jusqu'à ce qu'on ne puisse plus bouger, et on se disputera aussi, sans doute. Et on... sera nous, tout simplement.

Je serre ses mains et il libère les miennes pour que je puisse le prendre par le cou.

– Quant à ce que je veux, Callie... je te veux toi. Pour autant de temps que tu es ici, pour autant de temps que tu veuilles bien de moi. Je te veux tout entière.

# CHAPITRE 15

## *Garrett*

Le lundi suivant, je récupère Callie devant chez elle pour qu'on aille au lycée ensemble. Je ne sais pas pourquoi je n'y avais pas pensé avant – toutes les endorphines qui coulent dans mes veines après nos spectaculaires parties de jambes en l'air semblent me donner des idées de génie. Bien que personne ne nous voie arriver ensemble sur le parking, à dix heures du matin, les rumeurs vont déjà bon train. C'est comme si les gamins sentaient notre attirance mutuelle, comme des limiers au flair affûté. Ils chuchotent et nous pointent du doigt, et le mardi, ils décident de m'en parler – parce que le respect de la vie privée n'est pas un concept auquel ils adhèrent.

*Vous sortez avec mademoiselle Carpenter ?*

*Est-ce que mademoiselle Carpenter est votre âme sœur ?*

*Mademoiselle Carpenter est canon, Coach. Faut pas la laisser filer.*

*OMG, Coach ! Vous devriez trop aller au bal de promo avec elle ! C'est troooop chou quand des vieux sortent ensemble !*

Le mercredi, ils inventent un de ces mélanges de noms, comme pour les couples des séries télé.

– Darpenter, me dit Dean en peinant à retenir son fou rire.

Je recule dans ma chaise et hausse les sourcils.

– Tu déconnes ?

Après tout, au fil des ans, Dean m'a fait un nombre incalculable de mauvais tours.

– Hélas, non. Kelly Simmons m'a dit que toutes les filles en parlaient dans les toilettes, et Merkle a déclaré que deux élèves de sa classe l'ont gravé sur des porte-clés.

– Des porte-clés ?

– Ouaip. Callie et toi êtes officiellement le couple rêvé de tous les ados de Lakeside. Félicitations, ajoute-t-il avant d'éclater de rire.

– Super... merci.

Darpenter... on dirait le nom d'un décapant.

– Ç'aurait pu être pire, D. Ç'aurait pu être... Carrett, dit mon ami. Carrett est plutôt mignon, en fait.

Je lui fais un doigt d'honneur.

– Alors c'est officiel ? demande Dean en reprenant un peu son sérieux. Vous allez tenter votre chance ? J'ai perdu mon acolyte de drague ?

Pendant toutes ces années, j'ai tout fait pour m'assurer que ma vie ne concerne que moi – j'ai évité qu'elle soit compliquée et pleine de drames. Mais avec Callie, c'est différent. Je ne me suis même pas demandé si je voulais être avec elle, parce qu'on s'entend si bien – on colle parfaitement ensemble. Ça a toujours été le cas. Elle me connaît, elle me comprend, et rien, absolument rien, ne me déplaît chez elle.

Ma vie reste simple et tranquille... mais elle est infiniment plus belle avec Callie.

– Ouais, mec. Après tout... c'est Callie, tu sais ?

Je n'ai pas besoin d'en dire plus. Dean le comprend.
– Je suis content pour toi. J'espère que ça va marcher, dit-il avant de s'esclaffer. Gallie !

Quel enfoiré.

◆◆◆

– T'es la seule personne que je connais qui ne mange pas des fruits juste parce que c'est bon pour la santé ; et qui aime vraiment ça.

C'est fou ce qu'on peut trouver attirant lorsqu'on apprécie autant une personne. Callie a toujours adoré les fruits, même quand on était jeunes. Nous sommes dans La Grotte et tous les élèves sont rassemblés dans l'auditorium pour écouter une réunion sur la dangerosité des drogues. Elle est en train d'avaler d'énormes raisins rouges, et je suis excité à n'en plus finir en la voyant les mettre dans sa bouche.

Elle glousse en haussant les épaules.

– Ouais, j'adore ça. T'en veux un ?

Je regarde tour à tour le raisin et sa bouche.

– Non... je veux juste continuer à te regarder les manger.

Ses beaux yeux verts brillent de malice et lorsqu'elle prend le raisin suivant, elle le lèche lentement – je la vois aussitôt en faire de même avec mes testicules. Elle ferme ensuite les yeux et pousse un petit gémissement avant de former un « O » avec sa bouche pour le manger.

Je réprime un grognement et envisage aussitôt un petit saut dans les toilettes avec elle. Bon sang, j'ai quel âge déjà ?

– Trouvez-vous une chambre, tous les deux, dit Donna Merkle en s'asseyant à côté de Callie.

Je la surprends alors en train de mater les fesses de Jerry tandis qu'il se sert un café, de l'autre côté de la pièce. Ils sont bien moins insultants l'un envers l'autre, ces derniers temps, même s'ils continuent de se fusiller du regard.

Il n'est pas inhabituel que des couples se forment chez les profs ; peu importe qu'ils aient l'air incompatibles de l'extérieur. C'est comme les acteurs de films ou les soldats en mission – on est tous coincés dans le même bâtiment plusieurs heures par jour, et seul un autre prof peut comprendre ce qu'on vit. Il va forcément se passer quelque chose. Et clairement, il se passe quelque chose entre Merkle et Jerry. Et Callie le voit aussi.

– Je peux en dire de même pour Jerry et toi, Donna.

– Je m'en vais ! répond Merkle en se levant.

Or Jerry lui emboîte le pas pour sortir.

Je me penche alors en avant et appuie mes coudes sur la table.

– Alors, tu viens à la maison après le match, ce soir ?

Les parents de Callie se rétablissent très bien. Le lit d'hôpital a disparu, et ils se déplacent désormais avec leurs béquilles. Ils ont encore besoin de Callie pour certaines choses, mais leurs progrès lui offrent plus de temps libre en dehors de chez elle, et plus de temps chez moi.

– Carrément, acquiesce-t-elle. On ne joue pas avec une série de victoires.

Mon Dieu, elle est parfaite.

On a gagné tous nos matchs depuis que Callie et moi avons passé la nuit ensemble, et je suis sûr qu'on va gagner ce soir aussi. Sa chatte est comme un superbe porte-bonheur, et je prends soin de la vénérer comme il se doit.

◆◆◆

Plus tard dans la journée, la voix de madame McCarthy retentit dans les haut-parleurs pour annoncer les nominations pour la *Homecoming Queen*[14], qui sera couronnée la semaine prochaine. Lorsqu'elle déclare que Simone Porchesky est nominée, Nancy et Skylar, ainsi que la moitié de ma classe, éclatent de rire.

Nancy pousse un cri ravi et saisit son téléphone.

– OMG, Simone est nominée, c'est trop drôle !

Je connais Simone ; elle est dans la classe de Callie. Elle a les cheveux bleus, des piercings et des tatouages, et c'est elle qui confectionne les costumes pour la pièce.

– Pourquoi c'est drôle ? je demande.

Toutefois, mon estomac se noue et je crois connaître la réponse.

– C'est une blague, répond Nancy. On s'est mis d'accord pour mettre son nom dans la boîte. Je l'ai posté sur Facebook et c'est devenu viral, mais je ne pensais pas qu'elle serait nominée ! C'est génial.

Je suis profondément déçu et en colère. Je repense à la scène dans *The Breakfast Club*, quand Andy le sportif parle de l'humiliation qu'a dû ressentir le gamin auquel il a scotché les fesses. Je pense à Callie et à son affection pour ses élèves, et au fait qu'elle va être dégoûtée de l'apprendre.

Et je pense à Simone, qui se cherche, et à la honte qu'elle va ressentir, à sa solitude. Parce que les gamins

---

14. Le *Homecoming* est une tradition américaine au cours de laquelle des villes entières, des collèges et des lycées, se réunissent lors d'un bal pour fêter le retour des étudiants partis à la fac, ou des anciens habitants.

savent quand on se moque d'eux, même s'ils ne le voient pas. Ça va l'anéantir.

– Pourquoi avoir fait ça ?

– Je sais pas, répond Nancy en haussant les épaules.

Je la crois, et c'est horrifiant de penser qu'elle peut torturer une de ses camarades sans la moindre raison.

– Simone est bizarre, ajoute-t-elle en grimaçant. Vous l'avez vue ? Elle fait trop d'efforts pour se faire remarquer. Alors on lui a donné ce qu'elle veut ; on l'a mise en avant.

– C'est du génie ! crie quelqu'un au fond de la classe.

David Burke ne rit pas, mais c'est bien le seul. Même DJ se joint aux gloussements – la salle est remplie de monstres sans pitié.

– Ça suffit ! je gronde en frappant du poing sur la table.

Les rires cessent lorsqu'ils voient que je suis en colère et que je ne suis pas d'accord avec l'idée qu'ils se font d'une blague. Ils se taisent aussitôt et me regardent avec de gros yeux.

– Je n'ai jamais été aussi déçu par vous, je déclare en secouant la tête. Par vous tous.

Ils sont censés être meilleurs que nous – plus ouverts, plus compréhensifs... C'est une génération à l'esprit écolo, qui voyage partout et rencontre des cultures différentes. Ils ont plus d'avantages, plus de ressources et de bénéfices que toutes les générations précédentes. Or ils mettent toujours autant d'énergie à s'entre-déchirer.

Parfois, tout ceci semble inutile. C'est comme si on essayait de faire tenir un château de cartes qui s'effondre entre nos doigts. Car après tout, les enfants restent des enfants ; quel que soit le siècle. Ils seront toujours *jeunes*. Trop jeunes pour savoir ce qui compte, ce qui est importantet combien le temps passe vite. Ils sont trop jeunes pour ne pas être égoïstes et idiots. Ils n'ont pas encore vécu assez longtemps pour savoir qu'ils peuvent se comporter différemment.

Toutefois, ça ne veut pas dire que je vais baisser les bras et ne plus essayer de les rendre meilleurs. J'emploierai tous les moyens à ma disposition pour réussir.

– Allez, dissertation ! je déclare froidement à la classe, les faisant tous râler. Le sujet est « Le rôle de la propagande pendant l'entre-deux-guerres ». Cinq pages – *minimum.*

– Putain, bien joué, Nancy, gronde Dugan, un skateur aux cheveux longs, en lui jetant une boule de papier à la tête.

– Arrête ça, je dis avant de monter les enchères. Et je veux que vous l'écriviez à la main.

Skylar Mayberry lève aussitôt le bras.

– Je comprends pas. Qu'est-ce que ça veut dire ?

Je prends un stylo bleu et une feuille et leur fais la démonstration.

– Je veux que vous *écriviez* votre devoir *à la main.*

– Pourquoi ?

– Parce que je veux que vous réfléchissiez à ce que vous écrivez. Aux mots et aux idées que vous couchez sur papier.

David Burke lève à son tour la main.

– Ils m'ont pas appris l'écriture cursive dans mon école primaire.

– Moi non plus, ajoute Brad Reefer.

– Utilisez un crayon et une gomme, ce que vous voulez. Mais si vous me remettez un devoir couvert de ratures, je vous le rendrai et vous en demanderai le double.

Un grognement général parcourt de nouveau la classe, et j'en suis ravi. Grandir est douloureux. S'ils sont malheureux, c'est que je fais bien mon boulot.

◆◆◆

Le dimanche suivant, Callie et moi allons au supermarché ensemble, parce que même la corvée des courses est plus sympa quand je peux en profiter pour mater ses fesses.

– De la couenne de porc soufflée ? je demande alors qu'elle en met un sachet énorme dans le Caddie.

– Mon père adore ça. Colleen et moi l'avons rationné. On planque le sachet, sinon il va tout manger jusqu'à ce que son estomac éclate.

Callie est particulièrement canon aujourd'hui, les cheveux relevés en queue de cheval, une touche de gloss sur les lèvres, vêtue d'un jean noir moulant et d'un pull bleu roi qui met en valeur sa peau claire et sa superbe poitrine.

J'arrive derrière elle alors qu'elle est penchée pardessus le chariot et frotte mon érection contre ses fesses.

– J'ai une couenne délicieuse, moi aussi, tu sais.

Et je ne plaisante qu'à moitié.

Elle se tourne en grimaçant et me repousse.

– Beurk, t'es dégoûtant.

Je saisis ses hanches et l'attire contre moi.

– Arrête, je sais que t'aimes ça.

Elle lève les yeux vers moi et se mord la lèvre.

– Mouais... peut-être.

Elle se met sur la pointe des pieds pour m'embrasser, et le baiser est plein de promesses. Encore faudrait-il qu'on finisse ces fichues courses.

Je reprends le contrôle du Caddie pour accélérer la cadence, mais j'en tamponne un autre. Un autre qui appartient à Tara Benedict, qui regarde Callie et moi, tour à tour.

– Salut, Garrett. Et... Callie... salut...

– Salut, Tara.

– Tara, salut ! Comment ça va ? demande Callie en souriant.

Heureusement, Tara est cool et le moment n'est pas trop gênant.

– Ça va. J'avais entendu que t'étais de retour. Bienvenue à la maison.

Joshua, son fils, arrive derrière elle, tenant la main d'un homme aux cheveux clairs, portant des lunettes.

– Matt, dit Tara en le désignant, je te présente Garrett et Callie ; des vieux amis du lycée.

Je serre la main de Matt et on parle de tout et de rien pendant quelques minutes avant de leur dire au revoir et de partir dans des directions opposées.

– Alors..., dit Callie, Tara Benedict et toi ?

Je jette un paquet de Corn flakes dans le chariot.

– C'était rien de sérieux.

– OK.

– C'était si flagrant que ça ?

– Les femmes regardent les mecs avec qui elles ont couché d'une certaine façon. Je l'ai deviné tout de suite.

Je glisse ma main dans la poche arrière de son jean et empoigne délicatement sa fesse.

– T'es jalouse, Callaway ?

Elle y réfléchit une seconde avant de secouer la tête.

– Tu sais quoi... non. Lakeside est une petite ville ; on va forcément croiser des nanas avec qui t'es sorti.

C'est sans doute pas la dernière fois. Quoi qu'il se soit passé ces dernières années, ça nous a menés jusqu'ici. Et ça, ça me plaît, dit-elle en sortant ma main de sa poche pour la prendre dans la sienne.

Je me baisse pour l'embrasser tendrement.

– Moi aussi, ça me plaît.

Elle sourit et prend de nouveau le contrôle du chariot. Au bout d'une minute, elle éclate de rire.

– Puis, c'est pas comme si t'avais couché avec Becca Saber !

Becca Saber...

Ma gorge se noue et je suis pris de sueurs froides.

Becca est la fille du Coach Saber. Elle avait le même âge que nous, et c'était l'épine dans le pied de Callie pendant tout le lycée. Elle voulait désespérément coucher avec moi, et elle ne faisait rien pour le cacher. Elle passait au vestiaire après les entraînements et faisait toujours en sorte que je sache qu'elle était disponible pour moi, et pour n'importe quoi. Elle aimait particulièrement me draguer sous le nez de Callie. Je lui avais dit d'arrêter et que je n'étais absolument pas intéressé, mais ça ne l'a jamais empêchée de tenter le coup.

Et Callie... prenait sur elle. Elle se taisait, tâchait de l'ignorer, et ne disait rien.

Pour moi.

Pour que je n'aie pas de problèmes avec le coach que j'idolâtrais, et qui pensait que sa fille était un ange tombé du ciel.

– Ça, ce serait une autre histoire, ajoute Callie en souriant.

J'ouvre la bouche pour le lui dire, parce que comme je l'ai expliqué précédemment, on finit par atteindre un âge où on sait que choisir d'être sincère est la meilleure des solutions.

Sauf... quand ça ne l'est pas.

J'observe de nouveau Callie, qui est toute joyeuse et me regarde d'un air à la fois tendre, enjoué, et excité.

Tout va bien entre nous. Et tout pourrait partir en fumée à la fin de l'année, quand Callie rentrera à San Diego. La distance qui nous séparait est la raison pour laquelle on a rompu la première fois... une des raisons, en tout cas. Et si l'histoire doit se répéter, je n'ai peut-être droit qu'à ces quelques mois avec elle.

Je repense à ce que je dis à mes élèves, tous les vendredis : ne soyez pas idiots. Et je décide d'écouter mon propre conseil, car seul un idiot gâcherait une minute, même une seconde, à expliquer à Callie ce qu'il s'est passé il y a quinze ans. Or ça ne devrait pas affecter notre relation aujourd'hui, en cet instant.

Donc, je hoche la tête.

– Ouais, ce serait une toute autre histoire.

Je passe mon bras autour de ses épaules et l'embrasse sur la tête alors que nous nous dirigeons vers le rayon des surgelés.

# CHAPITRE 16

## *Garrett*

Aidée de Colleen et Callie, madame Carpenter a décidé de cuisiner un énorme repas pour Thanksgiving. Les amis de San Diego de Callie, Bruce et Cheryl, viennent à Lakeside pour l'occasion, et je conduis Callie à Newark pour les récupérer à l'aéroport.

On attend près des tapis à bagages lorsqu'un cri perçant retentit et qu'une tache floue, bleu et beige avec des cheveux rouges, se précipite sur Callie, manquant de la faire tomber.

– Meuf ! s'écrie la tache. Tu m'as manqué ! Bon sang, tu sembles en forme, l'air du New Jersey te va bien.

Ce doit être Cheryl. Callie m'a parlé de la comptable excentrique et bruyante de la compagnie de théâtre.

Elle sautille sur place dans les bras de son amie, la serrant contre elle. Elle me présente à Cheryl et j'ai moi aussi droit à un énorme câlin – Cheryl ferait un super défenseur. Elle me serre vigoureusement la main, la broyant dans la sienne.

– Je suis ravie de te rencontrer enfin, Garrett ! Callie me parle beaucoup de toi. Waouh, t'es vraiment très beau, dis-donc. Quel Apollon !

Cheryl me plaît déjà.

Bruce, en revanche... le grand blond avec sa veste de costume bleu marine et son foulard beige... il me plaît moins. Je déteste l'admettre, mais je suis moins mature que Callie en ce qui concerne nos relations passées. Je suis un mec, et il est parfaitement normal de vouloir arracher la queue de tous les autres mecs qui ont vu ma nana à poil, ou qui ont envisagé de la voir.

Callie et Bruce se font un câlin, plus doux que les étreintes à couper le souffle de Cheryl. Callie m'a dit que Bruce est comédien et oui, ça m'emmerde de savoir qu'ils ont ça en commun. Et oui, je sais que c'est déraisonnable. Apparemment ils ne sont pas sortis ensemble longtemps, et ils n'ont pas couché ensemble, donc... je peux l'épargner. Je serai même sympa avec lui, pour Callie – mais jamais je ne l'apprécierai.

Cheryl attire de nouveau l'attention de Callie sur elle.

– Bon, avant d'aller chercher les bagages, j'ai une nouvelle à t'annoncer, dit-elle en frappant dans ses mains.

– Vas-y, dis-moi, répond Callie.

Cheryl tend sa main gauche ; celle où se trouve un énorme diamant étincelant.

– On est fiancés !

Le cerveau de Callie semble être victime d'un court-circuit. Elle a l'air totalement confuse et regarde ses deux amis la bouche ouverte.

– Fiancés à qui ?

Bruce éclate de rire et prend Cheryl par les épaules.

– L'un à l'autre.

– Attendez... *quoi* ? s'exclame Callie. Toi et Bruce ? Cheryl et toi ?

Le couple hoche la tête.

– Mais... est-ce que vous vous appréciez, au moins ?

Bruce sourit jusqu'aux oreilles.

– Eh bien il s'avère que mon pénis aime son vagin et que le sentiment est réciproque. Il a suffi que ces deux-là se rencontrent, et nos cœurs ont suivi.

– Waouh. Je suis... perdue, dit Callie en se passant la main dans les cheveux. C'est arrivé quand ?

– Pendant qu'on empaquetait tes affaires pour te les envoyer, dit Cheryl. On s'engueulait pour savoir s'il valait mieux utiliser du papier bulle ou du papier journal pour tes chaussures... et tout à coup, on s'arrachait nos vêtements. Et c'était incroyable ; comme dans un roman d'amour !

Bruce poursuit l'histoire.

– C'était tellement bon qu'on se retrouvait tous les jours pour remettre le couvert. Pendant des semaines.

– Dans mon appartement ? demande Callie en écarquillant les yeux.

– Ouais, admet Cheryl d'un air navré. Tu devrais peut-être changer de canapé à ton retour.

J'éclate de rire ; Cheryl est géniale.

– Pourquoi vous ne m'avez rien dit ?

Callie a eu peu de temps, ces derniers mois, mais je sais qu'elle a parlé à ses amis une ou deux fois par semaine.

– Au début, c'était tellement nouveau, qu'on en parlait à peine entre nous. Puis, c'était excitant de le garder secret. C'était clandestin, répond Bruce.

– Et, la semaine dernière, Bruce a posé ses couilles sur la table et a tout déballé, dit Cheryl.

– Quelle table ? demande Callie en grimaçant.

– Au sens figuré, explique Cheryl en se tournant vers Bruce alors que sa voix devient soudain beaucoup plus douce. Il m'a dit qu'il m'aimait, et il m'a demandé de l'épouser.

– Et elle a dit oui.

Bruce regarde Cheryl en coiffant ses cheveux en arrière, l'air profondément soumis, mais surtout profondément amoureux et heureux.

Et je le comprends ; je le respecte. Ça me parle. C'est comme ça que je m'imagine quand je regarde Callie Carpenter.

OK. Finalement... peut-être que je commence à apprécier Bruce. Un peu.

– Et nous voici ! dit Bruce alors que le couple regarde Callie.

– On veut se marier au printemps, donc... comme tu seras encore ici, il va falloir que tu changes de forfait pour pouvoir m'appeler tous les jours. Parce qu'il faudra qu'on parle des fleurs, de la robe... et de tout ! dit Cheryl alors que son ton devient hésitant.

À l'évidence, l'opinion de Callie compte beaucoup pour elle.

– T'en penses quoi, Callie ?

Callie les regarde tour à tour, et soudain, elle se jette sur eux pour les prendre dans ses bras.

– Je trouve ça génial ! Je suis trop contente pour vous !

Lorsque tout le monde se calme un peu, on prend les valises de Bruce et Cheryl et on retourne chez les parents de Callie. Le groupe de Dean joue chez *Chubby* ce soir, ce qui n'arrive jamais durant l'année scolaire, et on y va tous les quatre pour boire un verre.

Le lendemain, je déjeune chez les parents de Callie pour Thanksgiving. Même avec ses béquilles, le père de Callie refuse que quelqu'un d'autre que lui découpe la dinde. Bruce et Cheryl s'entendent bien avec les parents de Callie, sa sœur et son mari donc, après le repas, elle les laisse à la maison et on passe manger le dessert chez mes parents. On partage la journée entre nos deux familles... comme le font tous les couples.

◆◆◆

Les Lakeside Lions terminent leur saison avec huit défaites et quatre victoires. C'est loin d'être aussi bien que ce que j'attendais, mais étant donné notre début de saison, ce n'est pas si mal. Je suis fier de mes gars, et je veille à ce qu'ils le sachent.

Le premier jeudi de décembre, je suis dans mon bureau après les cours, et je passe en revue l'enregistrement de notre dernier match. Mon téléphone s'illumine sur le bureau, affichant un message de Callie.

Viens à l'auditorium. Je veux te montrer quelque chose.

Je me lève de ma chaise et lui réponds en marchant.

Quelque chose de nu ?

LOL, non. Entre par le côté jardin de la scène et monte au loft. Sois discret.

Ah, le loft côté jardin. Le spot secret mais légendaire où tous les couples se cachent pour se bécoter. D'ailleurs, c'est là que Callie m'a taillé une pipe pour la première fois. Cela dit, je ne me serais jamais douté qu'elle n'avait jamais fait ça avant ; même à l'époque, elle avait un talent inné pour ça.

J'ai de bons souvenirs, dans ce loft. On remet ça ?

Je sais qu'elle sait de quoi je parle.

Pas ce soir... mais peut-être une autre fois :) Tu viens ?

Je l'imagine rougir et secouer la tête en regardant son téléphone.

Tu penses vraiment qu'à ça.

Non, je pense à d'autres choses… Ta bouche, tes fesses, et ta superbe chatte. J'y pense sans cesse.

Je longe le couloir et ouvre la porte qui mène aux loges. Les projecteurs sont allumés et quelques élèves papotent dans le public. Je grimpe à l'échelle métallique qui mène au loft, où Callie m'attend.

Elle me tend la main et me hisse en haut en me souriant tendrement.

– Salut.

Aujourd'hui, elle est vêtue d'un col roulé noir, d'une jupe crayon assortie, et de bottes en cuir noires. Elle est sublime.

– Qu'est-ce qu'il se passe ? je chuchote.

Il y a un canapé contre le mur du fond, noir lui aussi, recouvert de messages écrits au correcteur blanc, au fil des années. C'est un lieu silencieux et privé, et je ne préfère pas penser à tout le fluide corporel qui doit recouvrir ce vieux canapé.

Callie me prend par la main et m'emmène aux rambardes qui surplombent la scène.

– David et Layla répètent leur chanson. Ils s'entraînent comme des malades.

Ces dernières semaines, Callie s'est vraiment épanouie en tant que prof. Elle semble finalement faite pour ça et je suis fier d'elle.

De douces notes de piano nous parviennent, et elle se tourne vers la scène en contrebas.

David et Layla font leur entrée. C'est lui qui commence, dans le rôle de Seymour, tendant la main à Layla, lui disant de sécher ses larmes, lui promettant que si la vie a été dure, tout ira bien, désormais. Layla le regarde comme s'il était son héros et, alors que la musique augmente en intensité, sa superbe voix prend le relais. Ils sont beaux, ensemble, et leur voix se complètent à merveille.

– Regarde-les, Garrett. Ils sont pas géniaux ?

Toutefois, je ne peux regarder que Callie – la façon dont ses cheveux brillent sous les projecteurs et dont sa bouche rose s'entrouvre alors qu'elle regarde ses élèves d'un air émerveillé.

J'en ai le souffle coupé.

Je caresse son dos et pose ma main sur sa hanche pour l'attirer contre moi.

– Ils sont géniaux, Callie… Parce que tu l'es aussi. C'est grâce à toi qu'ils sont aussi doués.

Elle soupire joyeusement et me prend par la taille, appuyant sa tête sur mon bras en regardant ses élèves chanter.

Il y a des hommes qui auraient peur d'être aussi attachés à une nana avec qui ils ne sortent que depuis quelques mois. Mais pas moi. Parce que je suis conscient de la vérité.

Il est déjà trop tard – ça fait bien longtemps que je suis tombé éperdument amoureux de Callie.

◆◆◆

Ce soir-là, Callie ne peut pas venir chez moi car sa mère est déterminée à finir d'accrocher les décorations de Noël qui se trouvent toutes au sous-sol. Ça ne le devrait pas, mais ce soir, ça m'agace. J'ai trop envie d'elle. Peut-être que c'est de savoir qu'elle est à quelques kilomètres de moi alors que pendant des années, elle était si loin, hors de ma portée. Ou peut-être est-ce à cause du dernier message qu'elle m'a envoyé.

Apparemment c'est moi le lutin, ce soir.

Or ça ne fait que déclencher une série de fantasmes dans ma tête, tous autour du thème de Noël – des bas blancs, un string rouge, des nœuds verts un peu partout sur son corps, et des menottes en fourrure...

Juste avant minuit, je suis assis sur mon canapé, toujours surchargé de testostérone en imaginant tout ce qu'on pourrait être en train de faire.

Je regarde Snoopy, qui me regarde en retour.

– T'es d'accord, mec ? J'y vais ?

Il lève la tête et aboie trois fois.

Traduction : *Bien sûr, mec. Qu'est-ce que tu fous encore ici avec moi ?*

Mon chien est un génie. Je lui gratte le ventre et l'embrasse sur la tête avant d'attraper mes clés.

Il pleut des cordes et il fait un froid de canard – ou d'oie, parce que nous sommes à Lakeside – mais ça ne m'arrête pas. Lorsque j'arrive chez ses parents, la maison est plongée dans le noir. Seule la lumière du porche est allumée au-dessus de la couronne en pin accrochée à la porte. Je me gare le long du trottoir, à quelques maisons de la sienne, pour ne pas réveiller ses parents, puis je traverse la pelouse en courant, sous la pluie. Je saute par-dessus le portillon qui mène au jardin arrière, et fonce vers la fenêtre de Callie. Mes pieds n'ont pas oublié le chemin, même après toutes ces années.

Sa lampe de chevet rose est allumée et elle tourne le dos à la fenêtre alors qu'elle est penchée en avant, occupée à ranger du linge dans sa commode.

Il a beau faire froid, la vue de ses superbes fesses dépassant de son petit short embrase mon sang. Je frappe doucement à la fenêtre pour ne pas lui faire peur, mais elle sursaute quand même, saisissant le trophée posé sur sa commode avant de se tourner vers la fenêtre, le brandissant comme une arme. Elle écarquille les yeux et ouvre la bouche, surprise de me voir.

Et il me suffit de voir le « O » que dessinent ses lèvres pour bander de plus belle en m'imaginant y enfoncer ma queue.

Je suis un véritable enfoiré, parfois.

Elle est soulagée de me voir et elle pose une main sur sa poitrine, puis elle vient vers la fenêtre pour l'ouvrir.

– J'ai failli mourir de peur ! T'es fou ? Qu'est-ce que tu fais ici ?

– Je voulais te voir, je réponds en haussant les épaules.

Ses joues sont rouges et ses yeux verts scintillent – elle semble encore plus belle à chaque fois que je la regarde.

– On se serait vus demain matin.

– Non, je pouvais pas attendre.

Elle recule pour me laisser entrer, puis elle referme la fenêtre derrière moi alors que je dégouline sur sa moquette.

– Enlève ça, tes lèvres sont en train de devenir bleues, dit-elle en tirant sur mon t-shirt.

On enlève ensemble le coton trempé et Callie retient son souffle avec un cri aigu lorsqu'elle touche mon torse. Et je durcis encore.

– Garrett, t'es frigorifié !

J'avance vers elle et la prends dans mes bras pour profiter de sa chaleur alors que j'effleure sa joue avec mon nez glacé.

– Alors réchauffe-moi, chérie.

Elle plonge ses mains dans mes cheveux puis les descend le long de mon cou et de mes bras, qu'elle frotte de haut en bas pour me réchauffer.

– Mes parents sont dans leur chambre. On ne peut pas faire de bruit, dit-elle d'une voix suave.

Combien de fois a-t-elle prononcé ces mêmes paroles ici, dans cette chambre ? Des dizaines, peut-être des centaines de fois.

– Pas de souci. C'est toi qui as tendance à crier, je te rappelle.

Je glisse mes mains sous son t-shirt et le lui enlève, révélant ses seins parfaits. Si je devenais soudain aveugle et que la dernière chose que je voyais était la poitrine de Callie... ça ne me poserait aucun problème.

Je nous fais reculer jusqu'à ce que Callie soit coincée entre le mur et mon érection. Je l'embrasse sur la bouche, sur le cou puis sur les tétons, et je glisse à genoux à ses pieds. Elle caresse mes cheveux mouillés et je baisse son mini short, découvrant une petite culotte blanche en coton. Bon sang, le coton est aussi sexy sur Callie que le cuir ou la dentelle – peut-être même plus. J'effleure son sexe du bout du nez, survolant sa culotte, sentant sa chaleur enivrante.

Je baisse ensuite sa culotte, la mettant à nue. Callie baisse la tête et m'observe, déjà toute pantelante, les paupières lourdes.

Je soulève sa jambe pour la poser sur mon épaule, écartant ses cuisses devant moi, puis je m'avance et la lèche lentement de bas en haut, comme j'ai rêvé de le faire toute la soirée. Je prends mon temps pour la savourer, car j'adore le goût de son sexe. J'adore la sensation de sa chatte mouillée sur ma langue. J'adore ses bruits, son souffle rauque, et chacun de ses mouvements – surtout quand elle est comme ça, chaude et désespérément impatiente.

Je la lèche de nouveau, plus profondément, me frayant un passage entre ses lèvres juteuses. Putain, elle est délicieuse. Elle penche la tête en arrière contre le mur, les yeux fermés, poussant un gémissement bien trop fort.

– Pas un bruit, chérie, je dis d'un ton moqueur en titillant son clitoris avec la pointe de ma langue. Sinon, je vais devoir arrêter. Tu veux que je sois obligé d'arrêter ?

Elle secoue la tête en geignant.

J'enfonce alors ma langue dans sa chatte pour la baiser lentement. Elle avance son bassin pour rencontrer mes coups de langue alors qu'elle est déjà haletante.

– Je peux te faire jouir comme ça, Callie, je chuchote sans retirer ma bouche de sa chair chaude. Tu veux que je te fasse jouir, chérie ?

Elle ronronne d'une voix aiguë et je prends ça pour un oui.

J'ouvre la bouche pour sucer ses lèvres et promener ma langue en elle, léchant chaque millimètre de sa chatte parfaite, comme si elle était à moi. Comme si Callie était à moi. Or une part sombre et possessive de moi-même a envie de l'entendre dire, justement.

– Dis que t'es à moi.

Je plonge deux doigts en elle et pousse un grognement rauque en la sentant aussi étroite et mouillée.

– Je suis à toi, Garrett, gémit-elle à voix basse. Mon Dieu... je suis à toi.

Je lève plus haut la jambe de Callie et ajoute un troisième doigt tout en suçant son clitoris.

– Toujours ? je demande sèchement.

Callie ouvre lentement les yeux pour me regarder.

– Toujours, chuchote-t-elle en caressant ma joue. J'ai toujours été à toi.

– Bonne réponse, je déclare en souriant.

Je lui donne alors ce qu'elle veut, ce dont on a tous les deux besoin – je la suce et la dévore et la baise avec mes doigts tout en dessinant des cercles autour de son clitoris. Son orgasme est puissant, féroce, et je sens son sexe se contracter sur mes doigts tandis qu'elle plaque sa tête contre le mur en se cambrant, criant en silence, la bouche ouverte.

Lorsque c'est fini, j'embrasse sa cuisse puis sa hanche et son ventre, remontant lentement pour m'emparer de sa bouche. Elle rit contre mes lèvres d'un air ravi et presque enfantin.

Le baiser devient ensuite plus intense et profond, et elle émet ce ronronnement qui me rend dingue. On se tourne en même temps, comme deux partenaires de danse, et on se laisse tomber sur le matelas en se mordillant et en riant, tellement c'est bon.

Callie se met à genoux et baisse mon pantalon sur mes cuisses.

– À toi, ordonne-t-elle.

Lorsqu'elle se tourne de côté, je ne peux pas m'empêcher de lui mettre une fessée. Callie glousse doucement, puis elle se baisse pour lécher ma queue de bas en haut, comme si c'était sa glace préférée. Elle suce mon gland et me branle d'une main, et je vois déjà des étoiles. Elle me prend alors dans sa bouche, jusqu'au fond de sa gorge, et elle me dévore à son tour – c'est teeeellement bon.

Non. Non, c'est trop bon.

Je la saisis par les bras et la remonte pour être nez à nez avec elle.

– Je veux pas jouir dans ta bouche ce soir. Je veux te baiser, chérie, je dis en l'embrassant langoureusement. Je peux te baiser, Callie ?

Je veux la prendre et la marteler jusqu'à ce qu'elle en oublie son prénom et ne connaisse plus que le mien.

– Tu veux bien me laisser te baiser, chérie ?

Elle gémit, à bout de souffle.

Puis elle sourit.

– Eh bien... c'est demandé si gentiment...

Je la fais rouler sur le dos, les jambes écartées, les lèvres luisantes de désir. Ma verge est *juste là*, à l'entrée de son sexe, prête à s'enfouir dans sa chatte étroite.

Mais je m'arrête. Car ma queue est nue... et qu'il nous faut une capote. Et comme je ne pensais pas vraiment avec ma tête, en venant, mon portefeuille est dans la Jeep.

– Merde, je grogne. T'as une capote ?

Elle secoue la tête.

Sortir sous la pluie glaciale ne va pas être génial mais... ça en vaut la peine.

– J'ai laissé mon portefeuille dans la voiture, je dis en l'embrassant sur le front. Je reviens.

Je commence à partir lorsque Callie saisit mon poignet.

– Ou... on pourrait ne pas en mettre.

Je me fige, car ce n'est pas rien, pour nous. On a déjà été dans cette situation, il y a mille ans, quand on était jeunes et bêtes et qu'on se croyait invincibles. Ça s'est mal fini.

– Callie ?

– Je prends la pilule, Garrett.

Son regard est vulnérable et j'ai tellement envie de la protéger de tout et pour toujours que j'en tremble.

– Et je te fais confiance, ajoute-t-elle.

Soudain, ce qui a commencé en étant enjoué et coquin... n'est rien de tout ça. C'est plus important, plus significatif, et chargé d'émotions et de sentiments.

Tout ce que je ressens pour elle se lit sur mon visage. Elle sait combien je tiens à elle. Elle sait que je mourrais plutôt que de lui faire du mal. J'ai besoin de savoir qu'elle le pense.

– T'es sûre, Cal ?

– Je veux...

Elle prend ma main et la porte sur son cœur.

– Je veux me rappeler ce que c'était. Je veux te sentir... juste toi et moi.

– Il n'y a eu que toi, Callie.

Elle me sourit tendrement.

– Pour moi aussi, répond-elle.

Elle tire sur mon bras et je m'allonge sur elle. De nouveau peau contre peau, mon sang s'embrase aussitôt et on est encore plus excités qu'avant ; plus affamés. Or nous sommes aussi pleins de tendresse, à présent.

J'ai besoin qu'elle sache ce qu'elle représente pour moi – je veux qu'elle le sente dans chacun de mes gestes.

Je prends son visage dans mes mains et l'embrasse tendrement et profondément. Son bassin se soulève et elle frotte sa chatte mouillée contre mon érection, m'appelant à elle. Je recule les hanches et promène mon gland entre ses lèvres, observant son visage lorsque je me glisse lentement en elle, aussi loin que possible, jusqu'à ce que nous soyons bassin contre bassin. Sa bouche s'ouvre et elle retient son souffle avec un cri aigu alors que son sexe m'étreint, me retenant en elle.

Et bon sang... les sensations sont... Je sens tout – chacune de ses respirations et chaque battement de son cœur. Je me retire pour la pénétrer de nouveau, d'abord de façon superficielle, puis avec des coups de bassin plus profonds, me retirant presque entièrement pour mieux m'enfouir en elle.

Et c'est tellement bon.

On en oublie notre capacité à formuler des phrases ; il n'y a plus que des grognements et des mots. *Plus fort, oui, plus profond, encore, plus... toujours plus.* Il n'y a plus que l'emprise chaude de son sexe, le martèlement de mes hanches, et les gémissements de nos bouches qui ne se quittent plus.

J'accélère mes va-et-vient et Callie prend tout, s'accrochant à mes épaules jusqu'à ce que je la sente se contracter sur ma queue, jouissant en gémissant mon prénom dans le creux de mon oreille. C'est tout ce qu'il me fallait pour me faire chavirer à mon tour. Je m'enfonce une dernière fois et me déverse lentement en elle.

On est silencieux un moment, s'agrippant l'un à l'autre, frémissant de plaisir.

Lorsque je lève la tête, je cherche son regard, mais aussi les mots que je veux lui offrir.

– Callie... je...

– Je t'aime aussi, Garrett, dit-elle avec les larmes aux yeux. Je n'ai jamais cessé de t'aimer. Je crois que je t'aimerai toute ma vie.

Je hoche la tête en l'embrassant, et je lui réponds d'une voix grave et chargée d'émotion.

– Je t'aime aussi, Callie. Je t'ai toujours aimée. Toujours.

Plus tard, nous sommes allongés en silence, comblés, et je programme mon réveil sur mon téléphone pour pouvoir partir avant que ses parents ne se réveillent. Je commence à m'endormir lorsque Callie me mordille l'oreille.

– Eh, tu sais à quoi je pensais ?

– À quel point t'es heureuse que je n'aie pas pu attendre demain pour te voir ? je réponds sans ouvrir les yeux.

– Oui, c'est vrai, répond-elle d'une voix souriante. Mais tu sais quoi d'autre ?

– Quoi ?

– Que ça fait longtemps qu'on aurait dû m'acheter un autre lit. C'est tellement plus confortable que le sol.

– Que Dieu bénisse les lits sans ressorts grinçants, je réponds en riant.

Callie se blottit contre moi, toute chaude et alanguie, et dépose un baiser sur mon torse.

– Amen.

# CHAPITRE 17

## *Callie*

En décembre, tout semble s'accélérer et les jours se confondent en un merveilleux tourbillon de cours, de Garrett, et de mes parents.

*Garrett.*

Notre couple est solide et stable, et nos vies s'emmêlent un peu plus chaque jour. C'est excitant et fantastique. Je l'aime, je le veux, je pense à lui, et je fantasme à son sujet en permanence. Certaines nuits, je fais des rêves coquins et sulfureux de lui, et je suis certaine de sentir ses hanches, sa main contre mon corps. Or quand je me réveille et le trouve à mes côtés, je peux mettre en action ce que je n'avais fait qu'imaginer.

Je sais qu'il va falloir qu'on parle de ce qu'il va se passer à la fin de l'année, mais on ne le fait pas. Pas encore. Pour l'instant, on profite l'un de l'autre, savourant ce flou prodigieux, sans regrets.

Les élèves s'investissent vraiment dans le spectacle. Et maintenant que mes parents sont bien plus mobiles et en bonne voie de guérison, j'ai plus de temps qu'en début d'année. Je me mets à passer de la musique pendant qu'on prépare les décors ; les bandes originales de *Mamma Mia!* ou *Grease 2*. Je les entends discuter entre eux, mais ils se mettent également à me parler ; à se confier à moi à propos de leur vie de famille, de leurs amis, de leurs rêves, de leurs craintes.

Les parents de Layla ont des soucis financiers et elle a peur que leur magasin de meubles ne ferme ses portes et qu'ils soient obligés de déménager. Elle ne supporterait pas d'être la nouvelle dans un autre lycée où elle ne connaîtrait personne. La grand-mère de David l'a mis dehors, mais il n'avait pas vraiment de chambre de toute façon, juste le canapé, me dit-il en essayant de paraître détaché. Toutefois, son regard raconte une toute autre histoire. Il jure qu'il a de la chance parce qu'il a de bons amis qui le laissent squatter leur canapé ; des amis qui le traitent davantage comme un membre de leur famille que sa propre famille. Simone suit des cours de cosmétologie le soir à l'université du coin, et elle compte prendre des cours de gestion durant les vacances d'été. Elle ne veut pas aller à la fac, mais elle espère travailler chez une esthéticienne avant de pouvoir ouvrir son propre institut. Le grand frère de Michael a dû arrêter ses études pour aller en cure de désintox', pour la deuxième fois. Il a commencé à prendre de l'héroïne au lycée. D'après mes élèves, il n'y a pas une seule drogue qu'ils nc peuvent se procurer à moins de cinq minutes de l'établissement. Il faut juste savoir à qui demander et, apparemment, tous les élèves le savent.

Je suis fascinée de voir qu'il existe un tout autre univers dans l'ombre du monde des adultes. Ce n'est pas qu'un lycée – c'est en fait une société tout entière, avec ses propres lois et ses propres rituels. C'est un reflet condensé du monde extérieur.

◆◆◆

Une nuit, alors que je dors chez Garrett, je suis réveillée par les sirènes des pompiers et de la police. C'est de l'autre côté de la ville, mais Lakeside est suffisamment petite pour que ça semble juste à côté. Snoopy tourne en rond et aboie d'un ton paniqué en regardant la porte. Garrett appelle ses parents et j'appelle les miens. Il s'avère qu'il y a un feu à Baygrove Park. Un gros incendie. Le parc, les jeux, et tous les arbres sont réduits en fumée. Ça n'atteint pas les maisons voisines, mais il s'en faut de peu.

Au petit matin, tout le monde a appris la nouvelle que l'incendie n'était pas accidentel. Il est d'origine criminelle : il y a un pyromane à Lakeside.

Deux jours plus tard, je suis à l'accueil du lycée avec madame Cockaburrow qui m'aide à photocopier des scripts supplémentaires pour ma classe. Les élèves ont des iPad fournis par l'établissement, et la politique générale est d'éviter les impressions mais... seules des copies papiers font l'affaire sur une scène de théâtre.

– Merci, madame Cockaburrow, je dis.

Elle me sourit et retourne derrière son bureau, les yeux rivés sur la porte fermée de madame McCarthy, comme un scientifique qui attend désespérément l'éruption d'un volcan.

Je retourne à l'auditorium alors que l'officier de police du lycée, John Tearney, approche de la lourde porte. Je me souviens de lui, au lycée – et mes souvenirs ne sont pas joyeux.

– John ? Qu'est-ce qu'il se passe ?

Il s'arrête devant la porte et me reluque lentement de la tête aux pieds d'une façon qui me fait sentir sale.

– Est-ce que David Burke est dans cette classe ?

Je fais un pas de côté pour m'interposer entre lui et la porte.

– Oui. Pourquoi ?

– Faut que je l'interroge. C'est à propos de l'incendie.

Mon estomac se noue douloureusement.

– Tu vas l'arrêter ?

– Pas encore. Pour l'instant, je veux juste lui poser des questions.

Je cherche dans ma mémoire, essayant de me rappeler ce que j'ai appris en regardant *New York, police judiciaire.*

– C'est un mineur... t'as la permission de sa grand-mère pour l'interroger ? C'est elle sa responsable légale.

La mâchoire de Tearney tressaute et je devine que je l'agace.

– T'es qui toi, son avocate ?

Je me tiens plus droite et lève le menton.

– Non, je suis sa prof. Et David est dans ma classe, en ce moment, donc tu ne peux pas l'interroger.

– C'est une enquête de police, Callie. Ne me dis pas qui je peux interroger ou non. Maintenant dégage de là.

Je ne bouge pas d'un iota et lui lance un regard assassin.

– Je te connais. Je me souviens de toi. Je me souviens quand t'étais en terminale et que t'essayais de mettre du GHB dans les boissons des troisièmes, aux soirées après-match, je gronde en me mettant nez à nez avec lui, comme une maman cobra. Je sais qui tu es.

Sa bouche se tord et il me fusille du regard.

– Wouah, apparemment c'est pas parce que t'as disparu pendant quinze ans que t'es moins garce qu'avant, siffle-t-il.

– Eh !

Je me tourne en entendant la voix de Garrett – sa voix furieuse. Il est à quelques pas de nous, dans le couloir, avec un groupe d'élèves derrière lui.

– Fais gaffe à ce que tu dis, Tearney.

Il y a un brouhaha de murmures et de rires, et un « Oh merde » provenant des ados derrière Garrett.

– Garrett, c'est rien.

Il secoue la tête, le regard noir de rage.

– Non, c'est pas rien. C'est pas rien *du tout*.

– Il y a un problème ? demande Tearney en bombant le torse comme un gorille.

Oh, bon sang.

– Ouais. Le fait que tu lui parles comme ça est un énorme problème pour moi.

Les gamins dégainent alors leur téléphone et des cliquetis se mêlent aux sonneries diverses et variées. Je parie qu'on est déjà sur Facebook Live.

– Arrêtez, je gronde. Rangez vos téléphones !

– J'aime pas comment tu parles, gronde Tearney en faisant un pas vers Garrett. Est-ce que tu menaces un officier de police ?

Garrett est incapable de faire marche arrière ; ce n'est pas dans ses cordes.

– Seulement si tu comptes te cacher derrière ton badge. Sinon, c'est *toi* que je menace.

– Nom de Dieu mais qu'est-ce qu'il se passe ici ? crie McCarthy en venant à nous d'un pas rapide, mettant aussitôt fin à l'altercation.

Tearney fait un pas en arrière et son dos se courbe légèrement.

– Je veux interroger David Burke à propos de l'incendie de Baygrove Park. Et ça pose problème à mademoiselle Carpenter.

– Il n'a pas de mandat, je réponds. Il n'a pas l'autorisation de la tutrice de David.

Madame McCarthy hoche la tête.

– Je vais emmener David dans mon bureau. On parlera là-bas. Tous ensemble, conclut-elle en toisant froidement Tearney.

– Mais madame McCarthy...

– Callie, gronde-t-elle. Depuis le temps que tu me connais, t'ai-je jamais donné l'impression d'être une chiffe molle ?

– Non. Non, jamais.

– Crois-tu vraiment que je laisserais un de mes élèves être malmené ? Par quiconque ? Ces petits merdeux sont toute ma vie, dit-elle en jetant un coup d'œil en direction de la foule amassée dans le couloir.

– D'accord, je soupire en vidant tout l'air de mes poumons.

J'ouvre la porte de l'auditorium et on longe l'allée qui mène à la scène alors que je balaie la salle du regard.

– Où est David ?

Layla me regarde avec de grands yeux inquiets.

– Il... il est parti.

◆◆◆

C'est ainsi que commence la traque de David Burke – le Billy the Kid de Lakeside. Les parents sont contactés, un mandat est rédigé pour fouiller la maison de sa grand-mère, même s'il n'y habite plus. D'autres officiers se présentent au lycée pour interroger les amis de David. Des rumeurs voient le jour et vont bon train, se propageant plus vite que l'incendie lui-même.

Des posts sur les réseaux sociaux disent que David a été aperçu à New York, faisant mine d'être un SDF. Un autre dit qu'il a tué quelqu'un dans le parc et a allumé le feu pour brûler le corps. Il y a une multitude de tweets et de retweets, et on soupçonne des policiers en civil de rôder dans le lycée. Mais pendant des jours... aucune trace de David.

Le samedi suivant, je dors chez Garrett, et on va prendre le petit déjeuner chez ses parents le lendemain. Les trois frères de Garrett sont présents.

– T'as entendu quoi que ce soit, Callie ? David est dans ta classe ; tu sais où il est ? me demande Ryan alors que nous sommes assis à table.

– Elle n'a rien entendu, répond Garrett.

– Callie ? insiste Ryan, qui ressemble moins au grand frère de Garrett et davantage à un flic.

Sa femme, Angela, semble penser la même chose.

– T'es pas au boulot, chéri, dit-elle.

– Laisse-la tranquille, Ry, répond Garrett en prenant ma main sous la table. Elle tient à lui. Cette histoire la travaille beaucoup.

– Si elle tient à lui, elle doit me dire où il est, rétorque Ryan. C'est sérieux ; toute la ville aurait pu brûler... des maisons... des gens auraient pu être blessés.

– Je ne sais pas où est David, je dis simplement, parce que c'est la vérité. Je n'ai rien entendu.

Ryan mord dans son bagel et se tourne vers Garrett.

– Tes joueurs savent où il est ?

Garrett hausse les épaules.

– Sans doute. Mais je ne vais pas leur poser la question.

– Pourquoi pas ?

– Parce que je ne vais pas les forcer à me mentir, dit-il avant de se pencher sur la table. T'es pas si vieux que ça, Ryan ; tu peux pas avoir oublié ce que c'est d'être au lycée. C'est eux contre nous. Le mensonge jusqu'à la mort ; c'est le code moral des ados. Je te promets que tous les gamins de cette école savent où est David Burke… et je te promets qu'aucun d'eux ne nous le dira. C'est comme ça.

◆◆◆

Ce soir-là, lorsque mes parents sont couchés et que la vaisselle est faite, vers vingt-deux heures, je reçois un sms. J'ai donné mon numéro à mes élèves afin qu'ils m'écrivent s'ils ont le moindre problème, s'ils ne peuvent pas venir aux répétitions ou s'ils ont besoin que je passe les chercher en voiture.

C'est David.

Je suis dans votre jardin. Vous pouvez sortir ?

Je ne suis pas surprise qu'il connaisse l'adresse de mes parents. Je suis rentrée depuis suffisamment longtemps pour savoir que dans une petite ville, tout le monde sait où tout le monde habite. Je sors par la baie vitrée, sur le patio, et David surgit de derrière la haie qui longe le jardin de mes parents. Il semble fatigué et bien trop stressé pour un ado de son âge.

– David, je chuchote, est-ce que tu vas bien ?

Il hausse les épaules et se force à sourire.

– Ça va. Mais, écoutez, j'ai besoin d'un service. Je peux pas faire confiance à mes amis... c'est des imbéciles. Mais, je vais partir quelques temps... donc... je peux laisser mon hérisson avec vous ? Vous pouvez vous occuper d'elle ?

David soulève la cage à hamster dans sa main et la pose sur la table du patio. Je vois la petite boule de piques dans un coin, sortant son museau de la pile de copeaux de papier journal.

– Elle s'appelle Pissette.

– Pissette ?

– Ça paraissait adapté. Elle me pisse dessus à chaque fois que je la prends.

– Ah. D'accord, oui, bien sûr. Je m'occuperai d'elle, je réponds en m'asseyant sur une chaise et en désignant celle d'à-côté. Tu veux manger quelque chose ?

– Non, ça va.

– Tu... tu vas où ?

– Là où ils ne pourront pas me trouver. En Caroline du Nord ou...

– Non, non, écoute-moi, ne fais pas ça. Je vais rester avec toi, d'accord ? On ira ensemble au commissariat et on expliquera à la police que c'est pas toi qui as fait ça. On leur fera comprendre.

David me regarde et le lampadaire du coin de la rue éclaire son visage d'une lumière pâle, lui donnant l'air frêle, enfantin.

– Sauf que c'est moi qui l'ai fait, mademoiselle Carpenter, admet-il. C'est moi qui ai allumé le feu.

Soudain, j'ai l'impression qu'on vient de me frapper dans le ventre. Parce que... ça ne m'était pas venu à l'esprit. J'étais sûre qu'ils se trompaient, qu'ils visaient les suspects habituels. Le David que j'ai appris à connaître est talentueux et protecteur envers ses amis. Je ne peux pas imaginer qu'il puisse être… destructeur.

– Ah. Mais pourquoi, David ? je demande en secouant la tête.

Il baisse les yeux, poussant un caillou avec la pointe de sa chaussure. Il semble fragile et perdu.

– Je ne sais pas. Je le regrette. Parfois, je ne sais pas pourquoi je fais ce que je fais.

J'ai envie de le prendre dans mes bras. De le protéger, de lui dire que tout ira bien et savoir que je ne lui mens pas.

– Il faut que j'y aille, déclare-t-il en se levant de la chaise.

– Non, attends, je m'exclame en me redressant d'un bond. Écoute-moi, David. Il y aura un *après*. Ça passera. Mais les décisions que tu prends maintenant vont affecter le reste de ta vie, je dis en lui tendant la main. S'il te plaît, fais-moi confiance. On te trouvera un avocat qui acceptera de travailler gratuitement. Je peux t'aider. Laisse-moi t'aider.

– Ils vont m'envoyer en prison, mademoiselle Carpenter.

– Je sais que t'as peur, mais tu ne peux pas t'enfuir. Ça ne fera qu'aggraver la situation.

Il secoue la tête.

– Mademoiselle Carpenter…

– Il y a tant de choses que tu peux faire, David. Il n'est pas trop tard, je te le jure. Ne gâche pas tes chances, s'il te plaît. Les autres gamins t'admirent ; je l'ai vu dès le premier jour. Ils croient en toi… et je crois en toi, moi aussi.

Il me regarde dans les yeux, et je me demande si quelqu'un lui a déjà dit ça. Est-ce que quelqu'un l'a déjà soutenu coûte que coûte, ou est-ce que tout le monde l'a toujours abandonné ?

– C'est vrai ?

Je hoche la tête et réponds d'une voix ferme, insistante, pour qu'il me croie.

– Oui. Je te crois capable de faire des choses merveilleuses. Je crois qu'une belle vie t'attend. Tu dois juste... réfléchir, respirer... et faire le bon choix. Faire mieux. Et je serai là pour t'aider.

– Vous me le promettez ? demande-t-il d'une voix hésitante mais pleine d'espoir.

– Je te le promets, je déclare en prenant sa main.

Après ça, David entre dans la maison. Je nous fais des sandwichs et du thé, et on discute. Une heure plus tard, j'appelle Garrett. Il passe nous prendre et ensemble, nous allons au commissariat.

◆◆◆

Garrett appelle son frère, qui nous rejoint dans le hall d'entrée du poste de police. Avant que Ryan ne l'amène pour l'interroger, David se tourne vers moi.

– Mademoiselle Carpenter ?

– Oui ?

– Je veux juste que vous sachiez que... vous êtes une super prof.

Ma poitrine se resserre et mes jambes se mettent à trembler. Je le serre contre moi, regrettant de ne pas pouvoir faire plus.

– Merci, David.

– Et prenez soin de Layla, OK ? Elle est triste, parfois.

– Je te le promets.

On se sépare, et Garrett pose sa main sur l'épaule de David.

– T'as pris la bonne décision, David, et je sais que ce n'est pas simple. Je suis fier de toi.

David hoche la tête, l'air angoissé.

– Je te tiens au courant, dit Ryan en frappant son frère dans le dos.

Je m'avance alors vers Ryan et parle à voix basse pour qu'il soit le seul à entendre.

– Fais attention à lui, OK ?

– Je ferai tout ce que je peux pour lui, répond-il d'un air sincère.

Il tourne les talons et prend David par le bras pour le mener dans une pièce. Je regarde l'endroit où se tenait David il y a quelques secondes, et mes yeux se remplissent de larmes. Garrett est derrière moi et je sens la chaleur de son torse, sa présence... sa force.

– Callie ?

– Je ne pensais pas que ce serait comme ça, je dis d'une voix rauque.

– Comment ça ?

– Je pensais que ce serait juste un boulot. Que je ferais l'année et que je rentrerais en Californie. Que ce serait simple. Je ne pensais pas que je m'attacherais autant à eux.

Garrett me tient la main et la serre fort.

– Ils nous prennent par surprise. Ils ont la capacité étonnante à être incroyables... quand on s'y attend le moins. C'est facile de s'attacher à eux.

Les larmes se mettent alors à couler sur mes joues, et ma poitrine est écrasée par toutes les émotions qui s'y précipitent. Car David n'est pas un mauvais gamin, pas même un peu. C'est un bon gars... qui a commis une grosse erreur. Et il ne sait même pas pourquoi.

Or ça rend la situation tellement plus dure – tellement plus triste.

– Je ne... je ne pensais pas qu'ils me briseraient le cœur.

Je fonds alors en larmes, accablée par une tristesse sans nom. Garrett m'attire contre lui, pressant mon visage contre son épaule en me caressant le dos, m'embrassant sur la tête.

– Oui. Oui, ils font ça, aussi.

◆◆◆

Le lendemain, je me rends à l'auditorium et suis accueillie par trente mines sombres et abattues. La nouvelle que David s'est rendu à la police et qu'il est en ce moment même dans une cellule a déjà parcouru tout le lycée. Je pose mon sac sur un siège du premier rang, le cœur lourd.

– Il faut qu'on finisse la mise en scène aujourd'hui. Allez à la page dix-sept de vos scripts.

Personne ne bouge et tout le monde me regarde.

– C'est tout ? demande Michael d'une petite voix. C'est tout ce que vous allez dire ?

Je me racle la gorge, trifouillant les pages de mon script.

– Euh... Bradley, t'es la doublure de Seymour. Il va falloir que tu apprennes son texte. Il va falloir que je prenne quelqu'un d'une autre classe pour jouer le rôle du dentiste.

– Non, dit Layla d'une voix étonnamment ferme en se levant. Je ne peux pas faire ça avec lui. Je ne peux pas l'embrasser.

Bradley ricane.

– J'ai pas envie de goûter ta bave non plus, meuf.

– Tais-toi, abruti !

– Va te faire foutre !

– Ça suffit ! je gronde en frappant la chaise avec mon script. Ne faites pas ça.

– Et David ? demande Simone d'une voix douce. Vous vous fichez complètement de lui ?

Sa question me fait l'effet d'un coup de poignard, et toute la tristesse que j'ai enfouie durant la nuit ressurgit.

– Le spectacle continue, je déclare en les regardant tour à tour dans les yeux. Vous n'avez jamais entendu cette expression ? C'est vrai pour le théâtre, mais aussi pour la vie. Le spectacle est plus grand que nous... plus grand que vous et moi. Ou que David. Il n'est plus dans le spectacle, mais il faut qu'on continue sans lui.

Toby me regarde comme s'il me découvrait pour la première fois.

– C'est dur, mademoiselle Carpenter.

– La vie est dure, Toby.

Et j'essaie. Je fais tout ce que je peux pour être dure – froide. Mais mes yeux me brûlent et mon cœur est lourd.

– La vie va tous vous faire trébucher ; vous mettre à terre. Chacun d'entre vous. À un moment donné, il va vous arriver quelque chose d'inattendu, et vous allez chuter.

Un souvenir de Garrett et moi me revient et m'accable, et je me rappelle d'avoir eu l'impression que le monde s'effondrait autour de moi ; que ma vie était sens dessus dessous et d'avoir pensé qu'elle ne serait plus jamais comme avant.

– J'aimerais pouvoir vous protéger de ça, je dis d'une voix rauque. Je le ferais ; pour chacun d'entre vous, si je le pouvais. Mais je ne peux pas.

J'essuie mes yeux et prends une grande inspiration.

– Donc, si je ne dois vous apprendre qu'une chose cette année, que ce soit ça : le spectacle continue. *Vous* devez continuer, parce que *la vie* continue. Même quand vous souffrez, même quand c'est dur. Il faut vous relever, vous appuyer sur les gens qui vous entourent... et continuer.

Ils restent silencieux et perplexes pendant un long moment, réfléchissant à mes paroles.

– Je peux le faire, dit Michael en levant la main. Je peux jouer le rôle de David. Je connais déjà ses déplacements et son texte, ajoute-t-il en haussant timidement les épaules. Dans la vraie vie, je suis un peu l'incarnation de Seymour, de toute façon.

Je lui offre un sourire reconnaissant et plein de fierté, puis je me tourne vers Layla.

– Ça t'irait ?

Elle regarde Michael, puis elle se tourne vers moi.

– Ouais. Oui, ça m'irait.

– Tant mieux. Donc... on reprend page dix-sept.

Et ensemble... on continue.

# CHAPITRE 18

## Garrett

– Comment ça, tu ne mettais pas de sapin ?

On a été à la *Foster Tree Farm,* et on a trouvé un sapin de Douglas de deux mètres pour la maison des parents de Callie. Elle m'a embrassé, et une chose en entraînant une autre... nous sommes repartis avec notre sapin, trempés, et les cheveux pleins d'épines après avoir batifolé dans la neige fraîche.

On descend désormais Main Street, découvrant les stands de décorations et de pâtisseries installés pour le traditionnel *Lakeside Christmas Bazar,* et parlant de ses Noëls à San Diego. Elle me regarde du coin de l'œil sous son bonnet en laine. Son nez rougi par le froid me donne envie de le mordre.

– Eh bien, j'étais toute seule. Ça paraissait beaucoup de tracas pour une personne. J'ai juste mis un petit sapin de table.

– Un sapin de table ? je m'exclame, dégoûté. Quelle triste vie tu menais. Dieu merci, je suis là pour te ramener sur le droit chemin.

Elle lève les yeux au ciel, puis elle me traîne vers un stand de bandes dessinées inspirées des plus grands classiques. Elle achète *Le Comte de Monte-Cristo* et quelques autres albums pour David. Je l'emmène le voir demain, trois jours avant Noël, au centre pénitentiaire juvénile de Jamesburg. Elle lui a parlé plusieurs fois au téléphone et il semble aller plutôt bien. Il reste sage en attendant que son défenseur public lui obtienne un allègement de peine.

– Salut Coach D ! Bonjour mademoiselle Carpenter !

– Salut les jeunes.

– Quoi d'neuf, Coach Daniels ? Vous avez l'air en forme, mademoiselle Carpenter !

– Bonjour les enfants.

Ça nous arrive toutes les cinq minutes de croiser des groupes d'élèves. C'est un des risques du métier, tout comme se faire coincer par un parent impatient qui veut une réunion parent-prof expresse.

– Darpenter forever ! s'exclame une voix derrière nous, nous faisant éclater de rire.

Callie s'arrête un moment sur le trottoir et me prend par le bras en se blottissant contre moi. Elle regarde la rue, au loin, avec ses lampadaires ornés de couronnes vertes et rouges et ses guirlandes lumineuses.

– J'avais oublié tout ça, dit-elle en observant les familles déambuler parmi les stands, riant aux éclats, buvant du vin chaud et du chocolat. J'avais oublié ce que c'était d'être à la maison pour Noël.

Les fêtes de fin d'année sont différentes dans une petite ville comme la nôtre. On a l'impression d'être dans un des tableaux de Norman Rockwell[15].

---

**15.** Illustrateur américain, peintre figuratif de la vie américaine du XXᵉ siècle.

– C'est magique, soupire-t-elle.

Et elle est si jolie que je ne peux pas ne pas l'embrasser. Je m'empare de sa bouche et savoure son parfum hivernal avant de lui chuchoter à l'oreille.

– Viens chez moi ce soir, et je te montrerai une toute nouvelle définition de ce qui est magique.

Elle glousse et... plus tard, elle vient chez moi, où je tiens promesse de la plus belle façon qui soit.

◆◆◆

Pendant les vacances de Noël, Callie reste avec ses parents la journée, puis elle passe le relais à sa sœur pour dormir chez moi. Le jeudi soir, juste avant Noël, on est chez *Chubby* et le jukebox joue *Dancing Queen*, de ABBA. Callie est accoudée au bar, chantant avec Sydney, sa vieille copine de théâtre. Elles ont renoué et je dois avouer que j'en suis soulagé. Parce que dans un coin de ma tête, ça fait quelques semaines qu'une petite voix me dit que plus Callie reste ici et tisse des liens... plus elle est susceptible de rester.

Pour l'instant, je secoue la tête et fais taire cette voix, déterminé à me concentrer sur l'instant présent et ce qui est devant moi.

Or ce qui se trouve devant moi, c'est le cul parfait de Callie. Rond et juteux dans son jean moulant. Bon sang, ce que je rêve de faire à ce cul... Je bois une longue gorgée de bière fraîche – j'ai hâte de rentrer à la maison ce soir.

La chanson de ABBA prend fin et c'est *Should've Been A Cowboy* de Toby Keith qui passe ensuite. Callie revient à notre table, armée d'une autre tournée, pour Dean, moi, et elle-même. Elle s'assoit sur mes genoux et se met à chanter avec Dean en souriant. La vie est géniale.

Jusqu'à ce que tout parte en fumée.

Becca Saber approche de notre table, les yeux rivés sur moi. Et je jure qu'elle a la voix de la sorcière de *Maléfique*, ce Disney que j'ai vu avec Frankie il y a quelques semaines.

– Bien, bien, bien... Garrett Daniels... ça fait un bail.

*Merde.*

Ça va mal finir.

Callie arrête de chanter et lève la tête vers Becca, le regard innocent.

– Et Callie Carpenter. Je savais pas que t'étais de retour en ville. Dis donc, c'est comme au bon vieux temps.

Aux dernières nouvelles, Becca avait épousé un homme d'affaires et vivait dans le North Jersey. Je crois qu'elle bosse dans les pompes funèbres, ou quelque chose comme ça.

– Salut Becca, dit Callie.

Je vois un éclat machiavélique dans le regard de Becca – quelque chose d'acéré et de dangereux.

– C'est dingue ! dit-elle en désignant le bar. Mon mari est dans l'immobilier ; on possède le parking, devant. J'étais dans le coin pour récupérer le loyer... et je tombe sur vous deux. Est-ce que... vous vous êtes remis ensemble ?

Callie lui sourit calmement, d'un air parfaitement maîtrisé.

– Oui.

– C'est adorable. Mon Dieu, Garrett, je t'ai pas vu depuis cette nuit... à Rutgers, tu te souviens ?

Callie se crispe sur mes genoux.

– On était tellement saouls... ça a un peu dérapé. Mais ce sont de bons souvenirs. Bref, faut que j'y aille, dit-elle en me regardant d'un air vicieux et pervers. Le lâche pas, cette fois, Callie. Il est... *incroyable*.

Elle tourne brusquement la tête vers Dean.

– Oh, salut Dean.

– Salut, sorcière. Surtout, prends garde aux prêtres. Il suffit d'une seule goutte d'eau bénite et... retour en Enfer pour toi.

– Ciao, Dean, répond-elle froidement avant de tourner les talons.

La table devient silencieuse. Je regarde le visage de Callie et vois la foule d'émotions qui la traverse. Elle fronce les sourcils et une petite ligne apparaît sur son front, que j'ai aussitôt envie de lisser.

– Est-ce que... t'as baisé avec elle ?

Il n'y a pas de bonne réponse à cette question.

Enfin, *non* serait une bonne réponse... mais je ne peux pas la lui donner.

– C'était il y a longtemps.

Callie me tourne le dos, les yeux rivés sur ses mains, sur la table. Puis elle se lève.

– Je vais rentrer.

Je me lève à mon tour, mais Callie tend la main, paume tournée vers moi.

– J'ai pas envie d'être avec toi, là.

Et elle sort du bar.

Je regarde Dean, qui agite sa main.

– Vas-y, Roméo... vas-y. Je m'occupe de la note.

– Merci, mec.

Je cours après Callie et la rattrape dans le parking désert.

– Callaway ! Tu vas où ?

– Je rentre chez moi, dit-elle sans se retourner.

– Je te dépose.

L'écran de son téléphone illumine son visage d'une lumière bleue.

– Non, je vais prendre un Uber.

– Ça va te prendre une heure. La chose qui ressemble le plus à un Uber, ici, c'est l'arrière du vélo de Mickey Kadeski, je réponds en approchant, soulagé de voir qu'elle ne recule pas. Allez, Callie, monte dans la voiture.

Elle lève les yeux vers moi et je vois tout : sa colère, son sentiment de trahison, et tant de peine que j'en ai le souffle coupé. Mais elle hoche néanmoins la tête et monte dans ma Jeep.

◆◆◆

# Callie

*Respire... Respire...*

Une part de moi sais que je suis bête de me comporter comme ça. J'ai trente-quatre ans. Je suis une adulte. Ça ne devrait pas me faire autant de mal.

*Garrett a couché avec Becca Saber. Il l'a baisée, il l'a touchée. Sa bouche a embrassé la sienne, ses mains l'ont touché. Elle a touché tout son corps.*

Je croise les bras pour m'étreindre et pousse un grognement. Parce que ça fait mal. Je souffre autant que si j'avais eu dix-sept ans. Or c'est comme si la gamine de dix-sept ans que j'étais avait pris possession de moi, justement. C'est elle qui tient les rênes.

– Tu m'as menti.

Du coin de l'œil, je vois Garrett secouer la tête tandis qu'il conduit nerveusement.

– J'ai pas menti.

– Roh, joue pas à ça ! je gronde en me tournant vers lui. Tu me prends pour une idiote ? Je t'ai parlé d'elle il y a plusieurs semaines ! Et tu n'as rien dit ; *ça* c'est un mensonge.

– C'est pas important, répond-il en serrant plus fort le volant.

– C'est important, pour moi ! Et tu le savais ; c'est pour ça que tu m'as menti.

– C'était il y a des années, bon sang ! Tu te comportes de façon ridicule.

– Je t'interdis de faire ça ; de minimiser mes sentiments ! Tu savais que ça me ferait du mal et c'est pour ça que t'as joué la poule mouillée et que t'as menti. J'ai le droit d'être énervée !

Une minute plus tard, Garrett s'arrête devant chez lui.

– T'avais dit que tu me ramenais, je siffle.

– Il faut qu'on parle. Et je ne veux pas avoir cette conversation avec toi alors que tes parents sont dans la pièce d'à-côté, rétorque-t-il d'un ton ferme.

D'accord, très bien. J'ai envie de crier, de toute façon.

J'ouvre ma portière et remonte l'allée d'un pas déterminé. Garrett ouvre la porte, et Snoopy nous attend déjà dans l'entrée. La présence du chien m'offre un court répit, un moment de calme serein tandis que je le caresse sous le menton.

– Salut Snoopy ; tout va bien.

Garrett entre dans la cuisine et Snoopy et moi le suivons. Il ouvre la porte coulissante et laisse sortir son chien, puis il se tourne vers moi avec un regard plein de remords.

– Je suis désolé, Callie. T'as raison, j'aurais dû te le dire, admet-il en secouant la tête. C'est juste... pour moi ça ne représentait rien, et après tout ce temps, je ne voulais pas que ça nous affecte. Surtout quand on est heureux et qu'on reconstruit notre relation. Je ne voulais pas gâcher ça.

L'adolescente qui vit en moi n'est pas conquise.

– Tu ressentirais quoi si c'était moi... si j'avais couché avec Dean ?

– C'est pas la même chose ! Becca n'était pas ta meilleure amie. Ça ne serait la même chose que si j'avais couché avec Sydney.

Or soudain, je vois quelque chose traverser son regard. Un souvenir coupable.

– Mon Dieu, Garrett ! Ne me dis pas que tu as aussi couché avec Sydney ?

– Non, non... On s'est croisés au bar, un soir. On a parlé ; surtout de toi, d'ailleurs, et il était tard et on était saouls et l'espace d'un instant, j'ai eu l'impression que... mais il ne s'est rien passé.

J'empoigne mes cheveux et tire dessus en criant.

– Putain, Garrett !

– Il s'est rien passé ! hurle à son tour Garrett. Pourquoi tu réagis comme ça ?

– Parce que... tout le temps qu'on a passé ensemble était magnifique et important, pour moi. Et de savoir qu'après mon départ, tu t'es offert à tout le monde et que t'es devenu un... queutard... ça me tue !

– Je t'interdis de faire ça ! gronde Garrett en pointant son index sur moi. J'ai pas d'excuses à te donner pour la façon dont j'ai réparé ce que t'as cassé.

Mon sang ne fait qu'un tour.

– C'est une réplique de *Grey's Anatomy* !

– C'est une bonne série ! crie Garrett avant de secouer la tête. Sauf pour la façon dont ils ont dégagé Derek, ça c'était pourri.

Une petite part de moi a envie de rire, mais je ne peux pas.

– Ne fais pas le malin, je gronde. Pas maintenant.

Garrett baisse un peu la tête et courbe l'échine.

– Qu'est-ce que tu veux que je fasse, Cal ? Je peux pas revenir en arrière. Comment je peux arranger la situation ?

Je vide mes poumons en expirant par le nez, comme un dragon furieux.

– Est-ce que c'était la première fille avec qui t'as couché quand on a rompu ?

Il hoche la tête et le poignard dans mon cœur s'enfonce un peu plus.

– Quand ? Où ? C'était où ?

Il me prend par les épaules et me regarde dans les yeux.

– Je vais pas faire ça, Callie. Je ne vais pas te raconter en détail ce qu'il s'est passé. Ça ne sert à rien et ça te fera du mal. C'était après la Californie, après qu'on ait rompu. Si je pouvais revenir en arrière et changer ce que j'ai fait, je le ferais. Mais je ne peux pas. Fin de l'histoire.

J'expire lentement en tremblant. Je sais qu'il a raison. Je sais que je me comporte comme une folle.

Je ferme les yeux et me concentre sur ma respiration.

– Ça me fait mal de savoir que c'était avec elle, je dis d'une voix fragile.

– Je suis désolé, Callie.

– N'importe qui d'autre, je pourrais… mais pourquoi il fallait que ce soit Becca ?

Il fronce les sourcils et répond d'une voix rauque et d'un ton peiné.

– Parce qu'elle était là.

– Mais t'es *toi* ; plein de filles auraient été partantes, je réponds en secouant la tête. Pourquoi t'as couché avec *elle* ? Est-ce que… est-ce que c'était pour te venger de moi ?

Il fronce les sourcils, comme si c'était la première fois qu'il se posait la question.

– Peut-être. Ouais.

– Mais pourquoi ? On était d'accord pour se quitter.

Il éclate de rire, mais c'est un rire amer.

– Non, Callie… on l'était pas. C'était pas mutuel du tout.

Je repense à ce jour-là ; à ce matin dans ma chambre en Californie, quand Garrett et moi nous sommes quittés.

– Je ne comprends pas. On en a parlé. T'étais d'accord, tu disais que la distance était trop difficile. Qu'on s'était éloignés.

– Qu'est-ce que j'étais censé dire d'autre ? Qu'est-ce que j'aurais dû faire ? Pleurer ? Me mettre à genoux ? J'avais envie de le faire ; je savais que t'allais me quitter. Mais j'avais dix-huit ans, j'avais ma fierté, bon sang.

Garrett pose sa main sur ma joue et la caresse avec son pouce.

– Quand je suis venu en Californie pour te voir, t'étais heureuse. C'était la première fois que je te voyais sourire depuis des mois. Et je pouvais pas... j'allais pas t'enlever ça. Pour rien au monde je n'aurais fait ça. Alors, j'ai menti en disant qu'il serait mieux qu'on se quitte. Que tu pouvais aller de l'avant sans moi. Et si c'était à refaire, je ferais la même chose.

Quand j'ai quitté Lakeside pour aller à la fac, j'étais déprimée. Je l'étais depuis un moment. Je ne le savais pas, à l'époque, mais maintenant que je suis adulte, je vois tous les signaux. Et j'avais mes raisons. Des raisons dont Garrett et moi ne discutions pas, à l'époque. Mais il faut qu'on en parle maintenant ; j'ai besoin de dire certaines choses. Donc, je le regarde dans les yeux et j'arrache le pansement d'un coup sec.

– Je voulais ce bébé. Je le voulais plus que tout... et je pouvais pas te le dire.

– T'aurais pu *tout* me dire.

Je suis tombée enceinte en janvier, quand on était en terminale. On ne l'a dit à personne ; ni à Dean et Sydney, ni à nos parents, ni au Coach Saber, ni à Colleen, ni aux frères de Garrett.

C'était *notre* secret... Et, quelques semaines plus tard, c'était notre deuil.

– Non. Ça, je pouvais pas te le dire. Pas après qu'on l'ait perdu, et que t'étais heureux.

– J'étais pas heureux, Callie, dit Garrett en secouant la tête.

– Si, tu l'étais.

– Non, je...

– Je m'en souviens, Garrett ! Je me souviens de ce que t'as dit dans ta chambre, ce jour-là. Je me souviens de tout, même de l'odeur de la pluie, je réponds en fermant les yeux.

La fenêtre était ouverte et un rideau de pluie tombait devant nous. Garrett était derrière moi, me tenant contre lui, me berçant, sa main sur mon ventre. Il m'a embrassée dans le cou et a chuchoté dans mon oreille.

« *C'est une bonne chose, Callie. C'est la meilleure chose qui aurait pu nous arriver. C'est hors de notre portée, maintenant. On n'a pas à décider si on le garde ou pas, ou si on le fait adopter. On a toute notre vie devant nous, maintenant.* »

Les tragédies sont censées rapprocher les couples, ou les déchirer. Or ça n'a pas été comme ça, pour nous. On ne s'est pas séparés. On a quand même été au bal de promo, on s'est pris en photo le jour de la remise des diplômes, on s'aimait encore.

Mais pour moi, c'était... comme un éclat de verre planté dans mon talon. Je le sentais, mais je ne le voyais pas.

– Quand t'as parlé d'adoption, je ne savais pas d'où ça sortait ! J'ai eu l'impression de ne plus te connaître. Parce que j'avais tout prévu, moi. Tu jouerais au football, et je suivrais des cours du soir, et nos parents nous aideraient à élever ce bébé. Et on se marierait et on achèterait une maison au bord du lac.

C'était la première fois, depuis qu'on était ensemble, que j'avais l'impression que Garrett et moi allions dans des directions opposées. La première fois que je ne pouvais pas compter sur lui.

Sur nous.

Notre futur n'était pas garanti. Tout pouvait changer. Tout pouvait partir en fumée d'un instant à l'autre, et que resterait-il de moi ? Qui serais-je ? Je ne savais pas qui j'étais sans lui. Si je n'étais pas la nana de Garrett Daniels... je n'étais personne.

– Callie, regarde-moi, dit Garrett d'une voix rauque, les yeux brillants. J'étais un imbécile. J'étais jeune, et bête... mais je t'aimais plus que tout au monde. Et t'étais tellement triste... Or je ne pouvais rien faire. Je voulais juste dire quelque chose pour te faire aller mieux. Je ne savais pas que je disais justement ce qu'il ne fallait pas. C'était une maladresse, rien de plus.

De grosses larmes coulent sur mes joues et je pleure pour tout ce qu'on a ressenti ce jour-là, tout ce qu'on ne s'est pas dit.

– J'arrivais pas à tourner la page, Garrett. J'ai essayé, mais je n'y arrivais pas. Ça me suivait partout, je dis en le tenant par les poignets. Or on avait tellement de chance, tous les deux... on n'en avait même pas conscience. On avait tout ce qu'on pouvait espérer. On était en bonne santé, intelligents, beaux, avec des familles et des amis qui nous aimaient. On avait une vie de rêve. Et c'était la première fois qu'il nous arrivait quelque chose qu'on ne pouvait pas contrôler. Et je n'arrivais plus à avancer. Ça a tout chamboulé, pour moi. Et quand ma mère a proposé de m'envoyer étudier en Californie, j'ai regardé les photos d'immeubles ensoleillés, imaginé les personnes que j'allais rencontrer... et je me suis sentie mieux. J'ai soudain eu l'impression que je pouvais tout faire ; être n'importe qui. Je n'avais plus à me rappeler combien j'avais souffert, je n'avais plus à avoir peur de te perdre, parce que je pouvais devenir quelqu'un d'autre, être plus forte... C'était un nouveau départ.

Je me mets à trembler et ma voix est rauque.

– Il fallait que j'y aille. Il fallait que je parte, Garrett.

– Je sais. Je le sais, Callie, répond-il en me caressant la joue.

– Mais il n'a jamais été question de ne plus t'aimer. Pas un seul jour… pas une seule minute.

Garrett m'attire contre lui et me serre fort en caressant mon dos. Et je me sens soulagée, plus légère d'avoir tout dit. Après tout ce temps.

Garrett m'embrasse alors sur la tête, et arrache à son tour son propre pansement.

– Je t'avais acheté une bague.

Je me sens pâlir brusquement et je recule pour le regarder dans les yeux.

– Quoi ?

– Tu te souviens quand j'ai vendu mon ballon de Joe Namath[16] ?

– T'avais dit que t'allais t'acheter un nouvel ordinateur.

– Je l'ai vendu pour t'acheter une bague. Parce que je voulais ce bébé, moi aussi. Et toi. Je voulais tout vivre avec toi, Callie.

Il fait un pas en arrière et sa voix trahit le poids de ses souvenirs.

– J'ai trimballé la bague dans ma poche pendant plusieurs jours, cherchant le bon moment. Je ne voulais pas que tu penses que je te demandais en mariage à cause du bébé. Enfin, ça l'était, niveau timing, mais c'était pas juste à cause de ça.

Je hoche la tête en le regardant.

– Et… après… Je ne voulais pas que tu penses que c'était parce qu'on l'avait perdu, dit-il en secouant la tête. Je n'ai jamais trouvé le bon moment. J'ai hésité. Puis… t'es partie. Et c'était trop tard. Et j'avais encore cette bague dans ma poche.

---

**16.** Ancien quarterback star.

Je m'essuie le visage et me passe une main dans les cheveux, essayant de me concentrer sur quelque chose de simple.

– Qu'est-ce que... elle était comment ?

– Tu veux la voir ?

– Tu l'as encore ? je m'exclame, stupéfaite.

Garrett sourit timidement, un peu gêné, et cet air inhabituel lui va bien.

– Ouais.

Il me fait signe de le suivre et on monte dans la chambre d'amis. Il ouvre le placard et déplace quelques cartons, avant d'en sortir un de l'étagère du haut. Il l'ouvre et je découvre des photos de nous deux, des cartes et des mots... ainsi que la boutonnière séchée que j'avais épinglée à son costume le soir du bal de promo.

Il sort alors un petit écrin noir en cuir, sur lequel est gravé *Zinke Jewelers* en lettres d'or.

Il l'ouvre lentement et me tend la petite boîte carrée, révélant un petit diamant rond sur un anneau en argent. D'autres pierres bleues et violettes font tout le tour de l'anneau – des aigues-marines et des alexandrites, nos pierres de naissance.

Je me couvre la bouche et prends l'écrin d'une main tremblante, les larmes aux yeux.

– Je me suis souvent demandé si elle t'aurait plu. Si tu m'aurais pris pour un fou, dit Garrett en m'interrogeant du regard. Si t'aurais dit oui.

– Je l'aurais adorée. Je t'aurais pris pour un fou. Et... j'aurais dit oui.

Je me cache dans mes mains alors que je fonds en larmes, pour toutes ces années, toutes nos peines et nos joies. Je pleure avec un soulagement merveilleux...

car on a trouvé un moyen de revenir l'un à l'autre – de se retrouver.

Garrett me serre fort contre lui et je m'agrippe à son t-shirt en pleurant à chaudes larmes... m'accrochant à lui de toutes mes forces.

– Cette fois, tout va bien se passer, Callie. Je te le promets. Je te le jure.

◆◆◆

Plus tard dans la nuit, Garrett et moi sommes nus dans son lit. Il est sur le dos, et ma joue est posée sur son torse. Snoopy est roulé en boule à nos pieds, et tout est calme et silencieux. Il n'y a plus de larmes.

Garrett caresse lentement mon dos de haut en bas, et sa voix brise le silence.

– Je tiens à être parfaitement honnête avec toi, jusqu'au bout. Donc je dois te dire encore quelque chose.

Je me redresse sur un coude pour le regarder dans les yeux.

– OK...

– Tout notre couple était basé sur un mensonge, dit-il.

Je souris jusqu'aux oreilles, car même avec toutes les révélations de la soirée, c'est juste impossible.

– Quoi ?

Garrett regarde le plafond en souriant lui aussi.

– Tu te souviens, quand je t'ai demandé si t'avais cinquante cents pour une cannette ?

– Ouais...

Il caresse ma joue avec son pouce.

– Je devais avoir dix dollars en monnaie, dans ma poche. Je voulais juste avoir une raison de te parler.

J'éclate de rire et l'embrasse sur le cœur.

– Eh bien… t'es pardonné. Ce mensonge est la plus belle chose qui me soit arrivée.

Il lève la tête et m'embrasse tendrement sur la bouche.

– Moi aussi, Callie. Moi aussi.

# CHAPITRE 19

## Garrett

Après le Nouvel An, l'année scolaire avance tranquillement, comme une locomotive se profilant vers le printemps. Un samedi matin de février, à l'aube, Callie saute sur moi, dans mon lit, faisant rebondir sa poitrine sous mon t-shirt des Lions, déposant une série de baisers sur mon visage, mon cou, et mon torse.

Ce n'est pas une mauvaise façon de commencer la journée.

– Debout… Réveille-toi, Garrett… debout… debout… allez debout !

Snoopy sautille à ses côtés pour se joindre à la fête, me léchant le visage, et me percutant de plein fouet avec son horrible haleine.

– Oh… mec, je gronde en tournant la tête. T'as encore mangé tes crottes ? Je t'avais dit d'arrêter.

Il me regarde droit dans les yeux, sans remords.

– Snoopy mange ses crottes ? demande Callie, arrêtant aussitôt de m'embrasser.

Je me frotte le visage, la voix rauque et ensommeillée.

– Ouais. Mais seulement en hiver. Il pense que ce sont des saucisses gelées, ou un truc du genre.

Callie fait mine de vomir.

Je ne sais pas pourquoi elle est réveillée si tôt – le soleil n'est même pas levé, et il n'y a qu'une faible lueur grise dans le ciel. Je décide donc de la ramener sous la couette avec moi, frottant mon bassin au sien, prêt à dégager Snoopy pour passer aux choses sérieuses.

– Attends, non, dit-elle en couvrant ma bouche avec sa main pour m'arrêter. Je t'ai pas réveillé pour rien.

– Tu parles de la fabuleuse partie de jambes en l'air à laquelle on va s'adonner ?

– Après, répond-elle en riant. Mais d'abord... le drapeau vert est levé ! C'est pas génial ?

L'équipe d'entretien des espaces verts plante des drapeaux autour du lac pour prévenir les gens lorsqu'il est complètement gelé et qu'on peut y patiner en toute sécurité. Lorsque le drapeau vert est brandi, toute la ville sort ses patins – les enfants jouent au hockey et se font la course, les couples se tiennent la main, et les scouts vendent du cidre et du chocolat chaud.

Les grands yeux de Callie sont pleins de joie et son excitation est contagieuse.

– Tu crois que tes parents ont encore tes vieux patins ?

– Tu plaisantes ? Ce sont des entasseurs compulsifs ; ils ne jettent jamais rien.

– Super, allons les chercher, je déclare en lui mettant une fessée. On sera les premiers sur la glace.

◆◆◆

Ainsi va la vie – notre vie ensemble, ici, pour l'instant.

On travaille, Callie aide ses parents, on va au cinéma et au restaurant. On sort boire des verres avec Dean et on joue à *Cards Against Humanity* avec la sœur de Callie et son beau-frère. Callie passe à la salle de muscu lorsque j'y suis avec l'équipe, juste pour dire bonjour, et je passe au théâtre durant les répétitions, juste pour la voir. On se blottit sur le canapé avec Snoopy, et on passe chaque seconde que l'on peut ensemble.

Un dimanche, je sors courir et laisse Callie endormie dans mon lit. Lorsque je rentre, elle fait la poussière dans mon salon, vêtue de mon vieux maillot de football – je ne vous dis pas l'effet que ça me fait de voir mon nom sur son dos. Elle écoute *Out In The Street* de Bruce Springsteen sur son téléphone, et elle sautille et danse en chantant, tandis que Snoopy aboie avec elle.

Et la voir comme ça, cette femme incroyable, ici dans ma maison, dansant avec mon chien... Ça me fait un sacré effet, aussi. Les mots sortent sans que je n'y pense, clairs et sincères, tout droit sortis de mon cœur.

– Je t'aime. Je t'aime tellement, putain.

Je ne sais pas comment j'ai vécu tout ce temps sans elle en pensant que j'allais bien.

Callie penche la tête et m'observe en me souriant tendrement. Elle jette son chiffon par terre et saute sur le canapé, s'en servant de trampoline... prenant son élan pour sauter dans mes bras. Elle entoure ma taille avec ses jambes, et mon cou avec ses bras.

– Je t'aime tellement aussi, Garrett Daniels.

Sa bouche fond sur la mienne et elle plonge ses mains dans mes cheveux en faisant des bruits merveilleux. Les choses deviennent vite sérieuses et, quelques minutes plus tard, Callie est plaquée contre le mur alors que je baisse mon short, libérant ma queue avant de pousser sa culotte de côté.

Je m'enfonce en elle et perds ma capacité à respirer lorsque je sens sa chatte se contracter sur moi pendant qu'elle suce et mordille mon oreille.

– Aime-moi, Garrett. Aime-moi, baise-moi… aime-moi pour toujours.

– Pour toujours, je promets.

Je plante mes ongles dans la chair de ses fesses alors que je commence mes va-et-vient, faisant trembler les cadres sur le mur. Callie ondule contre moi, roulant ses hanches, se masturbant contre moi. Elle mord ma lèvre inférieure lorsqu'elle jouit, et la douleur ainsi que son cri aigu suffisent à me faire jouir à mon tour. Je pousse un grognement alors que mes fesses se contractent et que ma queue tressaute, se déversant en elle.

Lorsqu'on a fini, mon cœur bat à toute vitesse… et je me dis qu'il faut que je fasse plus de cardio.

Callie lève ses yeux comblés sur moi, les paupières lourdes, et les écarquille soudain.

– Merde, tu saignes ! Pardon !

Je me lèche la lèvre et découvre en effet le goût du sang, mais je souris joyeusement.

– C'est la plus belle façon de commencer un dimanche.

◆◆◆

## Callie

En mars, le médecin enlève les attelles de mes parents. Ils continuent d'aller chez le kiné pour remuscler leurs jambes, et ils doivent encore faire attention à ce qu'ils font dans la maison, mais ils sont de nouveau mobiles et ils peuvent conduire – je ne veux même pas savoir ce qu'ils font dans la Buick.

La deuxième semaine de mars, Garrett et moi allons à San Diego pour le mariage de Bruce et Cheryl. Lorsqu'on descend de l'avion et qu'on traverse l'aéroport, je suis tout excitée. J'adore San Diego – le soleil, la chaleur, le parfum de l'océan, l'attitude détendue des gens. Ça fait du bien d'être de retour.

En revanche, revenir à mon appartement est clairement bizarre.

C'est un peu comme rentrer dans sa chambre étudiante après les vacances d'été. Tout est pareil, mais tout semble différent, parce qu'on n'est plus tout à fait la même personne que lorsqu'on est parti. J'ouvre la porte et Garrett dépose nos sacs dans le petit salon, regardant autour de lui, notant le tout nouveau canapé beige (merci Bruce et Cheryl), les murs blancs et les coussins, les quelques cadres dorés et le vase de lys sur la table basse.

– T'as choisi chaque objet dans un catalogue de déco, hein ? se moque-t-il.

Je balaie la pièce du regard en essayant d'imaginer ce qu'il voit. J'ai toujours aimé les décorations épurées – propres, simples et élégantes. Mais maintenant que je rentre du joyeux bazar de mes parents, ou même de la maison douillette de Garrett, mon appartement me semble un peu nu.

Vide. Froid.

Toutefois, il y a bien quelque chose qui me réchauffe ; c'est de voir Garrett ici, dans mon salon. J'aime le voir entouré de mes affaires – qui pourraient devenir *nos* affaires. Je nous vois très bien vivre ici et être heureux.

Quant à en faire une réalité... c'est autrement plus compliqué.

Garrett connaît Lakeside par cœur et, ces derniers mois, j'ai redécouvert la ville à ses côtés. Mais j'ai désormais l'occasion de lui montrer *ma* ville. Je l'emmène au Fountain Theater, avec son énorme chandelier en cristal, ses vieux fauteuils vernis et son énorme rideau en velours rouge. On se tient la main en faisant un vœu avant de jeter une pièce dans la fontaine en marbre blanc qui a donné son nom au théâtre. Je le présente à mes collègues, aux comédiens et aux techniciens, et même monsieur Dorsey sort de son bureau pour lui serrer la main.

Et pour me dire qu'ils ont hâte que je revienne.

J'emmène Garrett chez *Sambuca*, mon resto italien préféré, et chez *Grindstone Bakery*, qui font les meilleurs croissants de la ville. On passe le samedi à La Jolla, où on fait les boutiques et où on visite les jardins, nous promenant le long de la côte. Je lui montre l'immeuble où je rêve d'habiter, et où des appartements sont encore libres, et on passe une heure à regarder les phoques s'amuser sur les rochers.

Le dimanche, Bruce et Cheryl se disent oui lors d'une petite cérémonie intime au jardin japonais près de Balboa Park. Même si j'ai été absente ces derniers temps, Cheryl m'a quand même demandé d'être son témoin. Je porte une robe dos nu argentée et le regard de Garrett s'embrase lorsqu'il me regarde descendre l'allée pour attendre mon amie devant l'autel. Je pleure lorsque Bruce et Cheryl se font part de leurs vœux et s'embrassent. Ce sont deux des plus belles personnes que je connais. Je les aime profondément et je suis ravie qu'ils se soient trouvés.

La réception se tient sur un rooftop du Gaslamp Quarter. Les tables sont décorées de lanternes chinoises, et des bougies flottantes illuminent le bassin au milieu de la terrasse. Le ciel magnifiquement étoilé nous sert de plafond, et le bruit de l'océan résonne comme une douce mélodie. Garrett et moi buvons et rions et, lorsqu'arrive la dernière chanson de la soirée, *Remember When* d'Alan Jackson, Garrett me serre contre lui tandis qu'on se balance tendrement en musique. Et je pleure de nouveau. Que dire... je pleure tout le temps. L'amour est sublime.

Garrett est silencieux tandis qu'on rentre chez moi. Il défait sa cravate et se place devant la fenêtre, regardant les lumières de la ville en contrebas.

– Tu penses quoi de San Diego ? je demande.

Or ma question est tellement plus compliquée qu'elle n'y paraît.

Ce que je veux savoir, c'est s'il se voit vivre ici ? S'il serait heureux, ici ? S'il pouvait, s'il voulait quitter la vie merveilleuse qu'il s'est construite, pour venir ici avec moi ?

Comment lui demander ça ? Comment lui demander d'abandonner les enfants, de raccrocher son maillot de coach et tout ce qu'il aime tant ?

Je ne peux pas lui demander ça.

Je ne le lui demanderai jamais. De la même façon qu'il ne me demandera pas de rester à Lakeside.

On est coincés.

– J'aime bien, dit Garrett. C'est une très belle ville.

Il se tourne et vient vers moi, balayant délicatement une mèche de cheveux de mon visage.

– Mais elle est encore plus belle parce que tu es ici, Callie.

Mon cœur fond et je prends une profonde inspiration, mettant de côté mes pensées lugubres. Parce qu'on a encore le temps. Garrett et moi pouvons prétendre encore quelques temps que tout va bien – qu'on peut être ensemble et vivre à l'opposé du pays.

En attendant... on a le sexe. On peut se concentrer sur ça. Car le sexe avec Garrett a toujours eu le pouvoir de tout arranger.

Je saisis sa cravate et l'attire à moi.

– Tu sais ce qui est super dans cet appart' ?

Il m'offre un sourire aguicheur.

– Quoi ?

– La douche. La douche est géniale. Surtout, le sol de la douche ; il est hyper confortable pour s'y agenouiller.

Je descends ma main entre ses cuisses et caresse son érection naissante. Je promène ensuite ma langue sur son cou, pour qu'il n'ait aucun doute sur mes intentions.

– Tu veux que je te montre ?

– Avec plaisir, répond-il d'une voix grave.

Je n'avais jamais entendu cette voix, auparavant – c'est hyper *hot*.

Soudain, il me soulève par-dessus son épaule en me mettant une fessée, et il m'embarque dans la salle de bains.

Où je lui prouve ce que j'avançais.

# CHAPITRE 20

## *Callie*

Parfois, les professeurs doivent apprendre leurs propres leçons – de la pire façon qui soit.

J'ai beau avoir parlé à mes élèves des aspects inattendus de la vie, une part de moi pense que Garrett et moi sommes sains et saufs, à présent. On s'est retrouvés, on s'est expliqués, et nous sommes prêts à construire notre avenir ensemble.

Tout va bien entre nous – on est faits l'un pour l'autre. Inconsciemment, je crois que notre amour pourra protéger tout ce qui nous entoure. Que tout restera joyeux et léger. Comme un couple dans un conte de fées, à qui il n'arrive rien de mal une fois qu'ils vivent heureux et ont beaucoup d'enfants. Ils disparaissent dans le soleil couchant, sans cesser de s'embrasser et de sourire, immunisés contre tous les maux de la vie.

Mais la vie ne cesse jamais de nous surprendre. Ça ne devrait pas être le cas, on connaît tous les règles, mais lorsque la mort frappe à votre porte, c'est toujours un coup de théâtre qui vous fend le cœur. C'est la leçon la plus difficile à apprendre de toutes.

Le dimanche après notre retour de San Diego, Garrett et moi sommes chez lui, et la soirée ressemble à toutes les autres. Il n'y a rien de remarquable, rien ne diffère des dizaines d'autres soirées qu'on a passées ensemble durant les huit derniers mois. On dîne sur le patio, derrière la maison, en admirant la tranquillité du lac. On regarde la télé, ou du moins, Garrett regarde le match pendant que je lis... sur le canapé, les jambes sur les siennes tandis qu'il masse mes mollets et mes pieds et que Snoopy dort entre nous.

Plus tard, je me démaquille et on se brosse les dents. Je me couche, vêtue d'un t-shirt de Garrett, et il se couche à poil. On fait l'amour, et c'est à la fois chaud et beau. On s'endort l'un contre l'autre – le bras de Garrett me tient par la taille, sa poitrine est plaquée contre mon dos, et son menton est posé sur ma tête.

Et tout est parfait. Tout est tel que ce devrait être.

Mais, quelques heures plus tard, rien ne va plus.

Ça commence par un cri plaintif, long et aigu, qui nous réveille tous les deux. C'est Snoopy. Il est sur le sol du salon, étendu de tout son long... et il respire bien trop vite et bien trop difficilement. Il ne peut plus se lever – ses pattes ne le supportent pas.

*Oh non... oh non... mon Dieu non...*

Garrett déglutit, déjà meurtri, car on sait tous les deux que quelque chose ne va pas du tout.

– Va chercher une couverture, je dis en posant ma main sur son épaule. Je vais appeler le vétérinaire de garde. Tu le tiendras pendant que je conduis.

On se dépêche de s'habiller et Garrett enveloppe Snoopy dans un plaid en polaire bleu, lui chuchotant des promesses à l'oreille pendant que je nous emmène à la clinique vétérinaire. Colleen et deux des frères de Garrett y ont déjà amené leurs animaux, et ils en disent tous du bien.

C'est réconfortant – de savoir qu'on n'emmène pas Snoopy chez un boucher.

C'est un réconfort dont Garrett a grandement besoin.

Car une heure plus tard, après une échographie et une prise de sang, un vieux vétérinaire aux cheveux blancs vient nous parler, le regard lourd de mauvaises nouvelles. Snoopy est allongé sur la table, respirant difficilement, même s'il va mieux après que le vétérinaire lui a donné un sédatif.

Il nous explique que Snoopy a une très grosse tumeur dans l'estomac.

Garrett fronce les sourcils et secoue la tête.

– Mais il allait très bien. Il mangeait, il courait, tout était normal.

– Parfois, surtout avec un chien de l'âge de Snoopy, ces choses ne sont pas un problème... jusqu'à ce qu'elles le deviennent.

– Alors, on peut l'opérer ? je demande en serrant la main de Garrett. On peut enlever la tumeur ?

Une ombre passe sur son visage et je devine sa réponse.

– Je suis navré. Une opération n'est pas envisageable.

– Mais, je paierai, répond Garrett. Je ferai tout ce qu'il faut pour...

– Garrett, interrompt doucement le vétérinaire. Snoopy a dix-huit ans. Il ne survivra pas à une opération.

– Je ne... qu'est-ce que vous dites, alors ?

– Je dis que je comprends combien c'est difficile, mais je pense que la meilleure chose est d'endormir Snoopy. C'est la chose la plus humaine à faire. Il ne souffrira pas, vous aurez le temps de lui faire vos adieux, et il s'endormira. Ce sera plus paisible que de le laisser mourir pendant l'opération, ou souffrir à cause de la tumeur.

Garrett regarde Snoopy en secouant la tête, l'air perdu.

– Je ne... j'ai besoin de temps pour réfléchir.

– Bien sûr.

Le vétérinaire nous laisse seuls et Garrett appuie sa tête contre celle de Snoopy, le caressant lentement et chuchotant à son oreille. Je passe mes bras autour de l'homme que j'aime et appuie ma joue contre son dos... puis on en parle. On parle de toutes les possibilités, des seconds avis qu'on pourrait demander, de notre souhait d'éviter à Snoopy d'atroces souffrances.

Quand on est adultes, on est censés savoir gérer ce genre de situation. Les animaux vieillissent, comme les humains et, un jour, disparaissent. C'est la seule chose qui soit sûre dans la vie. En tant qu'adulte, on le sait – on le comprend et on l'accepte. Mais ça ne veut pas dire que ça ne fait pas mal.

Et mon Dieu, ce que ça fait mal. C'est comme si on vous arrachait le cœur à mains nues.

– Je peux le tenir ? demande Garrett d'une voix ravagée lorsque le vétérinaire revient.

Il hoche la tête et rapproche une chaise de la table. Garrett soulève délicatement Snoopy et s'assoit lentement.

– Ça va, mon pote, dit Garrett lorsque Snoopy pousse un geignement. Ça va aller, promet-il en le caressant tendrement. Ça ne fera bientôt plus mal. Je te le promets.

J'essaie de ne pas craquer ; de rester forte. Mais je ne peux pas retenir les grosses larmes qui coulent sur mes joues. Car il n'y a rien de plus difficile que de voir souffrir quelqu'un qu'on aime en sachant qu'on ne peut rien faire pour alléger sa souffrance. Peu importe combien on en a envie. Je m'assois sur l'accoudoir du fauteuil, tout contre Garrett, et je pose mes mains sur ses épaules, le tenant contre moi, lui offrant tout mon amour.

– T'es un bon chien, Snoopy. Je t'aime tellement. T'es un si bon chien.

Lentement, délicatement, Garrett caresse Snoopy, qui lève le museau pour le cacher dans le creux du coude de Garrett avant de fermer les yeux.

Garrett déglutit difficilement et peine à trouver sa voix pour parler au chien qui l'a accompagné durant la moitié de sa vie.

– Tu te souviens quand t'as trouvé ce putois mort et que tu l'as caché sous mon lit, en offrande pour Callie et moi ? Et tous nos étés dans la barque, sur le lac ; juste toi et moi. Tu te souviens... quand Tim t'a fait entrer en douce à l'hôpital, quand je me suis blessé ? T'es resté caché sous la couverture et t'as refusé de me laisser.

Garrett prend une grande inspiration et sa voix devient tremblante.

– T'es mon meilleur ami. Merci d'avoir toujours été là quand j'avais besoin de toi. Sans faute.

Du coin de l'œil, je vois le vétérinaire bouger. Il insère une seringue dans la perfusion de Snoopy et y injecte un liquide blanc. Je presse mon visage contre le dos de Garrett et le serre aussi fort que possible.

– Tu vas dormir maintenant, Snoopy. Tu vas te reposer, chuchote Garrett. Et quand tu te réveilleras, tu seras heureux et en bonne santé. Tu pourras courir au soleil et chasser les oies. Et tu ne souffriras plus. Ça va aller, mon bon chien. Je t'aime. Ça va aller...

Je regarde le ventre de Snoopy se soulever et s'abaisser lentement, à chaque respiration.

Soudain, il ne se soulève plus.

Et le meilleur chien au monde s'endort à jamais.

Garrett pousse un grognement torturé et serre Snoopy contre lui, cachant son visage dans sa fourrure blanche. Ses épaules sont secouées par les sanglots et il tremble de la tête aux pieds. Je le prends dans mes bras, l'embrasse sur la tête, appuie mon front contre son cou, et je pleure aussi.

◆◆◆

Quelques heures plus tard, on rentre chez Garrett. Il pose le collier de Snoopy sur le crochet près de la porte, le caressant d'un geste respectueux. Nos mouvements sont lents et lourds.

Je ne lâche pas la main de Garrett. Je ne cesse jamais de le toucher. Aussi profonde que soit ma peine, je sais qu'elle est mille fois pire pour Garrett. On va lentement dans la chambre, et Garrett s'assoit au bord du lit, les pieds par terre. Je déboutonne sa chemise et la lui enlève, puis je retire son t-shirt, et je défais son jean pour le lui retirer, le laissant en boxer.

Ça n'a rien de sexuel. C'est... intime. Réconforter quelqu'un qui est en deuil est un acte d'amour ; être autorisé à le faire est un don de confiance.

Garrett s'allonge sur le dos et plie son oreiller en deux. Il le prend sous son bras et regarde le plafond. Ses yeux sont encore brillants et ils scintillent à la lumière de la lune. J'enlève mon pull et mon legging, puis mon soutien-gorge. Je pose mes vêtements sur la chaise, à côté de ceux de Garrett, et je me glisse à ses côtés dans le lit. Nos corps se touchent, et je le prends par la taille.

– Ça craint, dit Garrett d'une voix rauque.

De nouvelles larmes se forment dans mes yeux et je caresse son torse en posant ma cuisse sur sa taille.

– Je sais.

Il caresse mon épaule et me serre plus fort contre lui.

– Je suis content que tu sois là. C'est un peu moins dur.

Je m'appuie sur un coude pour le regarder derrière mes larmes.

– Je t'aime, Garrett. Je t'aime tellement. Et je ne te laisserai plus jamais partir. Il n'y a nulle part au monde où je veux être, si ce n'est à côté de toi ; où que ce soit.

La tristesse fait disparaître le superflu pour ne laisser que ce qui compte vraiment. Car je pense ce que je dis. Je veux tout vivre avec Garrett – les moments de joie mais aussi de tristesse. Je veux avancer dans la vie à ses côtés, et affronter avec lui tous les obstacles qu'on rencontrera.

On ne pouvait pas faire ça quand on était jeunes. On s'aimait, mais on n'était pas prêts... on ne pouvait pas gérer les moments douloureux, l'inattendu. On le peut, à présent. On est plus âgés, plus sages... plus forts ensemble. On peut se soutenir l'un l'autre, quoi qu'il arrive.

Garrett lève la main et pose sa paume contre la mienne, regardant nos doigts s'entremêler. Il me regarde ensuite dans les yeux et coiffe mes cheveux en arrière.

– Je t'aime aussi, Cal, tellement. Tout le reste... ce ne sont que des détails.

Je remonte dans le lit et roule sur le dos pour que Garrett puisse poser sa tête sur ma poitrine. Je me mets alors à fredonner doucement, car Garrett a toujours aimé ma voix. Il me laisse le tenir et caresser ses cheveux, et on s'accroche l'un à l'autre – jusqu'à l'aube.

◆◆◆

# Garrett

Le premier jour après que Snoopy nous a quittés est difficile. Ma douleur est forte et la blessure saigne encore. Sur un plan logique, c'est bizarre. Mon cerveau me dit que Snoopy était juste un chien, mon chien, qu'il a eu une longue vie, que j'ai de la chance de l'avoir gardé aussi longtemps. Mais mon cœur ne reçoit pas ce message. Il est anéanti... en mille morceaux... comme si j'avais perdu un membre de ma famille, un de mes frères.

Lorsque mes élèves entrent dans la classe, en fin de matinée, je sais qu'ils sont au courant. Je le vois dans leur mine sombre tandis qu'ils s'asseyent et dans leur regard fuyant, mais compatissant.

Lorsque la deuxième sonnerie retentit, je ferme la porte et retourne derrière mon bureau.

– On a appris pour votre chien, dit Nancy à voix basse. On est désolés, Coach Daniels.

– Merci, je réponds avec un sourire pincé.

– Ça craint, ajoute Brad Reefer, au fond de la classe.

– C'est vraiment merdique, déclare Dugan en secouant la tête.

– Ouais, j'acquiesce, ça craint vraiment.

– S'il y a quoi que ce soit qu'on puisse faire, dit DJ au premier rang, dites-le-nous, OK ?

Je me racle la gorge, ému par leur gentillesse et leur empathie inhabituelle.

– Merci, les gars.

Je me concentre ensuite sur la leçon du jour et parviens à la mener jusqu'au bout.

Le deuxième jour est plus difficile encore. Mon cœur se brise de nouveau lorsqu'il comprend que Snoopy est vraiment parti. J'ai des moments affreux et complètement dingues où je m'attends à ce qu'il arrive en aboyant lorsque je passe la porte de chez moi. Et chaque fois que je réalise qu'il n'est pas là... retour à la case départ.

Callie est avec moi chaque jour, presque chaque minute, me serrant dans ses bras, m'offrant son amour. Elle me tient occupé, fait tout pour me distraire, et c'est un peu plus facile parce qu'elle est là, parce que c'est elle.

Le troisième jour, j'arrive dans ma salle et mes élèves sont déjà là, assis bien sagement à leur place. C'est étrange, venant d'eux. Il y a un carton posé sur mon bureau, et je me dis d'abord qu'ils m'ont préparé une mauvaise blague.

– Qu'est-ce que c'est ?

– C'est pour vous, répond Skylar.

Ils me regardent tous en souriant, attendant, comme des enfants dans un film d'horreur.

– OK..., je dis d'un ton suspicieux avant d'enlever le couvercle du carton.

J'écarquille les yeux, bouche bée.

Je ne peux plus détourner le regard de la boule de poils dorée, roulée en boule dans un coin.

C'est un chiot, un golden retriever. Il est jeune ; il ne doit avoir que quelques semaines. Je le prends délicatement dans mes mains et le porte à mon visage.

Ses pattes pendent mollement et son museau s'étire pour bailler, dévoilant ses minuscules dents pointues. Il ouvre alors les yeux, et me regarde.

Je suis à bout de souffle et je parle d'une voix rauque.

– Vous... vous m'avez offert un chien ?

Et ils l'ont amené au lycée – c'est tellement mieux qu'un coq.

Ils hochent tous la tête.

Je n'en reviens pas. J'ai les larmes aux yeux et je n'ai pas peur d'admettre que je vais peut-être pleurer.

– Il vous plaît ? demande Reefer.

– Je... je l'adore. C'est un des meilleurs cadeaux qu'on m'ait jamais offert.

Or ce n'est pas seulement le chien. C'est le fait que ça vienne d'eux – de ces gamins égoïstes, égocentriques, et géniaux. L'idée qu'ils ont été suffisamment gentils et compatissants pour m'offrir ce chiot... ça me laisse penser que je fais peut-être du bon travail avec eux.

Je le serre contre moi et caresse lentement ses petites oreilles soyeuses.

– Comment avez-vous trouvé l'argent ?

C'est un chien de race, il doit coûter au moins huit cents dollars.

Dugan lève la main.

– Moi je voulais le voler.

– Arrête de voler, Dugan.

– On ne m'aurait pas attrapé, répond-il en coiffant ses longs cheveux en arrière.

– Peu importe, on ne vole pas ; c'est mal et ça foutra ta vie en l'air, je gronde.

– On s'est tous cotisés, dit Nancy. Tous vos élèves.

– Et l'équipe de football aussi, ajoute DJ.

– On se souvient que vous emmeniez Snoopy en classe, parfois, dit Nancy.

– Et aux entraînements, dit DJ.

– On pensait que c'était pas normal que vous ayez plus de chien, explique Skylar.

– Et on voulait faire quelque chose pour vous, conclut Nancy.

J'éclate de rire en secouant la tête.

– J'arrive pas à croire que vous m'avez acheté un chien. Merci. Vraiment, merci, c'est... c'est incroyable. Ça me touche énormément.

– Vous allez l'appeler comment ? demande DJ en souriant.

– C'est une bonne question, je réponds en regardant de nouveau la boule de poils endormie.

J'ai soudain un éclair de génie.

– Allez, venez. Bien avant que vous soyez nés, c'est mademoiselle Carpenter qui a baptisé Snoopy. Je trouve normal que ce soit elle qui baptise celui-ci, aussi.

Je pose ma veste sur le chiot, au cas où McCarthy arpenterait les couloirs, et j'emmène ma classe à l'auditorium.

Callie se lève du premier rang, les bras croisés, et je la trouve encore plus canon que quand on est partis de chez moi ce matin.

– Coach Daniels ? Que me vaut ce plaisir ?

Je soulève ma veste pour révéler la boule de poils dorée dans mes bras, et tout le professionnalisme de Callie part en fumée.

– Mon Dieu ! s'écrie-t-elle. Mais qui est-ce ?

Je lui tends le chiot et désigne mes élèves.

– Un cadeau des enfants.

Elle lève la tête vers moi et son regard s'attendrit, parce qu'elle sait tout ce que ça représente pour moi.

– Comment on va l'appeler ? je demande à Callie.

L'espace d'un instant, nos regards se croisent, et c'est comme si nous étions seuls dans la vaste salle.

Elle regarde le chiot, et fronce les sourcils en réfléchissant.

– Woodstock, déclare-t-elle. Avec sa belle robe jaune... Woodstock. Et on pourra l'appeler Woody.

Je ris en hochant la tête.

– Tu choisis toujours des prénoms géniaux. C'est parfait. Woody ; génial.

– Je peux le tenir ? demande Nancy.

Je hoche la tête et Callie le lui donne. Les enfants se regroupent autour de Nancy, qui s'assoit, et ils sont tous suffisamment distraits pour que Callie me chuchote à l'oreille.

– J'ai vraiment, vraiment, envie de t'embrasser, là.

Je ricane, parce que... carrément.

Je désigne Nancy et dégaine ma voix de coach, car c'est la meilleure pour donner des ordres.

– Surveillez Woody. Mademoiselle Carpenter et moi devons régler un problème dans les loges.

S'ils devinent très certainement ce qu'on fait, ils ne le montrent pas. J'emmène Callie derrière le rideau épais et, par mesure de précaution, on se cache dans un coin des loges. Cet endroit semble fait pour les rendez-vous secrets – les comédiens sont vraiment de vilains génies.

Je m'adosse au mur et regarde ma nana.

– Fais-toi plaisir, chérie. Je suis tout à toi.

Callie se met sur la pointe des pieds, tirant sur mon t-shirt en approchant sa bouche de la mienne.

– Oui… tu l'es vraiment.

Elle s'empare alors de mes lèvres, et m'offre un baiser absolument spectaculaire.

# CHAPITRE 21

## Garrett

Nous sommes le premier vendredi de mai, et je suis vêtu de mon costard gris, adossé contre le mur de la salle de bains du bas. J'entends l'eau couler, puis un silence. Quelques secondes plus tard, Callie sort.

Son visage est blême et sa peau est moite.

– T'as vomi ?

La question apporte un peu de rose à ses joues.

– Ouais, mais une seule fois.

Elle range une petite pochette contenant sa brosse à dents et son dentifrice dans son sac à main.

Les sportifs ont des rituels avant-match, et Callie a un rituel avant-représentation : elle vomit. Elle a toujours fait ça, même au lycée. Et apparemment, son rituel fait aussi son apparition quand ce sont ses élèves qui montent sur scène.

Car ce soir, c'est la première de *La Petite Boutique des horreurs*, la pièce jouée par la nouvelle troupe des Lakeside Players Group, au lycée de Lakeside.

Elle a beau avoir vomi, Callie est superbe dans son tailleur couleur crème. Ses cheveux sont attachés en un chignon bas, qui est à la fois élégant et ultra sexy.

Ça me donne envie de mordre son cou, de l'embrasser... de préférence pendant qu'elle me chevauche.

Mais ça devra attendre. Car le spectacle n'attend pas, lui.

J'appelle Woody pour qu'il se couche dans son panier, et il arrive en trottinant joyeusement.

– Sois sage, Woody. On revient bientôt.

Il se venge sur l'oie en caoutchouc que Callie lui a acheté la semaine dernière. Je suis toujours triste d'avoir perdu Snoopy, et je pense souvent à lui en regardant sa petite urne argentée sur la cheminée. Toutefois, comme avec tous les deuils, le temps ainsi que tous les bons souvenirs que j'ai de lui rendent le quotidien plus facile.

Je tends la main à Callie et elle me donne la sienne, puis je dépose un baiser sur sa joue.

– Allons-y ma belle. Que le spectacle commence.

◆◆◆

Il y a quelques semaines, David Burke a obtenu son allègement de peine. Jerry Dorfman, Callie et moi, avons écrit des lettres au juge et, si je peux me permettre, c'étaient de véritables chefs-d'œuvre. Et le juge a accepté de laisser David plaider en tant que délinquant juvénile. S'il n'a pas de nouveaux ennuis pendant deux ans, qu'il respecte les termes de sa liberté conditionnelle, et qu'il termine son service communautaire, son casier judiciaire sera effacé.

Il a également eu l'autorisation de revenir au lycée... à condition qu'il vive chez un responsable légal qui le surveille de près.

Et... il a tiré le gros lot.

Elle est justement en train de lui montrer comment nouer sa cravate... ou peut-être essaie-t-elle de l'étrangler avec.

– Non, Burke, le lapin doit rentrer dans son putain de terrier ! Dedans ! crie madame McCarthy. Bon sang, t'es sourd ou quoi ?!

Ouais, David vit chez elle, maintenant. C'est mieux que la prison... même si je suis certain qu'il y a des jours où il se le demande.

Il croise mon regard, de l'autre côté du hall, et il articule « Aidez-moi » par-dessus la tête de McCarthy.

Je lui réponds en levant les pouces.

– Fais attention, bon sang !

Le petit con lève les yeux au ciel... puis il se tient plus droit et écoute la vieille.

◆◆◆

Lorsque Callie est partie dans les loges, je retourne à la Jeep pour attraper deux ou trois affaires, puis je retrouve David alors qu'il est sur le point de s'asseoir. Je le saisis par le bras et le tire sur le côté, puis je plaque un bouquet de roses contre son torse.

– Règle numéro un : quand ta copine joue dans une pièce, tu lui offres des fleurs. Tous les soirs. Compris ?

David étudie les roses en fronçant les sourcils.

– Layla... n'est pas ma copine.

– Tu veux qu'elle le soit ?

Ces derniers mois, pendant que David était dans le foyer de redressement juvénile, Layla a dit à Callie qu'il sortait en douce pour l'appeler le soir, quand tout le monde dormait.

Est-ce que c'était idiot ? Oui.

Est-ce que c'était romantique ? Aux yeux d'une ado... absolument.

Il tourne la tête vers le rideau, comme s'il s'attendait à y voir Layla.

– Oui, répond-il.

– Dans ce cas, les fleurs sont un bon début. Quant au reste, éviter la prison est un bon moyen d'y parvenir.

Il sourit en levant les yeux au ciel.

– OK. Merci, Coach D.

– Y a pas de quoi.

David hoche la tête en direction de l'autre bouquet dans mes mains.

– Elles sont pour mademoiselle Carpenter ?

– Bien sûr.

◆◆◆

Le spectacle est fantastique, et je ne dis pas ça parce que je me tape la prof de théâtre. La pièce est vraiment super. Les décors, les chansons, les gamins... tout est absolument fabuleux. Lorsque le rideau de fin tombe, le public se lève en applaudissant à tout rompre. Quand Callie apparaît sur scène, l'ovation se fait encore plus grande, et je porte deux doigts à ma bouche pour siffler.

Elle est resplendissante, sur scène, et je comprends qu'elle est faite pour ça. Et en la voyant entourée de ces gamins qui la regardent tous d'un air admiratif, c'est encore plus évident.

Plus tard, dans les loges, les gamins rient aux éclats pendant qu'ils se changent et se démaquillent. Ils parlent de l'after, décidant de ce qu'ils vont faire. À l'époque,

Callie et ses partenaires allaient toujours sur la plage, après une représentation, pour regarder le lever du soleil. Elle a dû le leur dire, parce que c'est justement ce qu'ils ont prévu ce soir.

– Ne faites pas les idiots ! leur dit Callie alors que la porte de l'auditorium se referme sur le dernier élève.

Lorsqu'il a fini de balayer la scène, Callie dit à Henry, l'agent d'entretien, qu'il peut rentrer chez lui et lui promet de tout fermer à clé. Il ne reste plus que nous deux, ici, ensemble, où tout a commencé.

Les lumières de la salle sont éteintes et celles de la scène sont tamisées. Tout est calme, paisible, immobile.

– Viens, je lui dis en lui tendant la main.

Callie me tend sa main libre en retour, celle qui ne tient pas le bouquet, et je l'amène sur la scène. Je sors mon téléphone et cherche le morceau que je veux lui faire écouter – *Perfect*, de Ed Sheeran, une chanson qui parle de trouver l'amour lorsqu'on est enfant, et de n'en comprendre l'importance que lorsqu'on lui donne une seconde chance.

Je pose mon téléphone sur le sol, et je lève la tête vers Callie.

– J'ai entendu cette chanson, l'autre jour, et elle m'a fait penser à nous. J'ai pensé que ça pourrait être notre nouvelle chanson. Officiellement.

Elle me fait un grand sourire et ses yeux deviennent brillants.

– J'adore.

Je me relève et lui tends les bras.

– Danse avec moi, Callie.

Elle avance vite et se blottit tout contre moi, joignant ses mains derrière ma nuque. On se serre l'un contre l'autre, tournant lentement dans le halo de lumière des projecteurs.

– J'ai réfléchi..., je dis en la regardant dans les yeux.

– C'est risqué, se moque-t-elle.

– Tu veux dire *sexy*, je rétorque, la faisant sourire.

Je me jette ensuite à l'eau, m'ouvrant complètement à elle, lui livrant mon cœur. Ce cœur qui a battu pour elle quand on était gamins, cette âme qui ne respirait que pour elle... et pour qui c'est toujours le cas.

– Je sais que tu ne me le demanderas jamais... donc je vais te le dire. À la fin de l'année, quand tu retourneras à San Diego.... je viendrai avec toi.

Elle retient son souffle avec un cri aigu et écarquille les yeux.

– Je vendrai la maison, je rédigerai mon CV... et je trouverai un boulot à San Diego.

Son regard s'attendrit et elle joue avec les cheveux sur ma nuque.

– Garrett... t'as pas à faire ça.

Je caresse sa joue et son cou alors qu'on continue de danser.

– J'y ai pensé, j'ai retourné la situation mille fois dans ma tête, cherchant un moyen pour que ça marche. Et le moyen, c'est ça. Je ne veux pas vivre à l'autre bout du pays loin de toi, Callie. Et il est hors de question que je te laisse partir...

Elle secoue lentement la tête et sa voix tremble alors que des larmes lui montent aux yeux.

– T'adores cette ville.

– Oui, c'est vrai.

– T'adores entraîner cette équipe.

– C'est vrai aussi.

Une larme solitaire coule sur sa joue.

– T'adores ce lycée, ces enfants...

– Tout ça est vrai, je réponds en essuyant sa larme. Mais tu sais ce qui est tout aussi vrai, en dehors de tout ça ?

– Quoi... ?

– Je t'aime plus que toutes ces choses. C'est ce que j'ai compris cette année, Callie. Je peux vivre dans une autre ville et enseigner dans un autre lycée... Je peux même vivre sans football s'il le faut, j'explique en baissant la tête pour la regarder dans les yeux. Mais je ne peux pas vivre sans toi. Plus maintenant... plus jamais.

Callie fond alors en larmes – parce qu'elle pleure tout le temps. Mais cette fois, je sais que ce sont des larmes de joie.

– Je ne veux pas que t'abandonnes quoi que ce soit pour moi, dit-elle en appuyant son front contre le mien.

– C'est pas le cas, chérie. J'ai pas l'impression d'abandonner quoi que ce soit. Parce que je t'aurai, toi... j'aurai l'occasion de construire ma vie avec toi... et c'est tout ce que je veux.

J'embrasse sa bouche salée et la serre contre moi alors qu'elle s'accroche à mes épaules.

– Telle que je vois la situation, ça fait treize ans que je fais le job de mes rêves. Mais toi, tu viens tout juste de décrocher le tien. Et je veux que tu l'acceptes, Callie. Je veux te voir et t'aimer et être à tes côtés alors que tous tes rêves se réalisent.

D'énormes larmes scintillantes dévalent ses joues et elle sourit tendrement en me regardant, comme si elle ne voyait que moi, comme si j'étais la seule chose sur cette terre qui compte. Et bon sang, c'est incroyable. Je me sens ivre... enivré par son bonheur.

– Je le veux aussi, Garrett. Je veux que tu viennes avec moi. Je veux vivre avec toi, t'aimer, chaque jour et pour le reste de ma vie. Je veux ça plus que tout.

Je caresse de nouveau sa joue pour essuyer ses larmes, puis je l'embrasse amoureusement.

– Alors c'est ce que t'auras, Callie.

# CHAPITRE 22

## Garrett

– J'en reviens pas que vous ne soyez plus notre prof l'année prochaine. Toute l'idée que je m'étais faite de ma remise des diplômes est foutue, râle Nancy.

Durant les semaines qui suivent la première de la pièce, la rumeur se propage que Callie et moi allons déménager. Et les gamins le prennent mal.

– Qui va nous tenir à carreau ? demande Reefer.

– Vous allez le faire vous-mêmes, je réponds tout simplement.

– Ouais, c'est ça, ricane-t-il.

– Moi j'ai pas à m'inquiéter pour ça, remarque David Burke avec un sourire narquois. McCarthy est tellement sur mon dos tout le temps que je suis surpris de tenir encore debout.

Toutefois, je devine à sa façon de le dire que ça ne le dérange pas du tout. Ils sont complexes, ces petits cons. Ils ont beau se révolter et lutter contre l'autorité, au fond d'eux, sans qu'ils ne s'en rendent compte, ils ont envie qu'on les surveille.

– Qui va se soucier de nous ? demande Dugan.

– Tous les profs du lycée tiennent à vous.

– Pas comme vous.

– Ouais, c’est vrai, je suis plutôt génial, je réponds en souriant. Surtout, n’oubliez pas ce que je vous ai dit : ne soyez pas idiots. Si vous gardez ça en tête, tout ira bien.

– Vous allez nous oublier. Vous allez partir en Californie pour entraîner d’autres gamins, rétorque DJ en fronçant les sourcils. Des enfoirés.

Ils ont tous des mines boudeuses et renfrognées, et des yeux de Chat Potté.

Et je dois admettre… qu’ils finissent par m’atteindre.

– Je reviendrai vous voir. DJ, je continuerai de suivre vos matchs et si vous faites de la merde, vous allez m’entendre.

Ça ne suffit toujours pas.

Alors je cède, et je leur propose quelque chose que je m’étais promis de ne jamais faire.

– Très bien… je m’inscrirai sur Facebook. Vous pourrez tous me demander en ami.

Nancy se mord la lèvre et éclate de rire.

– Coach… plus personne n’est sur Facebook, sauf nos parents, dit-elle en secouant la tête. Ah… les vieux sont trop chou.

◆◆◆

## Callie

– Eh, Cal !

Je suis dans la chambre, près de la fenêtre ouverte, et la brise printanière caresse mes joues tandis que je regarde une nuée d'oies atterrir sur le lac ensoleillé. Ces dernières semaines ont été très chargées. Je me tourne et regarde la chambre de Garrett, qui est presque entièrement empaquetée. Les murs sont désormais vierges, la commode est vide, et il y a une énorme pile de cartons dans un coin de la pièce.

Et... ça me rend triste.

Je ne comprends pas. J'étais tellement heureuse le soir où Garrett m'a dit qu'il déménageait à San Diego avec moi. Mais dès le lendemain, et tous les jours depuis, j'ai l'impression de traîner des pieds et que le soleil ne brille pas autant qu'avant. Tout est plus difficile.

– Callie ! crie de nouveau Garrett depuis la cuisine.

Je marche lentement vers lui en me disant que je suis simplement fatiguée par tous les préparatifs.

Garrett se tient devant une porte de placard ouverte. Ses muscles magnifiques se contractent sous son t-shirt des Lions à manches courtes tandis qu'il sort des assiettes du placard. Il les emballe dans du papier journal avec ses longues mains gracieuses.

Et ma poitrine se resserre alors que je le regarde les ranger dans le carton.

– Eh, ça va ? demande Garrett en voyant l'expression de mon visage.

– Ouais, je réponds en me forçant à sourire. Qu'est-ce qu'il y a ?

– Il nous faut plus de cartons. J'allais faire un saut au magasin pour en acheter d'autres.

Woody arrive pour me renifler et ses grosses pattes poilues font des cliquetis sur le parquet.

– J'y vais. Comme ça je promène Woody.

– OK, répond Garrett en m'embrassant sur la joue.

J'attrape la laisse de Woody et le fais monter dans la Jeep de Garrett, puis je conduis jusqu'à Main Street où je me gare.

Je balade tranquillement Woody, passant devant *The Bagel Shop* et *Zinke Jewelers*, puis devant la vieille maison hantée de Miller Street, la boutique de meubles de monsieur Martinez, et Baygrove Park. Ils ont replanté des arbres après l'incendie et ils sont en train d'installer une grande balançoire de toutes les couleurs. J'aperçois Julie Shriver, qui pousse sa fille dans une poussette – elle a dit à McCarthy qu'elle ne reviendrait pas l'année prochaine non plus. Apparemment, elle a décidé d'être mère au foyer, comme ma sœur.

Je croise le petit frère de Simone Porchesky sur son vélo.

– Bonjour mademoiselle Carpenter !

– Salut ! je réponds.

Je lui souris, mais je continue de me sentir triste et mélancolique.

Lorsque j'ai arpenté toute la rue, deux heures se sont écoulées. Je regarde à ma gauche et vois Ollie Munson, assis sur sa chaise, devant sa maison, saluant les voitures qui passent. Woody colle sa truffe contre la chaussure d'Ollie, qui lui caresse la tête.

– Salut, Ollie, je dis en m'approchant.

Il sourit, mais il ne me regarde pas dans les yeux.

– Est-ce que... est-ce que je peux m'asseoir un peu avec toi ?

Il hoche la tête et je m'assois dans l'herbe à côté de lui. Mes muscles se détendent un peu maintenant que je ne suis plus debout et, pendant quelques minutes, je vois le monde à travers les yeux d'Ollie.

Et je comprends. Je comprends que ce soit épanouissant. Parce que Lakeside est intéressante à observer. Les vies de tous les habitants s'entremêlent, toutes différentes, mais toutes identiques. J'entends la voix de Garrett dans ma tête ; quelque chose qu'il m'a dit, un jour. *Grandir est douloureux. Changer est difficile.*

Or les décisions qui changent notre vie pour toujours font peur. Il est plus facile de se cantonner au chemin qui est déjà tout tracé, au plan que nous connaissons et que nous avons déjà imaginé pour nous-même. Toutefois, assise dans l'herbe à côté d'Ollie, observant cette ville que je connais si bien et qui bourdonne autour de nous... je n'ai pas peur. Je me sens en sécurité. Je me sens bienvenue. Je me sens connue, et choyée. J'ai l'impression d'être là où je dois être. Je pense à mes élèves – Michael, qui est si brillant et gentil, et à Layla, qui est comme un papillon qui sort tout juste de sa chrysalide. Je pense à Simone, dont la façade froide protège la douceur en elle, et... à David. Mon estomac se soulève et un tourbillon d'émotions fait rage dans ma poitrine.

Mais soudain, l'orage cesse. Et tout semble à sa place. Je me sens paisible. Tout me paraît... *juste*.

Et je souris – un sourire sincère – alors qu'une énergie nouvelle déferle dans mes veines. Parce que je sais ce qui ne va pas, depuis quelques semaines. Et je sais quoi faire, comment y remédier.

Je me lève, essuie les brins d'herbe sur mes fesses, et saisis la laisse de Woody.

– Merci, Ollie. Merci infiniment.

Pour la première fois de ma vie, il me regarde dans les yeux. Et son regard est calme et empli de sagesse.

Une voiture passe alors dans la rue en klaxonnant, et Ollie tourne la tête pour la saluer de la main.

◆◆◆

Je remonte l'allée de Garrett et vois l'horrible panneau « À Vendre » qui gâche sa maison parfaite. Ça ne va pas du tout. Je le saisis et l'arrache, puis le jette de toutes mes forces dans les buissons.

J'entre dans la maison et détache la laisse de Woody.

– Eh, t'es partie longtemps, dit Garrett en posant un carton sur la pile qui remplit la salle à manger. Je m'apprêtais à venir te chercher.

– Arrête. Arrête les cartons, je m'exclame en secouant la tête. Je ne veux pas que tu viennes à San Diego avec moi.

Ses yeux marron que j'aime depuis que j'ai quatorze ans semblent parfaitement confus.

– Chérie...

– Je veux qu'on vive ici. Je veux démissionner de la compagnie de théâtre et être prof. Je veux... être ta femme, je déclare en faisant un pas vers lui. Je veux qu'on ait des bébés et qu'on les élève dans cette maison. Je veux leur apprendre à pêcher et à patiner sur le lac, et je veux les emmener à la nouvelle aire de jeux de Baygrove Park. Je veux les emmener au *Bagel Shop* tous les dimanches, et saluer Ollie Munson tous les jours.

– Callie... ralentis, dit-il en posant ses mains sur mes épaules. C'est sérieux... Tu y as vraiment réfléchi ?

Je me rapproche, et passe mes bras autour de son cou pour me blottir contre lui.

– Je n'ai plus besoin de réfléchir. C'est la bonne décision, c'est ce que je veux.

– Mais ton travail…

– Gérer la Fountain Theater Company n'est plus le job de mes rêves. Ils n'ont pas besoin de moi, Garrett. Pas vraiment. Mais notre lycée, ces gamins… ils ont besoin de moi. Et j'ai besoin d'eux.

Je secoue la tête et cherche mes mots – des mots meilleurs pour mieux m'exprimer. Pour mieux expliquer combien je suis sûre de moi.

– Le soir où Colleen m'a appelée après l'accident de mes parents, j'ai regardé Bruce et Cheryl, et tu sais ce que je leur ai dit ?

– Quoi ?

– J'ai dit : je dois rentrer à la maison. Ma maison est ici, Garrett. Ça a toujours été ici, c'est juste que je l'avais oublié. Mais je le sais, maintenant. Je pourrais vivre n'importe où avec toi et être heureuse. Mais si je peux choisir où habiter, je veux que ce soit ici. Je veux que notre vie soit ici, toi et moi, ensemble dans notre maison.

Je le connais suffisamment bien pour voir dans ses yeux qu'il est soulagé. Et je sais, au fond de moi, que c'est aussi ce qu'il veut.

Garrett me serre fort contre lui et me soulève dans ses bras. Lorsqu'il me repose, il prend mon visage dans ses mains et son regard me promet que mon futur – notre futur – sera merveilleux.

## ÉPILOGUE 1

# Madame Coach D Callie

Garrett et moi nous sommes rencontrés pour la première fois à l'automne et nous sommes retrouvés à l'automne... donc il paraissait logique qu'on se marie à l'automne aussi. Il m'a demandée en mariage par un beau dimanche d'été, alors qu'on était sur sa barque, au beau milieu du lac... avec la même bague qu'il m'avait achetée il y a toutes ces années. Après que j'ai dit oui et que Garrett m'a passé la bague au doigt, ma vie s'en est retrouvée sens dessus dessous. Ou plutôt, la barque. Je me suis jetée si vite sur lui qu'on a chaviré.

Mais, même quand on était dans l'eau... Garrett n'a pas cessé de m'embrasser.

Lorsqu'on est revenus sur la terre ferme, il m'a proposé de remplacer le diamant par un autre, plus gros, mais j'ai tout de suite dit non. Ma bague est parfaite comme elle est.

On a eu du mal à choisir l'endroit où on allait se marier. Garrett voulait qu'on se dise oui sur la ligne des cinquante yards du terrain du lycée.

Oui, je suis sérieuse.

Car Garrett restera toujours un quarterback. Donc pour lui, le terrain de football sera toujours un lieu sacré. Moi, je voulais me marier dans un beau théâtre ancien à une heure de Lakeside, parce que, je dois l'admettre, je serai toujours une petite théâtreuse qui aime les projecteurs et l'odeur de la scène. On a envisagé un temps de se marier au bord du lac, mais on n'aimait pas beaucoup l'idée que ma robe traîne par terre dans des merdes d'oies, donc on a vite laissé tomber.

On a fini par décider d'organiser la cérémonie sur la plage. Un des anciens amis de fac de Garrett a pas mal réussi en affaires, et il a acheté une belle maison victorienne ainsi qu'une plage privée à Brielle. C'est suffisamment proche et grand pour que toute la ville puisse venir… Et c'est ce qu'elle fait.

Je passe la tête par l'ouverture de la tente blanche qu'on a placée au bord de la plage. J'aperçois l'équipe de football, occupant les trois premiers rangs côté marié. Mes élèves du cours de théâtre occupent les mêmes rangs de l'autre côté de l'allée – David et Simone, Michael, Toby, et Bradley. Madame McCarthy est là, regardant sa montre en marmonnant qu'il faut accélérer. Tous les profs sont présents – Jerry Dorfman et Donna Merkle, qui ont enfin dévoilé leur couple au grand jour, se tiennent la main.

Les gamins n'en reviendront pas quand ils l'apprendront.

Ma sœur est ma témoin, et Cheryl, Alison et Sydney sont toutes demoiselles d'honneur et sont vêtues de robes en soie bleu pâle.

Garrett se tient devant une arche de roses blanches, grand et beau dans son costume noir. Il est confiant, avec son sublime sourire décontracté. Il n'est pas nerveux comme la plupart des mariés. Dean, son témoin, est à ses côtés, parce que Garrett ne pouvait pas choisir entre ses frères.

Woody est assis aux pieds de Garrett, adorable et parfaitement sage. Il porte le collier bleu de Snoopy.

Layla a accepté de chanter à mon mariage, et quand les premières notes de flûte retentissent, suivies par le quatuor à cordes, et qu'elle débute de sa superbe voix notre chanson de mariage, je prends le bras de mon père et avance sur le tapis rouge qui recouvre le sable.

Toutes les personnes à qui on tient, tous ceux que l'on aime, depuis notre enfance jusqu'à maintenant, sont là pour célébrer notre union. Ils se lèvent tous et me contemplent avec des visages ravis.

Garrett cherche mon regard avant de baisser lentement les yeux sur ma longue robe bustier. Il s'arrête un instant sur mes seins – car c'est la partie de mon corps qu'il préfère. Puis, il m'offre un sourire dévastateur qui déclenche une nuée de papillons dans mon ventre et me met les larmes aux yeux.

Après toutes ces années d'éloignement, je suis rentrée à la maison, et j'ai retrouvé l'amour que je n'avais jamais vraiment perdu.

La brise de septembre est chaude et le soleil commence à peine à se coucher. À la moitié de l'allée, je m'arrête et me tourne vers mon père.

– Je t'aime, papa.

Il me sourit chaudement et fièrement.

– Je t'aime aussi, ma Callie-flower[17].

---

17. Cauliflower signifie chou-fleur en anglais.

Je regarde Garrett, puis de nouveau mon père... parce que ce n'est pas traditionnel, mais ça me paraît juste.

– Je crois... je crois que je vais continuer toute seule, papa.

Mon père hoche la tête, puis il lève mon voile et m'embrasse sur la joue.

– Fonce, ma puce.

Je me tourne de nouveau vers Garrett, j'enlève mes chaussures, puis je soulève le bas de ma robe... et je cours. Je cours vers le garçon à qui mon cœur appartient depuis toujours...

Mon bouquet vole en éclats alors que je prends mon élan pour sauter, nous recouvrant de pétales blanches et bleues, et Garrett m'attrape en riant. Il me rattrapera toujours.

Il m'embrasse longuement et langoureusement, puis il me repose par terre, et le prêtre de Saint-Bart commence la cérémonie. Et je deviens madame Coach Daniels.

Enfin.

# ÉPILOGUE 2

## Baby D
## Garrett

C'est notre premier match d'octobre. Parker Thompson est en première cette année et, maintenant qu'il a eu sa poussée de croissance, c'est un monstre sur le terrain.

– Oui ! je crie en frappant dans mes mains lorsque son lancer franchit la ligne des trente yards. Superbe ! C'est ce que je veux voir, les gars !

– Bien joué, Parker ! Wouhou !

J'entends sans mal la voix de ma femme derrière moi. Ma femme. Je regarde l'anneau en platine sur ma main gauche, et me dis que c'est sacrément cool.

Je me tourne et cherche sa jolie tête blonde des yeux pour m'assurer qu'elle va bien. Elle est tranquillement assise entre ses parents et sa sœur. Callie porte un t-shirt à manches longues sous le t-shirt XL des Lakeside Lions que je lui ai fait faire sur-mesure, le mois dernier. Il est assorti au mien, mais si le mien porte l'inscription COACH D à l'arrière, celui de Callie indique MME COACH D. À l'avant, juste au-dessus de son adorable ventre tout rond, sont écrits les mots BABY D.

Sur le terrain, l'arbitre prend une décision stupide et met un carton à un de mes défenseurs. J'ouvre la bouche pour gueuler... mais Callie me devance.

– C'était quoi ça ? Mets des lunettes ou sors du terrain !

La grossesse a rendu Callie merveilleusement insatiable au lit... et féroce dans les gradins. Et mon cœur, ainsi que ma queue, s'en trouvent ravis.

Même si elle devrait accoucher d'un moment à l'autre, elle a décidé de travailler durant les premières semaines de cours, parce qu'elle adore ça. Après l'arrivée du bébé, elle prendra son congé maternité, mais elle a promis à McCarthy qu'elle reviendrait. Entre mes parents, les siens, sa sœur, et ma belle-sœur, on a largement assez de baby-sitters pour gâter et chouchouter notre enfant. On a passé les derniers week-ends à préparer la chambre du bébé, et un nombre incalculable d'heures à le regarder bouger dans son ventre.

C'est un miracle. C'est bien plus excitant que le football – c'est la plus belle chose que nous ayons jamais faite.

Je n'ai plus peur d'être un moins bon professeur parce que j'aurai mon propre gamin, ou d'être un mauvais père. Car Callie et moi formons une équipe d'enfer – on est incapables de ne pas être géniaux dans tout ce qu'on entreprend.

Sammy Zheng réussit un magnifique placement à trois points et je tape mes joueurs dans le dos lorsqu'ils reviennent... avant de me rendre compte que quelque chose ne va pas.

Je n'entends pas Callie crier.

Au même instant, la voix de l'élève de Callie, qui est aussi devenu l'annonceur, Michael Salimander, émerge des haut-parleurs.

– Coach Daniels, vous êtes prié de vous rendre au box de l'annonceur, dit-il d'une voix robotique. Coach Daniels, veuillez vous... *quoi*? Merde ! Madame Carpenter va accoucher !

Michael est alors remplacé par McCarthy qui s'empare du micro.

– Daniels ! Ramenez votre cul ici tout de suite !

La seconde d'après, Dean est à mes côtés, me fixant avec de grands yeux.

– Mec, t'es attendu ailleurs.

Je saute par-dessus la rambarde, et gravis les marches trois par trois, un peu comme le ferait Superman pour sauver Lois Lane.

Callie est debout dans le box, soutenue par son père, les mains sur son ventre, les cuisses trempées.

– Apparemment, l'arbitre est tellement pourri que j'en ai perdu les eaux, me dit-elle.

Putain, on va avoir un bébé. Je ne sais pas pourquoi le concept ne me frappe que maintenant, mais... on va avoir un bébé, putain !

Madame Cockaburrow chuchote quelque chose à McCarthy, qui se tourne vers nous en agitant le poing.

– Pas d'accouchement dans l'enceinte du lycée ! Notre assurance ne couvre pas ce genre d'événement !

– Je gère, je réponds calmement.

Mon beau-père me dit qu'ils nous rejoindront à l'hôpital, et je me baisse pour soulever ma femme et la porter dans mes bras, alors que la voix de McCarthy me suit dans les gradins.

– N'oubliez pas : Michelle est un très beau prénom !

Le match s'est temporairement arrêté et, alors que je traverse les gradins avec Callie, tout le monde se met à nous applaudir et à nous encourager – y compris l'arbitre et l'équipe adverse. Callie leur sourit et les salue de la main, comme une princesse.

Je nous emmène jusqu'à mon SUV noir – j'ai troqué ma Jeep contre un véhicule plus protecteur – et je baisse les yeux vers Callie.

– Ça va ?

Elle pose sa tête sur mon épaule et sourit d'un air serein.

– Je suis dans tes bras, Garrett ; je ne peux qu'aller merveilleusement bien.

Douze heures plus tard, elle ne dit pas la même chose.

– Aaargh ! crie Callie en se laissant retomber sur le matelas après la cent-millième contraction.

– Tu t'en sors super bien, Cal, je dis en essuyant son front avec un gant froid. N'oublie pas, visualise la victoire. Imagine-la et...

– Je me fous de ta visualisation ! gronde-t-elle en me fusillant du regard.

À ce stade précis de notre relation – et de l'accouchement – je sais qu'il vaut mieux ne pas la contredire.

– OK, t'as raison. On se fout de la visualisation. C'est clair.

Elle fond alors en larmes et mon cœur se brise pour elle. Je déteste ça – ça me tue qu'elle souffre autant et que je ne puisse rien faire pour l'aider. Si je pouvais accoucher à sa place, je le ferais sans hésiter.

– Je gère pas, Garrett, dit-elle en secouant la tête.

Je rapproche ma chaise du lit et la prends dans mes bras, appuyant ma tête contre la sienne.

– Mais si. Tu gères, chérie. T'es forte et je t'admire. Tu m'impressionnes. Et je suis là avec toi. Je suis là... on gère ensemble.

Callie ferme les yeux et respire en même temps que moi. Mes paroles semblent l'apaiser, et je coiffe ses cheveux trempés en arrière en lui souriant.

– On va avoir un bébé, Callie. *Notre* bébé. Concentre-toi sur ça, chérie. Tu y es presque. T'es pas loin.

Elle hoche la tête et, lorsqu'elle rouvre les yeux, je vois sa force et sa détermination dans son regard.

– OK... OK...

– OK, je déclare en serrant fort sa main.

– Une autre contraction arrive, dit Sue, notre sage-femme.

J'aide Callie à se relever, un bras dans son dos, l'autre sous son genou, et quand la contraction arrive, elle baisse le menton, saisis ses genoux, et pousse un long grognement tandis qu'elle pousse aussi fort que possible.

Quelques secondes plus tard, un cri indigné et furieux retentit dans la salle d'accouchement.

– Il est là ! déclare le docteur Damato. C'est un garçon !

Il dépose alors le petit paquet tout gigotant sur la poitrine nue de Callie, et mon monde est chamboulé à jamais tandis que mon cœur chavire.

– Tu l'as fait, Cal. T'as été incroyable.

Je la tiens contre moi et on rit en pleurant, tout en admirant l'être parfait qu'on a fait ensemble.

Plus tard, lorsque tout le monde est lavé et apaisé, je suis allongé contre Callie sur le lit de la maternité, notre fils emmailloté entre nous. Callie est fatiguée mais toujours aussi belle – si belle que c'en est douloureux.

On a trouvé plusieurs prénoms qui nous plaisent, mais on a décidé de ne rien choisir avant de rencontrer notre enfant.

– OK, c'est parti pour le prénom, je dis à Callie. Trois... deux... un...

On répond la même chose en même temps.

– William.

Le sourire de Callie s'agrandit et ses yeux se remplissent de larmes encore une fois.

– Will Daniels, chuchote-t-elle. C'est un beau prénom. Un nom fort et élégant... comme son papa.

Will enroule ses doigts autour du mien et le serre fort.

– Il a tes mains, dit ma femme. Tu crois qu'il jouera au football ?

Ce serait génial, s'il aimait ça autant que moi – si ça le rendait aussi heureux que moi.

C'est alors que Will pousse un joli petit cri.

– Il a ta voix. Elle porte loin, je dis en riant. Peut-être qu'il aimera le théâtre.

Quoi qu'il ait envie de faire, du moment qu'il est heureux, ça me conviendra parfaitement.

Callie lève alors ses grands yeux verts pleins d'amour sur moi.

– Je t'aime, Garrett.

– Je sais, je réponds en l'embrassant sur le front. Je t'aime aussi, Callie, je promets d'un ton qui ne laisse aucun doute.

# ÉPILOGUE 3

## Nous
## Callie

Je sors de l'auditorium où le Lakeside Players Group vient de finir sa réunion, et je file en direction du terrain de football, où mon superbe coach de mari poursuit son entraînement du mois d'août.

– Salut madame Coach D, dit Addison Belamine, la capitaine des cheerleaders.

Oui, c'est ainsi que les gamins de Garrett – ses élèves, les cheerleaders, et ses joueurs – m'appellent. Je trouve ça mignon. Et Garrett adore ça... son regard s'embrase à chaque fois qu'il l'entend.

– Salut Addison, je réponds en remontant l'allée.

En parlant de regard qui s'embrase...

Il n'y a rien qui m'excite davantage que de voir Garrett sur un terrain de football, notre fils dans les bras. Je crois qu'il s'en doute et que c'est pour ça qu'il emmène Will aux entraînements dès qu'il en a l'occasion – en dehors de vouloir passer du temps avec lui. Mon magnifique fils tout brun mâchouille sa main en regardant les joueurs attentivement, bien installé dans son transat, face au terrain.

– C'était quoi cette *purée* de passe pourrie, Damato ? s'écrie Jerry Dorfman. Mauvaise décision ; sors la tête de ton popotin !

Garrett et les autres coachs font un effort admirable pour surveiller leur langage quand Will est dans les parages. Son premier mot était « Da », mais Dieu sait ce que ç'aurait été, sinon. Sans doute « sombre crétin ».

– Non, non, non ! gronde Garrett en agitant les bras. Bon sang, tu perds le ballon parce que tu le tiens trop fort !

– Non, non, non, non, non..., chante Will.

C'était son deuxième mot.

– C'est génétique, bon sang, râle Garrett en secouant la tête.

Ah. Il parle à Patrick O'Riley. Il serre toujours trop le ballon, comme son grand frère, Nick, qui étudie désormais à Rutgers.

Garrett sort Will du transat et le tient sous un bras, sa tête dans sa main, contre ses côtes.

– C'est comme ça qu'on tient le ballon. C'est la pression qu'il faut exercer pour ne pas le perdre. Ni plus, ni moins.

Garrett donne alors notre fils de dix mois à Patrick, puis il désigne l'autre côté du terrain.

– Maintenant, cours.

Will rebondit dans les bras du joueur, riant aux éclats. Et je ne m'inquiète pas, parce que je sais que Garrett préférerait se couper un bras plutôt que de mettre notre fils en danger.

Néanmoins, j'en rajoute une couche lorsque Patrick passe devant moi en courant.

– Si tu fais tomber mon gosse, O'Riley, je te ferai souffrir.

– Vous en faites pas, madame Coach D, je le lâcherai pas.

Garrett me sourit et me reluque de la tête aux pieds alors que je marche vers lui.

– Salut, toi. T'as fini ta réunion ?

– Ouais. Je vais rentrer avec Will. On ira promener Woody autour du lac.

Garrett hoche la tête et ses cheveux tombent sur son front, de la façon que je préfère.

– On devrait finir d'ici une heure, répond-il en me prenant par la taille pour me ramener contre lui. On sort, ce soir ? Ils jouent *La Nuit des rois* au théâtre d'Hammitsburg. Tu peux mettre une jolie robe, on profitera du spectacle... et plus tard, je prendrai un malin plaisir à te déshabiller.

– Hmmm... Qui va garder Will ? je demande en gloussant.

– Mes parents gardent les filles de Ryan et les garçons de Connor ; apparemment il a un rencard, ce soir...

Le divorce de Connor et Stacey a été prononcé il y a dix-huit mois. Il s'est acheté une maison et il essaie de se remettre en selle. C'est... une sacrée aventure.

– ... Donc j'ai pensé qu'on pouvait aussi leur laisser Will, comme ça ils auront tous leurs petits-enfants. Tu sais bien qu'ils ne vivent que pour ça.

– T'as toujours de superbes idées, je dis en posant mes mains sur ses épaules.

Il me fait un clin d'œil, puis son regard se pose sur mes lèvres et il m'offre un sourire diabolique.

– Chérie, tu n'imagines pas toutes les idées que j'ai pour cette nuit.

Garrett balaie rapidement le terrain des yeux et, lorsqu'il s'est assuré que ses joueurs sont tous occupés, il glisse ses mains dans les poches arrière de mon jean et empoigne brusquement mes fesses avant de se pencher pour m'embrasser.

Et voilà, c'est nous. C'est notre maison, notre vie, notre amour... notre éternité.